I0573570

INK EXPOSED - TATTOOS UND GENESUNG

Montgomery Ink Reihe

CARRIE ANN RYAN

Ink Exposed - Tattoos und Genesung

MONTGOMERY INK REIHE, BUCH 6

von
Carrie Ann Ryan

Copyright © 2021 Carrie Ann Ryan

Englischer Originaltitel: »Ink Exposed (Montgomery Ink Book 6)«
Deutsche Übersetzung: Sebastian Kubla für Daniela Mansfield
Translations 2021

Alle Rechte vorbehalten. Dies ist ein Werk der Fiktion. Namen,
Darsteller, Orte und Handlung entspringen entweder der Fantasie
der Autorin oder werden fiktiv eingesetzt. Jegliche Ähnlichkeit mit
tatsächlichen Vorkommnissen, Schauplätzen oder Personen, lebend
oder verstorben, ist rein zufällig.
Dieses Buch darf ohne die ausdrückliche schriftliche Genehmigung
der Autorin weder in seiner Gesamtheit noch in Auszügen auf
keinerlei Art mithilfe elektronischer oder mechanischer Mittel
vervielfältigt oder weitergegeben werden. Ausgenommen hiervon
sind kurze Zitate in Buchrezensionen.

eBook:
ISBN: 978-1-63695-233-8

Taschenbuch:
ISBN: 978-1-63695-140-9

Besuchen Sie Carrie Ann im Netz!
carrieannryan.com/country/germany/
www.facebook.com/CarrieAnnRyandeutsch/
twitter.com/CarrieAnnRyan
www.instagram.com/carrieannryanauthor/

Ebenfalls von Carrie Ann Ryan

MONTGOMERY INK REIHE:

Montgomery Ink Reihe:
Delicate Ink – Tattoos und Überraschungen (Buch 1)
Tempting Boundaries – Tattoos und Grenzen
(Buch 2)
Harder than Words – Tattoos und harte Worte
(Buch 3)
Written in Ink – Tattoos und Erzählungen (Buch 4)
Ink Enduring – Tattoos und Leid (Buch 5)
Ink Exposed – Tattoos und Genesung (Buch 6)
Inked Expressions - (Buch 7)

Novellas:
Ink Inspired - Tattoos und Inspiration (Buch 0.5)
Ink Reunited – Wieder vereint (Buch 0.6)

Die Gallagher-Brüder:
Love Restored – Geheilte Liebe (Buch 1)
Passion Restored – Geheilte Leidenschaft (Buch 2)

Ink Exposed - Tattoos und Genesung

Die Montgomery Ink Reihe geht weiter mit einem Bruder, der eine zweite Chance verdient, und der Frau, die ihn schon immer geliebt hat.

Alex Montgomery hat seine erste Liebe verloren und suchte dann im Alkohol nach Vergessenheit. Nur er und seine Ex-Frau wissen, warum er wirklich so schnell und so tief gefallen ist. Nun ist er nüchtern und lernt aufs Neue, wie man ein Montgomery ist – eine Aufgabe, die nicht so einfach ist, wie seine Familie glaubt.

Tabby Collins ist eine Montgomery ehrenhalber und das organisatorische Genie bei Montgomery Inc., dem Bauunternehmen der Familie. Sie liebt ihre Terminkalender, ihre Freunde und einen ganz bestimmten dunkelhaarigen Mann, der sie noch nie zuvor eines Blickes gewürdigt hat.

Alex taucht langsam wieder ins Leben ein, doch die Dämonen, die ihn in der Vergangenheit verfolgt haben, sind noch nicht ganz mit ihm fertig. Als Alex herausfindet, dass Tabbys Leben in Gefahr ist, findet er nicht nur einen Weg, ihr zu helfen, sondern lernt auch die wahre Frau hinter dem freundlichen Lächeln kennen, das sie ihm stets gezeigt hat. Ihre Liebe wird nicht einfach werden, doch nichts, was so leidenschaftlich und herzzerreißend ist, ist jemals leicht.

Kapitel Eins

ALEX MONTGOMERY BRAUCHTE KEINEN DRINK.

Aber er *sehnte* sich verdammt noch mal nach einem.

Dieses Gefühl war natürlich nicht neu. Das Verlangen war immer da. Es brannte in seinem Innersten, schlängelte sich seine Wirbelsäule hinauf und schnürte ihm die Kehle zu. Es krallte sich an ihm fest, verführte ihn, überwältigte ihn, als könnte es nicht anders. Es war wie ein wütender Linebacker, der in ein Ohr schrie, während eine verführerische Tänzerin sexy Anspielungen in das andere flüsterte, und beide ihm sagten, er solle nur einen Drink nehmen.

Es würde nur ein Drink sein, spotteten sie. *Nur einer.*

Nur dass es nie bei einem Drink blieb.

Weil Alex ein Alkoholiker war. Seit über einem Jahr hatte er keinen Drink mehr zu sich genommen, um seine ausgedörrte Kehle zu beruhigen oder seine Dämonen zu ertränken. Manchmal konnte er es immer noch nicht so recht glauben, und doch kam es ihm manchmal so vor, als wäre es schon viel länger her. Sechzehn Monate nüchtern, aber trotzdem ein Süchtiger. Egal, wie viele Tage vergingen und wie viele Drinks er *nicht* zu sich nahm, er würde immer ein Alkoholiker sein. Das war etwas, mit dem er während der letzten Monate gelernt hatte, sich abzufinden, aber manchmal machte das Wissen um die Wahrheit den Versuch, ein normales Leben zu führen, nicht einfacher.

»Du bist früh da«, sagte Marie Montgomery, als sie auf ihn zuging. Obwohl er in der kalten Luft von Denver draußen gestanden hatte, hatte seine Mutter ihn trotzdem gefunden. Er liebte den Duft der Berge und der Behaglichkeit, der das Haus seiner Kindheit zu durchdringen schien, und allein der Anblick der Frau, die ihn großgezogen hatte, gab ihm das Gefühl, dem, was er verloren hatte, näher zu sein … und gleichzeitig weiter von dem Punkt entfernt, an dem er angefangen hatte.

Seine Mutter sah gut aus für ihr Alter, dachte er. Manchmal war er sich gar nicht sicher, ob sie überhaupt gealtert war. Wenn ihre Gene das waren, woran sich die Familienmitglieder orientieren konnten, wenn sie älter wurden, dann würden die meisten seiner Geschwister in ihren Fünfzigern und Sechzigern noch gut aussehen. Alex hatte während seiner Trunksucht wahrscheinlich seine Leber zerstört, also ging er davon aus, dass es bei ihm wahrscheinlich nicht ganz so sein würde. Er würde höchstwahrscheinlich noch exzentrischer werden als seine ohnehin schon exzentrischen Geschwister. Aber das war einmal seine Entscheidung gewesen, bis er dann die Kontrolle verloren hatte, nachdem er zu tief gefallen war. Jetzt würde er die Konsequenzen seiner Entscheidungen tragen müssen. Und es war an der Zeit, dass er sich den Folgen stellte, wie sein Sponsor und sein Therapeut sagten.

Seine Mutter schlang ihre Arme um seine Taille und hielt ihn fest. Er ignorierte die Art und Weise, wie sich sein Magen zusammenzog, und umarmte sie zurück, wobei seine Bewegungen sich fast ein wenig eingerostet anfühlten. Es war in den letzten Monaten nicht leicht gewesen, sich daran zu erinnern, wie liebevoll seine Familie einmal zu ihm gewesen war. Er hatte sie mit der Zeit alle weggestoßen und er lernte gerade erst, wie er zu ihr zurückkommen konnte – wenn es denn einen Weg zurück gab. Als er die Augen schloss und den Duft einatmete, der ihn einst beruhigt hatte, betete er, dass er eines Tages wieder zur Ruhe kommen würde.

Früher hatte er getrunken, um zu vergessen, und

dann, weil er nichts anderes kannte, hatte er weiter getrunken. Aber jetzt musste er sich erinnern, verdammt noch mal.

Er küsste den Kopf seiner Mutter, da sie so viel kleiner war als er, und trat einen Schritt zurück. Sie war einige Zentimeter kleiner als alle ihre Söhne und sogar kleiner als ihre drei Töchter. Wie Marie Montgomery in der Lage gewesen war, acht Kinder sowie all ihre Freunde, die Tag für Tag in ihr Haus kamen, großzuziehen, war ihm unbegreiflich.

»Ich bin aber froh, dass du hier bist.« Sie tätschelte seine Brust und schaute mit besorgtem Blick zu ihm auf. Diese Sorge hatte sie jetzt immer; und er wusste, es war seine Schuld, dass sie da war.

»Ich würde nirgendwo anders sein«, sagte er ehrlich. Der Blick seiner Mutter wurde weicher und er glaubte, dass er das Richtige gesagt hatte. »Ich weiß, dass das Familienessen erst in ein paar Stunden beginnt, aber ich wollte früher kommen und sehen, ob ich helfen kann.« Obwohl ihre Familie für die heutige Zeit als riesig galt, lebten die unmittelbaren Familienmitglieder alle im Umkreis von dreißig Minuten voneinander in verschiedenen Vororten von Denver. Einige von ihnen waren für ein oder zwei Jahre weggezogen, wegen der Ausbildung oder um woanders Erfahrungen zu sammeln, aber am Ende waren sie alle nach Denver zurückgekehrt. Als er aus der Reha entlassen wurde, hatte er überlegt, wegzuziehen und neu anzufangen, aber damit hätte er nur denen wehgetan, die ihn durch all seinen Mist hindurch geliebt hatten. Sie waren bei ihm geblieben, hatten ihn zu der Entscheidung gedrängt, die er für sich selbst treffen musste, und jetzt war er froh, dass er in der Stadt geblieben war.

Zumindest empfand er das in diesem Moment so. Bei der Art und Weise, wie seine Gedanken in tausend verschiedene Richtungen gingen, könnte er seine Meinung jedoch bald wieder ändern.

Da seine Eltern begeistert waren, dass alle ihre Kinder so nahe beieinander lebten, veranstalteten sie zweimal im Monat ein Familienessen. Manchmal machten sie es auch öfter, manchmal konnten sie alle nur einmal zusammenbringen, aber alle von Alex' Geschwistern versuchten, es einzurichten, wenn sie konnten. Hinzu kam, dass der Rest seiner Familie in letzter Zeit in alarmierendem Tempo Kinder bekommen hatte, und ihre Familienessen waren immer laut, voll und anstrengend.

Wieder einmal ignorierte er die Anspannung in seinem Magen.

Ich schaffe das, sagte er sich wieder.

Er war einmal normal gewesen. Er könnte versuchen, zumindest so zu tun, wieder normal zu sein.

»Jedenfalls hättest du gleich ins Haus kommen können, Alex«, fuhr seine Mutter fort. »Du hättest nicht durch den Garten gehen müssen. Du hättest einfach durch die Vordertür reinkommen können. Du hättest nicht einmal anklopfen müssen, da du eines meiner Babys bist. Seit die Chemo- und Bestrahlungstherapie vorbei ist, macht dein Vater kein Nickerchen mehr wie früher.«

Harry, Alex' Vater, hatte im Jahr zuvor Prostatakrebs bekämpft, während Alex seine eigene, selbst verursachte Abwärtsspirale durchlebte. Alex war nicht in der Verfassung gewesen, die Art von Sohn zu sein, die Harry brauchte, als er mit dem Tod rang und gewann. Zum Glück hatte Alex noch vier weitere Brüder, die viel stärker waren als er, und drei Schwestern, die bei allem, was sie taten, stets ihr Bestes gaben.

»Ich wollte den langen Weg gehen, bevor ich reinkomme.« Er zuckte mit den Schultern und sie warf ihm einen neugierigen Blick zu. Er seufzte und deutete auf einen der Picknicktische auf der großen Veranda, die sein Vater und sein Bruder Austin vor über einem Jahrzehnt gebaut hatten. Austin war ein paar Jahre älter als Alex und hatte schon immer gut mit seinen Händen arbeiten können. Doch es waren die nächsten beiden Geschwister in der Reihe, Wes und Storm, gewesen, die sich Harry in seiner Baufirma angeschlossen hatten, während Austin zusammen mit ihrer Schwester Maya sein eigenes Tattoostudio eröffnet hatte.

»Ich habe meine Kamera mitgebracht, falls du Fotos oder so was haben möchtest, und dachte mir, ich schaue mal, ob mir hier draußen etwas ins Auge fällt.« Plötzlich befangen, schaute er nicht in ihre Richtung, als er das sagte. Er war Fotograf und Fotojournalist von Beruf, aber er hatte viele seiner Kontakte verloren, als er sich auf dem Boden einer Flasche wiederfand. Er hatte das letzte Jahr damit verbracht, für seine Sünden zu büßen, neue Verbindungen zu knüpfen und die zu reparieren, die er zerstört hatte, aber er war noch nicht ganz am Ziel.

Seine Mutter legte ihre Hand auf seinen Unterarm und er sah wieder zu ihr hinunter. »Ich denke, das wäre wunderbar. Nichts Formelles, meine ich, da wir niemanden vorgewarnt haben, aber ich hätte gern ein paar Aufnahmen von der Familie, wie sie ist und wie alle sich einfach amüsieren. Du warst schon immer talentiert darin, das einzufangen.« Tränen füllten ihre Augen und sie blinzelte sie weg, allerdings nicht schnell genug, damit er sich nicht wie ein Arsch fühlte, weil er sie dorthin gebracht hatte. »Ich freue mich schon darauf zu sehen, was dir einfällt. Du bist so talentiert.«

Er nickte und schluckte schwer. Vielleicht würde er sich eines Tages nicht mehr wie ein Fremder in dem Haus fühlen, in dem er aufgewachsen war, aber heute würde dieser Tag nicht sein. Zum Teufel, er fühlte sich in seiner eigenen Haut wie ein Fremder, ganz zu schweigen davon, dass er jemand anderem die Möglichkeit gab zu sehen, wer er war.

Er wusste nicht einmal mehr selbst, wer er war.

»Mrs. Montgomery?«

Alex drehte sich beim Klang der leisen Stimme hinter ihm um und sein Herz schlug plötzlich ein bisschen schneller, obwohl er nicht wusste warum.

Tabitha bewegte sich auf sie zu, ein zögerliches Lächeln auf dem Gesicht, während sie ihn und seine Mutter musterte. Sie trug ihr hellbraunes Haar zu einem hohen Pferdeschwanz zusammengebunden, aber er war sich ziemlich sicher, dass sie früher einmal blond gewesen war. Vielleicht war es aber auch nur ein Trick des Lichts. Wenn er ehrlich zu sich selbst war, konnte er sich nicht mehr an viel aus den letzten paar Jahren erinnern. Sie war ein wenig überdurchschnittlich groß und schien nur aus Beinen zu bestehen – Beinen, die er im letzten Jahr mehr als einmal betrachtet hatte.

Aber er hatte diese Gedanken immer beiseitegeschoben, so wie er es auch jetzt tun würde. Er befand sich in der Genesungsphase, verdammt noch mal, und obwohl er die Jahresmarke überschritten hatte – der Zeitraum, den Süchtige nach Meinung der meisten Experten warten sollten, bevor sie eine neue Beziehung eingingen –, wusste er, dass Tabitha nicht die Frau sein würde, mit der er eine Beziehung anfangen würde, sobald er bereit war.

Sie arbeitete mit seinen Brüdern Storm und Wes bei Montgomery Inc. Sie war die Verwaltungsassistentin der Baufirma, die seine Eltern gegründet hatten, bevor er geboren wurde, und er war sich ziemlich sicher, dass sie die Firma mit äußerster Effizienz führte. Wes war vielleicht superorganisiert und fleißig, aber Alex wusste, dass Wes und Storm ohne Tabitha nicht funktionieren würden.

»Tabby!« Seine Mutter eilte auf die andere Frau zu und nahm sie in die Arme.

Tabitha lächelte liebevoll, diesmal nicht so zögerlich, und umarmte seine Mutter zurück. »Hallo, Mrs. Montgomery. Ich dachte, ich komme ein bisschen früher und schaue, ob Sie heute Hilfe beim Kochen brauchen. Mr. Montgomery hat mich reingelassen und ich habe Sie hier draußen durch das Fenster gesehen.«

Alex stopfte seine Hände in die Taschen und beobachtete, wie seine Mutter Tabitha anhimmelte. Er konnte es ihr auch nicht wirklich verübeln. Tabitha war ein herzensguter Mensch und jedes Mal, wenn er sie sah, war sie immer gut drauf und half jemandem. Er wusste nicht, ob sie jemanden zu Hause hatte, der auf sie wartete, oder Familie in der Nähe, aber er wusste, dass die Montgomerys sie so oder so aufgenommen hatten. Sie neigten dazu, das mit jedem zu tun, den sie mochten und bewunderten, der nahe genug an ihr Netz kam.

»Wie oft habe ich dich gebeten, mich Marie zu nennen, Tabby?« Marie hielt Tabithas Hände und schüttelte den Kopf, obwohl er erkennen konnte, dass seine Mutter lächelte.

»Jedes Mal, wenn ich dich sehe. Aber ich habe eine schlechte Angewohnheit, die ich anscheinend nicht abschütteln kann.« Tabitha sah auf und zu Alex hinüber und lächelte, obwohl es nicht dasselbe Lächeln war, das sie seiner Mutter geschenkt hatte, und er konnte es nicht ganz deuten. »Hallo Alexander.«

»Hi.« Er fand es schon immer seltsam, dass sie die Einzigen waren, die sich gegenseitig beim vollen Namen nannten, aber das war nur eines dieser Dinge, die sich vor Jahren eingebürgert hatten, und er wusste nicht, wie er es ändern sollte. Und ehrlich gesagt wollte er das auch nicht.

»Jedenfalls ist Storm an der Reihe, mir in der Küche zu helfen, falls du mitmachen willst«, warf Marie ein. »Der Rest der Kinder und ihre Babys kommen etwas später.« Sie schaute über ihre Schulter. »Alex, Schatz, nimm deine Kamera und komm mit rein. Wenn dir langweilig ist, kannst du uns beim Kochen helfen.«

Sein Magen zog sich wieder zusammen bei dem Gedanken, eingeschlossen zu werden, aber dieses Mal tat es nicht weh. Nein, es war mehr eine Wärme, die er nicht ganz einordnen konnte. Irgendwie gefiel es ihm.

»Das kann ich machen«, sagte er leise und ging zurück, um seine Kamera zu holen. Er joggte zum Picknicktisch und hob seine Tasche auf. Seine Hände zitterten und er zwang sich, tief einzuatmen und bis zehn zu zählen.

»Bist du okay?«

Er wirbelte herum und seine Augen weiteten sich. Er hatte nicht gehört, dass Tabitha ihm gefolgt war, und er schluckte schwer und sein Herz raste. »Ja, ich hole nur meine Kamera.«

Sie legte den Kopf schief und musterte sein Gesicht. »Okay. Deine Mutter ist in die Küche gegangen, um ihre Listen zu holen. Storm wird in ein paar Minuten anscheinend auch hier sein. Ich hoffe, es macht dir nichts aus, dass ich früher gekommen bin, um zu helfen. Ich wusste nicht, dass du auch früher hier sein würdest, und ich wollte nicht stören, was immer du und deine Mutter geplant habt.«

Er schüttelte schnell den Kopf, während er den Riemen seiner Tasche auf seine Schulter legte. Er fummelte weiter daran herum, denn aus irgendeinem Grund wollte er nach ihr greifen und sie berühren, um sie zu besänftigen, obwohl es gar nicht nötig gewesen wäre, sie in irgendeiner Weise zu berühren.

»Du hast nichts unterbrochen.« Er gab ein trockenes Lachen von sich und sie warf ihm einen neugierigen Blick zu. »Du bist jetzt Teil der Familie, weißt du. Wenn überhaupt, dann bist du heutzutage wohl eher eine Montgomery als ich.« Er hatte nicht vorgehabt, Letzteres zu sagen, und hätte sich selbst einen Tritt verpassen können, als die Worte aus ihm heraussprudelten. Er hatte nicht vorgehabt, sich so zu öffnen.

Sie warf ihm jedoch keinen mitleidigen Blick zu. Stattdessen verengte sie die Augen. »Du bist ein

Montgomery, auch wenn du das im Moment nicht so siehst. Du warst schon immer ein Montgomery, nicht nur dem Namen nach.« Sie atmete aus und die beiden standen sich in einem unbehaglichen Schweigen gegenüber. »Wie auch immer, wir sollten uns auf den Weg machen, damit wir helfen können.« Sie drehte sich um und er atmete selbst ein wenig aus, bevor er ihr folgte.

Er wusste nicht, was es mit Tabitha Collins auf sich hatte, das ihn dazu gebracht hatte, sich auch nur ein kleines bisschen zu öffnen, aber er war sich nicht sicher, ob er es in nächster Zeit herausfinden wollte.

Als sie das Haus betraten, kam Storm gerade mit einem breiten Lächeln im Gesicht durch die Vordertür herein. Storm und Wes waren zweieiige Zwillinge, also sahen sie sich nicht übermäßig ähnlich, aber von allen Montgomerys sahen sie sich am ähnlichsten. Sie hatten alle dunkles Haar und blaue Augen, und die meisten von ihnen hatten auch Tattoos und Piercings. Wenn man bedachte, dass zwei seiner Geschwister ein Tattoostudio betrieben, machte das nur Sinn. Sie bildeten einen vielseitigen Haufen, aber sie waren Montgomerys, also war das alles, was zählte.

Oder zumindest war das alles, was von Bedeutung sein sollte, bis Alex das alles über den Haufen geworfen hatte.

Er schüttelte diese Gedanken ab und ging zu Storm, um ihn zu begrüßen. Die beiden machten diese Männerumarmung, die er nie wirklich verstand, aber trotzdem tat, bevor sie in die Küche gingen. Storm umarmte Tabitha fest, bevor er sie auf den Kopf küsste und sich an die Arbeit machte.

»Behandelst du so deine Mitarbeiter bei der Arbeit, Liebes?«, fragte Marie mit einem Zwinkern in den Augen. Alex war sich ziemlich sicher, dass Marie es am liebsten gesehen hätte, wenn Tabitha in den Montgomery-Clan eingeheiratet hätte, und war davon überzeugt, dass sowohl Wes als auch Storm geeignete Kandidaten wären.

Alex zählte schließlich nicht.

Storm zwinkerte und küsste seine Mutter auf die Wange. »Nur außerhalb der Arbeit, Mom. Mach dir keine Sorgen.«

Tabitha wurde rot und winkte sie ab. »Wenn sie das im Büro versuchen würden, würde ich ihnen in den Hintern treten. Mach dir keine Gedanken.«

»Es ist wahr«, sagte Storm, während er den Kühlschrank durchsuchte. »Sie könnte es mit uns allen aufnehmen.«

Alex hob eine Augenbraue. »Gut zu wissen.«

Wenn es möglich wäre, errötete Tabitha noch stärker, bevor sie sich wieder an die Arbeit machte. Alex unterdrückte ein Stirnrunzeln über die Reaktion und stellte seine Kameratasche ab, bevor seine Mutter ihn ebenfalls an die Arbeit schickte. Solange er nicht allein zu Hause saß und versuchte, sich zu überlegen, was er tun konnte, würde er nehmen, was auch immer ihm angeboten wurde.

Es dauerte ein paar Stunden, aber schließlich hatten sie das Essen fertig. Seine Mutter wollte heute Abend italienisch essen, also hatten sie ein paar Schüsseln Lasagne, ein Alfredo-Gericht und Nudeln mit Fleischbällchen für die Kinder vorbereitet. Sie hatten sogar Salate, Beilagen und Antipasti gemacht. Da es acht Geschwister waren und die meisten von ihnen Lebenspartner hatten, sowie Kinder *und* Leute wie Tabitha, die praktisch adoptiert worden waren, summierte sich das. Es gab eine Menge Mäuler zu stopfen. Aber die Montgomerys wussten sicher, wie man sich umeinander kümmert, auch wenn es diesmal nur um die Mägen ging.

Seine Mutter war für die Desserts zuständig gewesen, also wusste er, dass es auch nach der Hauptmahlzeit tonnenweise süße Leckereien geben würde. Er rieb sich mit einer Hand über den Bauch und seufzte. Er war sich nicht sicher, ob er am Ende noch Platz für ein Dessert haben würde, und er wollte es nicht übertreiben. Das hatte er in seinem Leben schon oft genug getan.

Als der Rest der Familie eintraf, zückte er seine Kamera. Das war nicht sein erstes Familienessen, seit er aus der Reha entlassen worden war, aber er hatte immer noch nicht genügend Kraft, um mit allen auf einmal fertigzuwerden.

Seine Verwandten liebten ihn, das wusste er. Sie

waren diejenigen, die ihn gezwungen hatten, sich selbst zu betrachten, und sie waren da gewesen, um die Scherben aufzusammeln, nachdem er zusammengebrochen war. Er war nicht stark genug gewesen, es allein zu schaffen, und obwohl er es ihnen nicht übel nahm, nahm er es sich selbst übel.

Es war einfacher, hinter der Linse zu sein und Fotos von der Interaktion seiner Familie zu machen, als tatsächlich Teil davon zu sein. Obwohl er körperlich anwesend war, konnte er sich doch zurückziehen und ein Beobachter sein.

Er konzentrierte sich auf eine Seite des Raumes und knipste ein paar Fotos, während seine Schwester Meghan den Kopf zurückwarf und über etwas lachte, das ihr Mann Luc sagte. Luc hielt ihre gemeinsame Tochter Emma in den Armen. Das kleine Mädchen war jetzt etwa fünf Monate alt, wenn er richtig gezählt hatte. Tatsächlich hatten seine drei Schwestern vor fünf Monaten jeweils ein Kind zur Welt gebracht, was nur zeigte, wie nahe sich die Montgomerys standen. Sie pflanzten sich sogar nach einem ähnlichen Zeitplan fort, damit ihre Kinder zusammen aufwachsen konnten. Obwohl er wusste, dass sie es nicht absichtlich getan hatten, war es trotzdem ein wenig seltsam.

Maya, seine andere Schwester, lehnte sich mit dem Rücken an Border, einen ihrer Ehemänner, während ihr zweiter Mann Jake ihren Sohn Noah hielt. Neben ihnen hielt Miranda, Alex' letzte Schwester, ihren Sohn Micah, während ihr Mann Decker seitlich von ihnen stand und wie ein stolzer Papa lächelte.

Alex fuhr fort, Fotos zu machen, und ignorierte den Schmerz in seiner Brust beim Anblick all seiner Familienmitglieder, die ihren eigenen Weg fanden und ihre eigenen Familien gründeten.

Er hatte sich von der Familie entfremdet, die er hatte, und wusste, dass er keine zweite Chance bekommen würde. Seine Ex-Frau war zum Glück schon lange weg und er wollte nicht noch einmal in diese Falle tappen.

Er glaubte nicht, dass er stark genug war, es ein zweites Mal zu ertragen.

Wieder einmal verdrängte er diese Gedanken aus seinem Kopf und fotografierte weiter. Griffin und Autumn kuschelnd in der Ecke. Austin und Sierra, die in der Mitte des Raumes mit ihrer Brut rangen. Seine Eltern, die zur Freude von Tabitha, Storm und Wes tanzten. Mit jedem Klick des Auslösers hielt er die Erinnerung für die Ewigkeit fest, ohne sie tatsächlich selbst zu erleben.

Aber das war es, was er tat, und er würde verdammt sein, wenn er bei dieser einen Sache versagen würde.

Die Eieruhr ging hinter ihm los und er drehte sich um, als seine Mutter in die Hände klatschte und den Anwesenden das Signal gab. »Okay, Leute, sucht euch alle einen Platz. Storm und Alex?

Kommt und helft mir, das Essen auf den Tisch zu stellen.«

Wenn seine Mutter sprach, hörten die Leute zu, also legte er seine Kamera weg und ging, um die Teller mit dem Essen auf den Tisch zu stellen. Jedes der Geschwister übernahm abwechselnd die Rolle des Sous-Chefs und des Kellners, sodass Alex seine Rolle mit Bravour meisterte. Zum Glück hatten die handwerklich begabten Mitglieder seiner Familie einen großen Bankettisch gebaut, an den alle auf einmal passten. Obwohl er vermutete, dass es bei all den Kindern, die überall auftauchten, bald eng werden würde.

Schließlich fand er sich neben Jake auf der einen Seite und seinem Neffen Leif, Austins Sohn, auf der anderen Seite sitzend wieder. Tabitha saß ihm gegenüber mit Storm und Wes rechts und links von ihr. Obwohl seine Mutter keine Tischkarten aufgestellt hatte, hatte er das Gefühl, dass sie bei dieser Sitzordnung ihre Finger im Spiel hatte. Seine Mutter wollte Tabitha *wirklich* als Teil der Familie haben.

Alle stapelten ihre Teller voll mit den Gerichten, obwohl er sehr darauf achtete, nur kleine Portionen von jeder Speise zu nehmen. Alles war so kohlenhydrat- und fettreich, dass er vorsichtig sein musste, um sich nicht zu übernehmen. Es war nicht so, dass er nicht alles essen wollte, aber jetzt, wo er keinen Alkohol mehr trank und nicht mehr rauchte, hatte er Angst, dass er es mit dem Essen übertreiben würde.

Zu viele in seinem Programm hatten das getan, und er wollte nicht ein Laster gegen ein anderes tauschen. Sein Therapeut war mit der Art und Weise, wie er sich selbst kontrollierte, für den Moment einverstanden, aber Alex wusste, dass es immer ein Drahtseilakt zwischen Besessenheit und einer neuen Sucht sein würde.

»Hast du genug bekommen?«, fragte Leif neben Alex. Der Junge war jetzt fast ein Teenager, was sowohl seinem Vater als auch Alex eine Heidenangst einjagte. »Ich kann das Alfredo-Gericht erreichen, wenn du noch mehr willst.«

Alex schüttelte den Kopf. »Ich bin versorgt, ich habe schon genug auf dem Teller. Aber danke.«

Leif zuckte mit den Schultern. »Gern geschehen.«

»Bist du sicher, dass du genug isst?«, fragte Storm und Alex verengte die Augen.

»Ja, versprochen.« Sein Tonfall war wohl nicht so sanft, wie er es gern gehabt hätte, denn die anderen wurden etwas still um ihn herum. »Ich esse genug, wirklich.« Und das tat er auch, obwohl er in der Vergangenheit mehr gegessen hatte. Aber jetzt, wo er mehr trainierte, nahm er zusätzlich Eiweiß zu sich und keine Kohlenhydrate. Er hasste es, sich dafür rechtfertigen zu müssen, aber er hatte schon einmal alles vermasselt, indem er Alkoholiker geworden war, also vermutete er, dass seine Familie ihm vielleicht nicht mehr zutraute, auf sich aufzupassen.

Nicht dass er es ihnen verübelt hätte.

Er traute sich selbst nicht ganz über den Weg.

Alle aßen und redeten weiter, und Alex sprach leise mit Jake und einigen der anderen, wenn sie ihm Fragen stellten. Er fühlte sich immer noch nicht ganz wohl, sodass es einfacher war, einfach nur dazusitzen und zu beobachten, anstatt sich zu beteiligen.

»Hey, ich habe vielleicht einen Job für dich, wenn du interessiert bist«, sagte Storm und riss Alex aus seinen Gedanken.

»Wirklich?«, fragte er. Er brauchte das Geld und wenn Storm ihm helfen konnte, einen legalen Job zu finden, dann würde er ihn annehmen. Er wollte keine Almosen, aber er würde arbeiten.

»Ja. Eigentlich war es die Idee von Wes und Tabby.«

Alex wandte sich mit hochgezogenen Augenbrauen an die anderen beiden.

Tabby wurde rot, aber Wes war derjenige, der antwortete: »Wir überarbeiten gerade unsere Webseite und wir wollen ein paar gedruckte Bücher zum Verteilen und für das Büro haben. Gebundene Bücher für das Büro, aber ich weiß noch nicht, wie es mit den anderen Drucksachen aussieht. Wir wollen uns auf das konzentrieren, worin wir gut sind, und zeigen, was wir gemacht haben. Storm und ich könnten leicht ein paar Fotos machen, aber die wären nicht annähernd so gut wie das, was du zustande bringst.«

»Wir würden dir auch dein normales Honorar

zahlen«, fügte Storm hinzu. »Es ist ja nicht so, dass wir erwarten würden, dass du es umsonst tust, nur weil du zur Familie gehörst.«

Alex runzelte die Stirn. »Aber das *solltet* ihr erwarten.«

»Äh, nein«, warf Maya ein. »Ihr bezahlt alle für eure Tätowierungen, wenn ihr in den Laden kommt.«

»Und ich werde auch für die Arbeit bei Montgomery Inc. bezahlt, obwohl ich zur Familie gehöre«, sagte Meghan leise. »Wir arbeiten alle zusammen, *weil* wir eine Familie sind, aber wir müssen auch unseren Lebensunterhalt verdienen.«

Alex schluckte schwer und war sich bewusst, dass alle ihn ansahen. Er fühlte sich entblößt und verletzlich, aber er ignorierte es. Er hatte sich sogar noch entblößter gefühlt, als er versucht hatte, sich zu Tode zu saufen, nur hatte er dieses Mal nicht den Alkohol, um alles zu betäuben.

»Ich glaube, das kann ich machen. Sagt mir einfach, was ihr euch vorgestellt habt.«

Ihm entging nicht, wie seine Mutter nach der Hand seines Vaters griff, und die beiden sahen ihn an, als hätte er einen Riesensprung gemacht.

Er atmete aus und versuchte, die Blicke zu ignorieren. Schließlich war es Tabitha, die ein Geräusch machte und damit die Spannung löste. Sie schrie auf, als sie nach ihrem Wasser griff, und verschüttete es auf ihrem Schoß und einem Teil des Tisches. »Huch! Es tut mir leid!«

Sie zwinkerte ihm zu, aber er war sich nicht sicher, ob es sonst jemand bemerkt hatte. Er stand auf, um ihr zu helfen, aber Storm und Wes waren schon zur Stelle. Er wusste nicht, warum Tabitha das getan und so die Aufmerksamkeit von ihm abgelenkt hatte, aber er war sehr dankbar dafür. Bald kehrten die anderen an den Tisch zurück und Tabitha kam mit einem neuen Glas und mehr Servietten aus der Küche.

Als sie mit dem Essen fertig waren, brachten alle ihre Teller in die Küche und holten sich bei Bedarf weitere Getränke. Alex nahm eine Cola aus dem Kühlschrank. Obwohl er den Zucker nicht brauchte, wollte er das Koffein und war nicht in der Stimmung für Kaffee.

Austin und Wes holten sich ein Bier, während sie sich gerade über Wes' nächstes Tattoo unterhielten. Als Austin den Deckel aufschraubte, hallte das Zischen der Kohlensäure genau in der richtigen Frequenz in der Küche wider, sodass es jeder hörte. Tatsächlich erstarrte jede einzelne Person, wo sie war, und warf Alex beschämte Blicke zu.

Bei den ersten paar Abendessen hatten sie alle davon abgesehen, in seiner Gegenwart zu trinken, aber er hatte das gehasst. Keines seiner Familienmitglieder hatte jemals Alkohol missbraucht und alle waren immer sehr vorsichtig gewesen, wer selbst nach einem einzigen Drink noch Auto fuhr. Er hatte sie schließlich davon überzeugt, zu trinken, was sie wollten, aber es war nicht einfach gewesen. Alkohol war nicht böse, aber Alex wusste nicht, wie er nach ein oder zwei Drinks Nein sagen sollte. Es lag einfach nicht in seiner Natur, das zu tun, und deshalb musste er sich ganz davon fernhalten. Aber nach einem langen Tag, an dem seine Verwandten in ihren anspruchsvollen Jobs schufteten, bis der Schweiß ihre Hemden durchtränkte, hatten sie es verdammt noch mal auch verdient, wenn sie ein einfaches Bier wollten.

Und er hatte gelernt, damit zu leben.

Ein Schritt nach dem anderen.

Als Reaktion auf die Blicke öffnete er absichtlich langsam seine Cola, während das Geräusch dem einer Bierflasche sehr ähnlich war. Die Spannung im Raum platzte wie ein Ballon und er konnte praktisch sehen, wie alle gemeinsam tief einatmeten.

Eines Tages, so dachte er, würde ihm vielleicht verziehen werden, wie er seine Familie verraten hatte, aber das würde nicht so bald sein. Er hatte ihr Vertrauen gebrochen und er hatte sich dabei selbst gebrochen.

Sein Blick traf auf den von Tabitha auf der anderen Seite der Küche, und sie schluckte schwer und ihre Augen weiteten sich. Er wandte sich absichtlich ab und ging ins Wohnzimmer, wo einige der anderen sich aufhielten. Er hatte es nicht verdient, Tabitha auf diese Weise anzuschauen. Sie war zu süß, zu unschuldig für einen Mann wie ihn.

Sie verdiente jemanden, der sich seinen Weg durch die Welt nicht mit einer zerbrochenen Flasche gebahnt hatte. Und er verdiente … nun, er war sich nicht sicher, was er verdiente, aber sie war es nicht.

Sie würde es nie sein.

Kapitel Zwei

TABBY COLLINS ZÜNDETE ihre zwei großen, dicken Kerzen an und lächelte. Es gab nichts Schöneres, als sich einen Abend lang nur für sich selbst zurechtzumachen. Es fühlte sich *zügellos* an. Und wenn es eine Sache gab, die Tabby nicht war, dann war es zügellos. Aber nach dem Tag, den sie gehabt hatte, würde sie sich diesen Moment gönnen.

Die Kerzen verliehen dem dunklen, glänzenden Holz ihres Schreibtisches einen warmen Schein und sie seufzte, bevor sie die Lampe neben ihrem Computer anschaltete. Sie brauchte ein wenig mehr Licht, um das zu tun, was sie als Nächstes zu tun hatte, aber die Bio-Wachskerzen, die sie aus einer Laune heraus gekauft hatte, verströmten einen angenehmen Duft, der sie in die richtige Stimmung brachte.

Sie drehte die Musik auf leise und wiegte sich im Takt hin und her, während sie sich ein Glas Wein einschenkte. Nur ein kleines Glas, da sie sich noch konzentrieren und morgen früh für die Arbeit aufstehen musste, aber ein schönes Glas Malbec nach einem Tag wie heute war nötig. Als sie sicher war, dass alles an seinem Platz war, stellte sie das Glas neben ihrem Arbeitsplatz ab und streckte die Arme über den Kopf. Sie war an diesem Abend von der Arbeit bei Montgomery Inc. nach Hause gekommen und hatte sofort ihre bequemen Leggings und ihr Trägerhemd angezogen. Sie waren weicher als ihr Winterpyjama und wenn sie es sich hätte erlauben können, hätte sie sie jeden Tag zur Arbeit getragen. Was würden die Montgomerys sagen, wenn sie in Leggings mit Einhörnern darauf und einem knallpinken Träger-hemd mit winzigen weißen Herzen an den Nähten auftauchte? Sie passten so gar nicht zu ihrer normalen Arbeitskleidung – Bleistiftröcke, Kleider, schmale Hosen –, und das war ihr nur recht.

Ihr Körper bebte von dem sanften, süßen Geschmack des Weins und der Musik, die sie umgab, also sank sie in ihren Schreibtischstuhl und seufzte.

Während manche Frauen vielleicht Musik anma-chen und Kerzen anzünden, um sich zu entspannen oder sich sogar selbst zu verwöhnen, wollte Tabby ihre eigene Form der Glückseligkeit finden.

Mit einem sanften Lächeln klappte sie ihren Wochenplaner auf. Sie hatte viel zu viel Geld für das

Zubehör dafür ausgegeben, und obwohl ihr Leben auch in ihrem digitalen Kalender stand, musste sie ihre Aufgabenliste für den nächsten Tag aufschreiben und sich davon überzeugen, dass sie die Liste des aktuellen Tages abgearbeitet hatte. Es gab nichts Schöneres, als etwas von ihrer Aufgabenliste abzuhaken. Es war fast euphorisch. Die anderen Frauen in ihrer Online-Planer-Gruppe empfanden genauso wie sie, also wusste sie, dass sie mit ihrer … Sucht nicht ganz allein war, aber sie machte ihre Liebe zu Planern, Kalendern und Stiften immer noch nicht in der Öffentlichkeit bekannt.

Sie hatte das Gefühl, dass Wes Montgomery es wissen könnte, da sie davon ausging, dass er einen eigenen Planer hatte, aber abgesehen davon war diese Zeit und dieses dicke Notizbuch, gefüllt mit ihren Zielen und Listen, nur für sie.

Sie betrachtete ihren Stiftebehälter und überlegte, welche Farbe für die nächsten zwei Tage passen würde. Da sie mit einem Papierplaner arbeitete, der ihr jeden Tag einzeln anzeigte, neigte sie dazu, die Farben nach Zwei-Tages-Perioden zu koordinieren. Ja, sie war verrückt und ein wenig zwanghaft, aber das war es, was sie glücklich machte, alle anderen mussten also einfach damit zurechtkommen.

Sie beendete schnell das Hinzufügen der Farben, die sie für die nächsten zwei Tage benutzen wollte, damit sie sich konzentrieren konnte, und öffnete ihren digitalen Kalender, um zu überprüfen, dass sie nichts verpasste. Allein das Aufschreiben der Dinge beruhigte sie und stellte sicher, dass sie keinen Termin oder eine anstehende Rechnung mit einem Kunden vergaß.

Montgomery Inc. zählte auf sie und sie würde ihren Arbeitgeber nicht enttäuschen. Die anderen scherzten, dass die Montgomerys all das, was sie in der Firma machten, ohne sie gar nicht machen könnten, aber sie wusste, dass es eine Teamleistung war. Wenn ihre fast zwanghaften Organisationstechniken ihnen in irgendeiner Weise halfen, dann sollte es so sein.

Sie klopfte mit dem Fuß im Rhythmus der Musik und fügte ein paar Notizen für den nächsten Tag hinzu, die Wes und Storm betrafen. Die Zwillinge leiteten die Baufirma, während ihre Schwester Meghan erst vor Kurzem in der Abteilung für Landschaftsentwicklung eingestiegen war. Und Tabby sorgte dafür, dass alle drei – ebenso wie der Rest der Belegschaft und der Crew – wussten, wo sie wann zu sein hatten. Und wenn sie das nicht tat, arbeitete Tabby direkt mit den Kunden an der Abrechnung, der zeitlichen Planung und anderen Angelegenheiten, mit denen die anderen nicht umgehen konnten. Sie liebte ihren Job und hatte das Gefühl, dass sie ihn mit Bravour meisterte.

Aber sie brauchte diesen Planer, um sicher zu sein, dass sie alles schaffen würde.

Nachdem sie einen weiteren Schluck ihres Weins

genommen hatte, fügte sie ein paar Notizen über ein neues Kundentreffen am nächsten Tag hinzu sowie einen Aufkleber, der sie daran erinnern sollte, ihre Mutter und mindestens einen ihrer drei Brüder anzurufen.

Sie hielt inne und lachte über sich selbst.

Okay, vielleicht war das Hinzufügen eines speziellen Aufklebers, der sie daran erinnern sollte, ihre Familie in Pennsylvania anzurufen, ein wenig übertrieben, aber sie hatte die kleinen Aufkleber geliebt, als sie sie online gesehen hatte, und hatte nun eine Verwendung dafür gefunden. Eine verrückte Verwendung, aber dennoch eine Verwendung.

Kopfschüttelnd beendete sie ihre umfangreiche Aufgabenliste für die nächsten zwei Tage und nippte am letzten Schluck ihres Weins. Sie vermisste ihre Familie, aber die Montgomerys hatten sie sofort aufgenommen, als sie den Einstiegsjob bei Montgomery Inc. angenommen hatte. Sie arbeitete nicht nur unter der Woche und manchmal sogar an den Wochenenden mit ihnen zusammen, sondern ging auch zu vielen ihrer Familienessen am Wochenende. Anfangs hatte sie sich ein wenig fehl am Platz gefühlt, aber die tätowierten und gepiercten Montgomerys hatten sie nicht lange in diesem Gefühl gelassen.

Jeder einzelne von ihnen hatte ihr das Gefühl gegeben, ein Teil der Familie zu sein. Na ja, vielleicht nicht bei jedem von ihnen. Alexander war immer ein wenig distanziert zu ihr gewesen – vor allem, als er verheiratet war und sich in einer Abwärtsspirale befand –, aber er war anders, seit er aus der Reha entlassen worden war.

Sie runzelte die Stirn und stand auf, um ihren Arbeitsbereich aufzuräumen, bevor sie sich bettfertig machte. Alexander war mit jedem anders, seit er daran arbeitete, nüchtern zu werden. Sie war nichts Besonderes in Bezug auf seine neue Aufmerksamkeit, und sie würde gut daran tun, sich das zu merken. Nur weil sie seit Jahren in ihn verknallt war – oder vielleicht sogar mehr als das –, bedeutete das nicht, dass er auf diese Weise Gefühle für sie hegte. Es wäre sogar besser, wenn er das nicht täte. Es ging ihm jetzt so gut und sie wollte nichts tun, was das gefährdete.

Alexander Montgomery brauchte Zeit zum Heilen, und Tabby war kein Teil davon.

Sie hatte nie dazugehört. Und das war ihr nur recht. Oder zumindest müsste es das sein.

Dann klingelte ihr Telefon und unterbrach die Musik und den gefährlichen Weg, den ihre Gedanken eingeschlagen hatten.

Als sie auf die Anzeige schaute, lächelte sie wieder. »Hey, Dare. Ich habe gerade an dich gedacht.«

Ihr ältester Bruder lachte leise. Obwohl sie die Geräusche der Kneipe, die ihm gehörte, im Hintergrund hören konnte, musste er sich in eine stille Ecke zurückgezogen haben, denn sie konnte ihn ziemlich deutlich hören. »Du nimmst mich also in deinen Planer auf?«, stichelte er.

Sie schnaubte. »Wenn du näher dran wärst, würde ich dich schlagen.«

»Wenn du näher dran wärst, würdest du wie der Rest der Familie in Pennsylvania leben und das Herz unserer armen Mutter vor Glück zum Platzen bringen«, sagte er trocken.

Sie zuckte bei dem bekannten Argument zusammen. Sie war für das College nach Colorado gezogen, als sie dank ihrer guten Noten ein Stipendium an der Universität von Colorado in Denver erhalten hatte. Es war nicht die größte Universität im Staat, aber sie wollte weg von ihrer Kleinstadt und in der großen Stadt neben den Bergen leben, die nicht von dieser Welt zu sein schien. Ihre drei älteren Brüder waren zurückgeblieben, obwohl sie mit ihrer Nörgelei noch überfürsorglicher geworden waren.

»Du trägst ziemlich dick auf, Dare.«

Er seufzte. »Tut mir leid. Ich hatte einen anstrengenden Tag bei der Arbeit und dachte, ich rufe dich diese Woche an, anstatt dass du mich anrufst. Ich wollte nur deine Stimme hören und mich davon überzeugen, dass die Montgomerys dich gut behandeln.«

Tabbys Schultern entspannten sich, sobald er die Worte sagte, und sie lächelte sanft, während sie sich unterhielten. Obwohl sie Hunderte von Kilometern voneinander entfernt waren, stand sie ihrer Familie immer noch so nahe wie damals, als sie noch in derselben Kleinstadt lebte. Dare, Fox und Lochlan hatten sich um sie gekümmert, seit sie aus dem Krankenhaus nach Hause gekommen war, und ihre Eltern hatten sie gelassen. Sie war heftig beschützt, geliebt und verehrt worden.

Und, um ehrlich zu sein, ein wenig erstickt. Aber jetzt, wo sie etwas Abstand hatte, wusste sie, dass es aus Liebe gewesen war und nicht wegen irgendetwas anderem.

Nachdem sie das Telefonat mit Dare beendet hatte, räumte sie ihr Wohnzimmer auf und ging in ihr großes Schlafzimmer, denn sie wusste, dass sie nicht so viel Zeit hatte, um ein Bad zu nehmen, wie sie geplant hatte. Ein kurzes Einweichen, um die Verspannungen zu lösen und Stress abzubauen, musste reichen.

Sie drehte den Wasserhahn auf und fügte eine Badebombe hinzu, die das Wasser in ein sprudelndes Lila verwandelte, das nach Lavendel und Zitrone roch. Währenddessen zog sie sich aus und band ihr langes Haar auf dem Kopf zusammen, bevor sie eine Schlammmaske auf ihr Gesicht legte. Wenn sie sich schon fünfzehn Minuten lang entspannen wollte, konnte sie auch gleich aufs Ganze gehen.

Während sie sich im Spiegel betrachtete, tat sie ihr Bestes, um abzuschalten und nicht die Gedanken zu hegen, die sich wieder einmal in ihren Kopf geschlichen hatten.

Ich muss zurückgehen und nach ihnen suchen.

Nein, sagte sie sich. Sie konnte nicht weiter suchen und dabei selbst in Sicherheit bleiben und außerdem den Verstand bewahren. Es brachte sie nach und nach um, jedes Mal, wenn sie nach ihnen suchte und leer ausging.

Tabby atmete aus und hielt sich an der Kante der Theke fest.

Hör auf damit. Hör auf damit.

Mit einem Stöhnen stieß sie sich ab und verdrängte diese Gedanken aus ihrem Gehirn, während sie in die Badewanne glitt. Sie drehte die Wasserhähne zu und zwang sich, den Kopf auf den Wannenrand zu legen. Sie würde sich entspannen, bevor sie ins Bett ging, und dann würde sie aufwachen und arbeiten, wie sie es immer tat.

Die Suche nach denen, die sie verloren hatte, würde es nicht mehr geben.

Ein Bild von tiefblauen Augen, die ebenso verloren waren, füllte ihr Gehirn, und sie fluchte.

Und auch über Alexander Montgomery würde sie nicht mehr nachdenken.

Aber als sie schließlich ins Bett ging und den Kopf auf das Kissen legte, versagte sie bei mindestens einem dieser Dinge. Alexander füllte ihre Träume, bis sie erschöpft und verschwitzt aufwachte und sich nach etwas sehnte, das sie nicht haben konnte.

Wie verdammt peinlich.

»Hast du die Akte über das Laymont-Haus?«, fragte Wes, während er stirnrunzelnd auf sein Tablet blickte. »Ich habe sie hier, aber ich glaube, es fehlt etwas.«

»Vielleicht würdest du nicht das Gefühl haben, etwas zu verlieren, wenn du nicht die ganze Zeit mit deinem kostbaren Tablet und mehr Zeit mit einem Hammer in der Hand verbringen würdest«, sagte Storm trocken von seinem Schreibtisch aus.

Tabby, die an ihr Geplänkel gewöhnt war, holte schnell die Papierakte aus dem Schrank und ging damit zu Wes hinüber. »In der Online-Datei fehlt nichts. Ich habe es gerade überprüft. Aber die Eigentümer haben noch nicht über die letzten Anforderungen entschieden, also warten wir darauf, bevor wir weitermachen. Erinnerst du dich?«

Wes kniff sich in den Nasenrücken, als er ihr den Ordner abnahm. »Verdammt. Ich wusste es. Was ist nur los mit mir? Normalerweise bin ich besser drauf.«

Tabby schüttelte den Kopf und ging zu der Kaffeemaschine, die sie im Büro aufbewahrten. Sie hatten einen offenen Grundriss für alle fünf – Wes, Storm, Tabby, Decker und Meghan – und obwohl sie einen Pausenraum für alle mit einer zusätzlichen Kaffeemaschine hatten, fand Tabby es am besten, das Koffein immer näher bei den Montgomerys zu haben. Bald würden sie einen sechsten Schreibtisch hinzufügen, sobald Harper, der neue Mann, bereit war einzuziehen, und sie würde sich überlegen müssen, wie sie ihn integrieren konnte. Es war selten, dass alle fünf zur gleichen Zeit im Büro waren, da die meisten von ihnen auf den Projektbaustellen arbeiteten, aber wenn sie alle da waren, kam es meist zu Spannungen.

Sie machte Wes schnell einen Kaffee sowie einen für Storm, da sie gerade dabei war, und reichte sie ihnen. Obwohl es eigentlich nicht mehr in ihrer Jobbeschreibung stand, ihnen Kaffee zu machen, konnte sie nicht anders. Außerdem war es für alle besser, wenn die Montgomerys voller Koffein blieben.

»Wir haben gerade vier neue Projekte hinzugefügt, obwohl wir normalerweise immer nur ein oder zwei auf einmal annehmen«, sagte Tabby sanft. »Die Gallaghers haben das Restaurierungsprojekt übernommen, das wir abgelehnt haben, weil das offen gesagt ihr Job ist und nicht mehr so sehr unserer, aber wir sind immer noch überlastet. Deshalb hast du Harper eingestellt, obwohl er noch nicht angefangen hat, weil er erst sein altes Projekt abschließen muss, bevor er hier beginnen kann. Du arbeitest an hundert verschiedenen Dingen gleichzeitig und du vergisst immer wieder, dass ich hier bin, um dir zu helfen, also versuchst du auch noch, meine Arbeit zu machen. Ganz zu schweigen von der Tatsache, dass du es anfangs versäumt hast, Decker seinen Teil am Henderson-Haus machen zu lassen, und ihn so in eine Zwickmühle gebracht hast, weil du das Bedürfnis hattest, Mikromanagement zu betreiben – etwas, das du normalerweise nicht bei

Decker machst. Er ist unser leitender Subunternehmer und dein Schwager und verdammt gut in seinem Job, aber aus irgendeinem Grund flippst du deswegen aus. Also, warum setzt du dich nicht an deinen Schreibtisch, da dein Herumtigern mich nervös macht, trinkst deinen Kaffee und siehst dir die vier Aufgabenlisten an, die ich für dich angefertigt habe. Sie sind farblich kodiert, so wie du es magst.«

Wes nippte an seinem Kaffee und starrte sie über den Rand seines Bechers hinweg an. Als er den Arm senkte, verengte er die Augen. »Weißt du, früher dachten die Leute, *ich* sei der Kopf von Montgomery Inc. Jetzt denke ich, dass du meinen Job übernommen hast.«

»Hey, ich sitze genau hier, weißt du«, sagte Storm trocken von seinem Schreibtisch aus. Obwohl er mit Wes darüber gescherzt hatte, dass er die ganze Zeit am Computer saß, neigte Storm dazu, viele seiner Entwürfe mit Software zu erstellen.

Sie rollte mit den Augen. »Halt die Klappe. Wir machen alle unseren Teil, und wenn wir zusammenarbeiten, ist es nicht so beängstigend. Wenn man versucht, alles allein zu machen, wird man begraben. Und ich meine nicht nur dich. Ich meine uns alle.«

Wes ging zurück zu seinem Schreibtisch und ließ sich auf seinen Stuhl plumpsen. »Ich hasse es, wenn du recht hast.«

Tabby blinzelte schnell und setzte einen verwirrten Gesichtsausdruck auf. »Oh, armes Baby. Dann musst du es ja oft hassen.«

Storm lachte laut los, als Tabby sich vor dem fliegenden Ball aus Post-its duckte, der auf ihren Kopf zielte. Wes konnte gut zielen, also nahm sie an, dass er mit Absicht danebengeworfen hatte. Die Arbeit mit Wes und Storm machte es von Tag zu Tag leichter, so weit weg von ihrer Familie zu sein.

Sie ging wieder an die Arbeit, beantwortete Telefonanrufe und ging Rechnungen durch, während die Brüder miteinander scherzten. Es war noch früh am Tag und sie wusste, dass im Laufe der Schicht noch mehr Leute im Gebäude ein- und ausgehen würden. Montgomery Inc. war eine der führenden Baufirmen in Denver. Sie arbeiteten überall in der Stadt und in den Vororten, errichteten neue Gebäude und reparierten alte. Sie führten sowohl Modernisierungen an kleineren Häusern als auch Neubauten für größere Bürogebäude durch. Das Einzige, was sie bisher noch nicht in Angriff genommen hatten, war ein Wolkenkratzer, da das nicht zu ihrem Aufgabenbereich gehörte, aber sie hatte das Gefühl, dass die Montgomerys, wenn sie die Mittel dazu hätten, es als Herausforderung sehen und ein tolles Hochhaus bauen würden.

Während sie die meiste Zeit in diesem Gebäude in einem Raum arbeiteten, hatten sie auch noch andere Büros, wenn sie Privatsphäre brauchten oder sich mit

Kunden treffen mussten. Sie liebte die Aufteilung und hatte nie das Gefühl, nicht Teil des Teams zu sein oder als wäre sie niedriger gestellt als die anderen.

Kurz vor dem Mittagessen öffnete sich die Eingangstür und Meghan, Decker und Harper kamen herein.

»Es ist eiskalt draußen und trotzdem liegt keine einzige Schneeflocke«, sagte Meghan seufzend, während sie sich aus ihrer obersten Kleiderschicht schälte. »Ich meine, es soll doch Winter sein, und trotzdem hatten wir erst zwei Schneestürme.«

»Und da es Denver ist, schmilzt es normalerweise ein paar Stunden später wieder«, fügte Decker hinzu. »Das ist aber gut für uns. So schaffen wir mehr Arbeit an den Außenseiten der Gebäude. Und da man buchstäblich mit Dreck arbeitet, ist es gut, dass er nicht gefroren ist.«

Tabby lächelte und neigte den Kopf zur Begrüßung, als alle zu ihren Schreibtischen gingen. Nun, nicht alle. Harper hatte noch keinen Schreibtisch, da er technisch gesehen erst in ein paar Wochen für Montgomery Inc. arbeiten würde. Offiziell jedenfalls.

»Hallo, Harper.«

Harper neigte das Kinn. »Hi, Tabby. Ich habe den Rest des Papierkrams, den du brauchst. Ich dachte, ich bringe ihn vorbei, bevor ich wieder zu meiner Baustelle fahre.«

Er reichte ihr einen Stapel Papiere, und sie lächelte und nahm sie ihm ab. Er hätte die digitalen

Formulare verwenden können, die sie eingerichtet hatte, aber viele dieser Jungs mochten Papier lieber. Sie alle arbeiteten mit ihren Händen für ihren Lebensunterhalt, also machte es nur Sinn.

»Danke«, sagte sie und warf einen kurzen Blick auf die Papiere. »Sobald ich das alles durchgegangen bin, sollte ich alles haben. Willkommen bei Montgomery Inc.«

In diesem Moment kam Storm auf ihn zu, legte seine Hand auf Harpers Schulter und drückte sie. »Willkommen, Mann. Wir sind froh, dich an Bord zu haben.«

»Verdammt, ja«, warf Decker ein und fuhr sich mit der Hand über den Bart. »Ich bin froh, dass du mitmachst, um zu helfen, Mann.« Harper würde direkt mit Decker zusammenarbeiten, damit sie parallel tätig sein konnten, wenn die Zeit gekommen war. Decker war der leitende Subunternehmer, aber sie brauchten einen zweiten, damit Wes nicht ständig aushelfen musste.

»Ihr seid die Besten«, sagte Harper einfach. »Ich will mit den Besten arbeiten.«

»Verdammt richtig«, sagte Wes mit einem Augenzwinkern.

»Wisst ihr, was wir wirklich brauchen?«, fragte Decker nach einem Moment. »Einen neuen Klempner. Harrison ist letzten Herbst in den Ruhestand gegangen und mit Vertragsfirmen planen zu müssen macht unsere Zeitpläne zunichte.«

Tabby machte sich Notizen, während sie sprachen, obwohl es eigentlich keine offizielle Besprechung war. Sie machte sich immer Notizen für den Fall, dass jemand etwas sagte, das sofort oder sogar später erledigt werden musste, damit sie es nicht vergaß. Und da sie diejenige war, die bei der Terminplanung half, wusste sie, dass sie dringend einen neuen Klempner brauchten.

»Ich kann unsere Akten durchgehen und sehen, wen wir ansprechen könnten. Habt ihr jemanden im Sinn?«, bot Tabby an.

Storm öffnete den Mund, um etwas zu sagen, hielt aber inne.

»Was?«, fragte Wes. »Denkst du an jemanden?«

Storm schüttelte den Kopf. »Vielleicht. Nein. Nicht wirklich.«

Tabby tauschte einen Blick mit Wes. Nun, das war überhaupt nicht kryptisch. Bevor Storm auf seine seltsame Aussage eingehen konnte, öffnete sich die Tür erneut und Alexander trat ein. Gänsehaut machte sich auf Tabbys Armen breit und sie unterdrückte einen Schauer. Verdammt noch mal. Früher war sie besser darin gewesen, ihre Fassade aufrechtzuerhalten, wenn es um ihn ging, aber seit er zurück war – ein bisschen ruhiger und ein bisschen mehr in sich gekehrt –, war sie nicht mehr in der Lage, sich so zu konzentrieren, wie sie es sollte.

»Hey«, sagte Storm mit einem leichten Lächeln im Gesicht. »Du bist gekommen.«

Alexander stopfte die Hände in die Taschen seiner Jacke und schob die Kameratasche, die er trug, ein Stück zurück. Er wippte auf seinen Fersen und starrte alle ein wenig vorsichtig an. Im Raum war es still geworden, als er eintrat, und Tabby hatte das Gefühl, dass er das hasste.

»Du hast mich darum gebeten«, sagte er leise. »Wenn es kein guter Zeitpunkt ist, kann ich später wiederkommen.«

Wes rückte vor. »Du bist hier immer willkommen. Es ist schließlich ein Familienunternehmen.«

Etwas Starkes blitzte in Alexanders Gesicht auf und Tabby griff ihren Stift so fest, dass eine Einkerbung in ihren Fingern entstand. »Also, was brauchst du?«

Storm räusperte sich. »Ich weiß es nicht genau. Ich dachte, wir lassen dir freie Hand bei dem, was du denkst, was funktionieren würde. Tabby wäre wahrscheinlich diejenige, mit der du reden solltest, da sie weiß, wo sich jeder zu jeder Zeit aufhält, oder zumindest in der Nähe davon.«

Alexander begegnete ihrem Blick und sie zwang sich, nicht zu erröten – oder sie versuchte es zumindest. Es war ja nicht so, dass sie diese spezielle Körperfunktion tatsächlich kontrollieren konnte.

»Klingt nach einem Plan«, sagte er grob.

»Gehen wir in einen der Büroräume und ich zeige dir, was wir im Sinn haben.«

Tabby stand schnell auf und griff nach ihrem

Planer – ihrem Rettungsanker –, bevor sie sich auf den Weg zu ihm machte. Und obwohl sie schon unzählige Male mit den Absätzen, die sie trug, durch den Raum gegangen war, traf die Vorderseite ihres linken Fußes genau an der richtigen Stelle auf das Parkett – oder an der falschen Stelle, je nachdem, wie man es betrachtete.

Sie stolperte und streckte die Arme vor sich aus. Ihr Planer flog in die eine Richtung, ihre Stifte in die andere. Die anderen riefen ihr zu, und obwohl alles in Sekundenschnelle passierte, konnte sie jede einzelne Stimme hören und den panischen Blick in Alexanders Augen erkennen.

Bevor sie jedoch auf dem Boden aufschlug, legten sich starke Arme um sie und zogen sie an eine harte Brust. Sie stöhnte, als ihr die Luft aus der Lunge gepresst wurde, und sie rutschte mit den Füßen auf dem Boden entlang, bis sie ihr Gleichgewicht wiedergefunden hatte. Alexander hielt sie mit gesenktem Kopf fest an sich gedrückt. Gedemütigt schaute sie zu ihm auf.

»Äh, danke.«

»Bist du okay?« Seine Stimme war tief, ein bisschen schroff, und tat so schreckliche Dinge mit ihr. Sie wollte sich am liebsten fest an seine Brust drücken und in sein Kinn beißen.

Und das war *nicht* Tabitha Collins.

Sie schlang sich nicht um einen Mann und fiel in

Ohnmacht wie eine Heldin aus einem historischen Roman.

Auf keinen Fall.

Sie zog sich zurück und richtete ihre Kleidung. »Danke, dass du mich aufgefangen hast. Ich scheine gern einen großen Auftritt hinzulegen … auch wenn ich schon im Raum bin.« Storm hatte ihren Planer aufgehoben und sie nahm ihn ihm ab, wobei sie dem Drang widerstand, ihn an ihre Brust zu drücken und sich zu vergewissern, dass er unversehrt war.

»So, jetzt, wo ich dir gezeigt habe, wie anmutig ich gehen kann, lass uns rüber ins Büro gehen.« Sie drehte sich auf dem Absatz um – diesmal vorsichtig – und schritt auf die hinteren Räume zu, wobei sie darauf achtete, keinen Blickkontakt herzustellen.

Sie hatte sich gerade vor dem Mann, den ihr Herz nicht vergessen wollte, zum Narren gemacht, und nun musste sie mit ihm an diesem nächsten Projekt arbeiten. Sehr eng sogar.

Es schien, als würde heute ein langer Tag werden. Sehr lang.

Kapitel Drei

ALEX UNTERDRÜCKTE EIN ZUSAMMENZUCKEN, als sein Bruder Austin anfing, tiefer an den Schattierungen seines neuen Tattoos zu arbeiten. Er lag auf der Seite und Austin war über ihn gebeugt, während sein älterer Bruder den letzten Teil des Baumes fertigstellte, an dem sie entlang von Alex' Rippen gearbeitet hatten. Es mochte ein Klischee sein, ein Symbol der Wiedergeburt und des Wachstums auf seinem Körper haben zu wollen, aber es war aus einem bestimmten Grund schon unzählige Male zuvor gemacht worden.

Er bemühte sich, ein neuer Mann zu sein, während er sich daran zu erinnern versuchte, dass seine Wurzeln wachsen mussten, damit er sich aufrecht gegen die grimmige und klaffende Höhlung, die seine Vergangenheit gewesen war, behaupten konnte.

»Brauchst du eine Pause?«, fragte Austin, während er etwas von der Tinte, dem Blut und der Wundflüssigkeit abwischte, die mit jeder vorhergehenden Benutzung der Nadel herausgesickert war.

»Wir sind fast fertig, nicht wahr?«, fragte Alex. Er sog den Atem ein, als Austin über eine besonders empfindliche Stelle seiner Rippen fuhr. Während die meisten Leute beim Tätowieren irgendwann den Punkt erreichten, an dem die Euphorie einsetzte, hatte Austin genau dann aufgehört zu tätowieren, als Alex den Punkt des Schmerzes überschritten hatte und in diesen Rausch eintrat. Alex wollte keine Verbindung zu dem Rausch, dem Glück, das mit dem Tätowieren einherging – nicht, wenn er zu weit gehen und einen Fehler machen konnte.

Tattoos waren für manche Menschen eine Sucht und Alex konnte sich kein weiteres Verlangen leisten.

»Das sind wir«, brummte Austin und setzte seine Arbeit fort. »Ich mag es nur nicht sehen, wenn du zusammenzuckst.«

Alex lachte leise und versuchte, sich nicht zu bewegen, während Austin seine Arbeit machte. »Ich dachte, alle großen Brüder hacken gern auf den kleinen herum.«

Austin grinste und unter seinem dicken Bart blitzte es weiß auf. »Ja, und du bist der kleinste von all meinen Brüdern, also sollte man meinen, das wäre mein Ziel. Aber nein, ich mag euch zu sehr, als dass ich euch ständig verprügeln wollte, vor allem, weil ich jetzt über vierzig bin.«

Alex war der jüngste Sohn des Montgomery-Clans. Von den acht Kindern war nur Miranda noch jünger. Doch abgesehen von Meghan und ihrer ersten Ehe war er bis zu seiner Scheidung am längsten verheiratet gewesen. Er war jung gewesen, gerade neunzehn, und ein Idiot, als er geheiratet hatte. Jetzt fühlte er sich viel älter als seine Jahre – geschieden, gebrochen und so viel stärker als zuvor.

Oder vielleicht war er schwächer.

Er wusste es einfach nicht mehr.

»Wie geht es Alex?«, fragte Maya, als sie sich einen Weg zu ihnen bahnte. Sie lächelte auf ihn herab, ohne ihr übliches Grinsen, und er wollte seufzen. Er vermisste dieses Grinsen – das, das sie dem Rest ihrer Geschwister als Zeichen der Liebe schenkte. Oh, Maya liebte ihn vielleicht immer noch, aber sie war immer so verdammt vorsichtig in seiner Nähe. Das waren sie alle.

Dennoch konnte er es ihnen nicht verübeln.

»Alles erledigt«, sagte Austin. »Ihm geht's gut, Maya. Du bist nur eifersüchtig, dass er zu mir gekommen ist und nicht zu dir.«

Alex grinste, als Maya ihm den Mittelfinger zeigte. Die beiden waren die Inhaber von Montgomery Ink und stritten sich immer darum, wer ihre Freunde und Familie tätowieren durfte. Wie der Rest seiner Geschwister wechselte er sich bei ihnen ab, und es war einfach so, dass sein erstes Tattoo, seit er aus der Reha kam, Austin gehören sollte. Die Tatsache, dass es auch sein größtes war, musste Maya ärgern, also dachte er sich, dass er die ganze Tortur irgendwann auf der anderen Seite seines Brustkorbs wiederholen würde. Er würde eines Tages mit einem ganzen Körper voller Tattoos enden – genau wie der Rest von ihnen.

Austin half Alex, sich aufzusetzen, und rollte mit den Schultern. »Du kennst die Nachsorge-Routine, aber lass sie uns trotzdem durchgehen.«

Alex hörte zu, als er aufstand, um einen Blick auf seine neue Tätowierung in dem langen Spiegel zu werfen, den Austin in der Nähe seiner Arbeitsstation hatte. Dies war ihre zweite und letzte Sitzung gewesen und er würde für immer Ehrfurcht vor dem Talent seines Bruders haben.

»Heilige Scheiße, Mann. Du machst gute Arbeit.«

Austin stellte sich neben ihn, sodass sie beide im Spiegel zu sehen waren. »Natürlich mache ich gute Arbeit. Warum zum Teufel denkst du, dass ich dir ein schlechtes Tattoo verpasse?«

Maya trat neben ihn und stupste ihn mit der Hüfte an. Er stand zwischen seinen beiden Geschwistern, als sie sein neuestes Werk studierten, und ein kleiner Teil seiner Brust entspannte sich geringfügig. Jeder von ihnen hatte das gleiche braune Haar, die gleichen blauen Augen, den gleichen Blick wie ein Montgomery. Er hatte sich schon viel zu lange nicht mehr wie einer gefühlt, aber diese beiden so neben sich stehen zu haben? Vielleicht konnte er das tun. Vielleicht konnte er … normal sein. Oder so normal, wie auch immer es ihm möglich war.

»Du könntest einen schlechten Tag gehabt haben, weißt du«, lenkte Alex ein. »Ein Ausrutscher, und plötzlich sieht der Baum auf meiner Seite aus wie ein abgebrannter Wald oder so.«

Austin kniff die Augen zusammen, als Maya wie eine Verrückte grinste. »Sag das noch mal, und vielleicht male ich dir das Einhorn auf den Hintern, mit dem ich dir gedroht habe, als du achtzehn wurdest und dich spät am Abend rausgeschlichen hast, um mit —«

Alex atmete durch die Nase aus und tat sein Bestes, um dafür zu sorgen, dass sein Gesicht so aussah, als würde er den Schlag auf den Solarplexus nicht spüren. Er und Jessica waren Highschool-Lieblinge gewesen, dumm und verliebt und taten ihr Bestes, um alle anderen *und* ihre eigenen Probleme zu ignorieren. Sie hatten viel zu jung Sex und waren nicht bereit für die Konsequenzen. Sie waren so ineinander vertieft gewesen, dass sie übersehen hatten, dass sie sich im Grunde nicht einmal mochten. Er hatte sich unzählige Male aus dem Haus geschlichen und seine Eltern fast wahnsinnig gemacht, nur damit er sie für eine Nacht haben konnte. Sie war sein Ein und Alles gewesen.

Seine erste Sucht.

Weil er sie brauchte, hatte er das College abgebrochen und seine Kamera genommen, um sich auf seine eigene Version des Studiums zu konzentrieren. Dabei hatte er jedoch in Wirklichkeit seinen Geist und seinen Körper in Jessica und ihre Scheinehe gesteckt, während er hier und da Gelegenheitsjobs annahm, bis er mit seinem natürlichen Talent bekannt genug geworden war, um ein Leben für sie beide zu schaffen. Es hatte eine Weile gedauert, bis er verstanden hatte, wie er dieses Talent fördern konnte, und jetzt versuchte er es wieder.

Er konnte niemandem außer sich selbst die Schuld für den Pfad geben, den er eingeschlagen hatte, aber er wusste, dass es Auslöser gegeben hatte.

Und seine Ex-Frau war einer von ihnen.

»Ich habe mich öfter rausgeschlichen, als du denkst«, sagte Alex und löste damit die Spannung. »Natürlich war es manchmal nur, um dir beim Rummachen mit dem Mädchen zuzusehen, mit dem du gerade zusammen warst.«

Austin knurrte. »Wie bitte?«

Diesmal grinste Alex und warme Erinnerungen überspülten ihn. »Griffin und ich haben uns immer rausgeschlichen, noch bevor Griff seinen Führerschein gemacht hatte, und wir haben dir nachspioniert, weil wir dachten, du wüsstest, was du tust, und wir würden ein paar Dinge lernen.«

Maya kicherte an seiner Seite, als Austin sich zu ihm umdrehte. »Ich habe nicht einmal mehr mit euch zusammengewohnt, als ihr beide alt genug wart, um so einen Scheiß zu machen.«

Alex lachte. »Wir haben immer durch Shep und die Zwillinge herausgefunden, wo du bist. Dann sind wir euch gefolgt.« Shep war ihr Cousin, der jetzt in New Orleans lebte, während Wes und Storm altersmäßig die nächsten nach Austin waren.

»Kleine Brüder, Austin. Du hast zu viele davon, wie es scheint.«

Austin verengte die Augen. »Zur Hölle. Bring nur Leif und Conner nichts von dem Scheiß bei.«

»Sie werden es sowieso herausfinden«, warf Alex ein. »Bei der Art, wie ihr Kinder in die Welt setzt, wird es eine ganz neue Generation von Montgomerys geben, die herumläuft und sich verrückt aufführt.«

Galle füllte seinen Mund, sobald er die Worte sagte, aber er schluckte sie hinunter. Sie wussten es nicht, *konnten* es nicht wissen. Die anderen konnten es nicht sehen.

»Wie auch immer, ich muss los. Ich habe einen Termin. Bin ich entlassen?«

Seine Geschwister tauschten einen Blick über seinen abrupten Wechsel im Tonfall aus, aber er ignorierte ihn. Er mochte zwar, dass sie begonnen hatten, ihn wieder normal zu behandeln, aber er konnte sie nicht alles sehen lassen.

Er konnte es einfach nicht.

»Sobald ich die Wunde versiegelt habe, kannst du dich auf den Weg machen«, sagte Austin vorsichtig.

Die Unterhaltung war danach etwas gestelzt, aber er konnte niemandem außer sich selbst die Schuld geben. Er küsste seine Schwester auf die Stirn, als er ging, und winkte Austin zu, wobei er seine Gefühle im Zaum hielt. Bei den Gedanken an Jessica und, nun ja … alles andere … befand er sich in der Nähe eines Abgrunds, mit dem er nicht ganz umgehen konnte.

Er brauchte einen verdammten Drink.

Aber er würde keinen haben.

Nicht jetzt.

Nicht in einer Stunde.

Und verdammt noch mal nicht morgen.

Er fuhr auf den Parkplatz des Fitnessstudios, sein Körper war höllisch angespannt und seine Hände verkrampften sich am Lenkrad. Er hatte seinen Bruder und seine Schwester nicht angelogen, als er gesagt hatte, dass er einen Termin hatte, aber es war nicht mit seinem Sponsor oder einem Arzt, wie sie wahrscheinlich dachten. Sein Treffen war erst morgen, also würde er die Anspannung, die auf ihm lastete, auf die einzige Weise loswerden, die er kannte.

Er würde sie aus seinem Körper verdrängen.

Brody und Harper waren bereits in der Umkleide-kabine, als er mit seiner Ausrüstung über der Schulter auftauchte. Sie warfen ihm einen Blick zu, als er hereinkam, und er zuckte mit den Schultern.

»Was?«, fragte er und sein Tonfall klang schärfer, als er es gewohnt war.

»Ich hätte nicht gedacht, dass du heute hier sein

würdest«, murmelte Brody. Der Mann lebte schon seit über einem Jahrzehnt nicht mehr in Texas, aber er mochte es, seine Worte manchmal etwas in die Länge zu ziehen. »Ich dachte, du wolltest zu Montgomery Ink fahren, um das Tattoo an deiner Seite fertigstellen zu lassen.«

Alex ließ sein Hemd über seine Schulter nach unten rutschen und zeigte ihnen die frisch gemachte Tätowierung, die noch verbunden war. »Ich kann heute nicht viel machen, aber ich kann zumindest meine Hände bandagieren und ein paar Übungen machen.«

Harper beugte sich vor, um das Design zu betrachten, und pfiff. »Austin macht erstaunliche Arbeit.«

»Das tun alle Montgomerys«, sagte Brody. »Obwohl ich glaube, dass ich mir schon von jedem der Leute, die im Laden arbeiten, zumindest ein kleines Tattoo habe stechen lassen. Mir fehlt nur noch das neue Mädchen, Blake.«

Alex rollte bei Brodys Tonfall mit den Augen. »Du hast eine Todessehnsucht, weißt du das eigentlich? Sie ist mit Mayas Schwager Graham zusammen und du versuchst ständig, mit ihr zu flirten.«

Brody zwinkerte. »Ich flirte nur mit Frauen, wenn sie zurückflirten. Und ich meine es nicht wirklich ernst, wenn ich es tue. Und sie auch nicht.«

Alex wusste, dass das wahr war und warum Hailey, Blake und sogar Maya mit dem anderen

Mann lachten und scherzten. So war Brody nun mal. Er hatte noch nie eine Frau dazu gebracht, sich unwohl zu fühlen, und das hatte auch etwas für sich.

Der Mann war einfach ein netter Kerl, der sich um die Menschen in seinem Umfeld kümmerte.

Alex war nicht einmal in der Lage, die eine Frau, die er nicht aus dem Kopf bekam, davon abzuhalten, in die andere Richtung zu laufen, sobald er einen Raum betrat.

Und das war genug des Nachdenkens über *sie*.

Er rollte die Schultern und tat sein Bestes, um zu spüren, wie sich seine Haut an der Seite spannte. »Seid ihr bereit zu trainieren?«

Harper musterte sein Gesicht, sagte aber nichts, während Brody nur nickte. Die drei hatten sich ab und zu in der Stadt getroffen, bevor sie einmal am selben Tag im Fitnessstudio zum Boxtraining auftauchten. Jetzt trainierten sie zusammen und boxten, kämpften und lernten neue Techniken, wann immer sie Zeit fanden. Alle von ihnen waren Single und befanden sich mitten in einer Phase voller Veränderungen in ihrem Leben, sodass das Zusammenkommen, um sich gegenseitig die Scheiße aus dem Leib zu prügeln, sie zu einer besonderen Art von Freunden gemacht hatte, aber Alex machte das nichts aus.

Sie hatten den Mann, der Alex vor der Reha gewesen war, nicht gekannt, also hatten sie ihn nicht von seiner schlechtesten Seite gesehen.

Sie sahen ihn nur noch zerschrammt, blutig und

verschwitzt, nachdem er versucht hatte, seine Dämonen auf die einzige Weise zu verarbeiten, die ihm möglich war.

Er konnte nicht mehr trinken, um sie zu begraben.

Also könnte er genauso gut versuchen, sie zu verprügeln.

Tabby war spät dran und es war nicht ihre Schuld. Obwohl sie das wusste, war sie immer noch aufgeregt. Das Telefon hatte nicht mehr aufgehört zu klingeln, seit sie an diesem Morgen aufgetaucht war, und sie war kurz davor, es gegen die Wand zu werfen. Auf einer der Baustellen hatte es ein Rohrproblem gegeben und Wes war den ganzen Tag nicht im Büro gewesen, um sich darum zu kümmern. Storm war in einer Besprechung mit einem potenziellen Kunden, die nur für zwei Stunden angesetzt war, aber sieben dauerte, weil der Kunde immer wieder Dinge hinzufügen wollte, die die strukturelle Integrität des Hauses beeinträchtigen würden. Storm musste gleich danach zu einer anderen Besprechung auf einer der Baustellen eilen und Tabby hatte nicht einmal Zeit, mit ihm zu reden, bevor er sie im Gebäude allein gelassen hatte.

Decker, Luc und Meghan waren auch den ganzen Tag auf der Baustelle gewesen und hatten sich um ein

Problem nach dem anderen gekümmert, und obwohl das nicht ungewöhnlich war, hatte das mehr Arbeit für sie bedeutet, wenn jemand hereinkam, um mit ihnen zu sprechen. Sie verstand nicht, wie die Leute nicht verstehen konnten, dass sie zuerst anrufen mussten, um zu erfahren, ob tatsächlich jemand im Gebäude war, bevor sie mit hundert verschiedenen Fragen auftauchten. Aber sie nahm sich der Fragen trotzdem an.

Jetzt war es fast siebzehn Uhr und obwohl sie normalerweise bis nach sechs arbeitete, wollte sie heute pünktlich nach Hause fahren, da sie einen Braten im Schongarer hatte. Außerdem stand auf ihrem Plan, dass sie an diesem Abend ihre Mutter anrufen wollte, und solche Anrufe dauerten normalerweise mehr als zwei Stunden.

Eigentlich tat ihr der Kopf weh, wenn sie nur daran dachte, wie viel sie zu tun hatte, aber sie würde es tun und sie würde es sogar mit einem Lächeln im Gesicht tun, für den Fall, dass jemand zuschaute.

Verdammt noch mal.

Das Telefon klingelte erneut und sie summte vor sich hin und fragte sich, ob es jemand bemerken würde, wenn sie den Anruf auf die Mailbox laufen ließe. Immerhin war sie allein im Gebäude. Aber das war nicht Tabby, und sie musste sich einfach noch eine Stunde lang mit ihrem Job beschäftigen, vielleicht sogar weniger.

Sie rollte mit den Schultern und atmete aus, bevor

sie wieder ans Telefon ging. Das war es, wofür sie normalerweise lebte. Das Zusammensetzen von Teilen und das Organisieren von Dingen, bis sie funktionierten, war das, was sie tat und worin sie verdammt gut war.

»Hallo, Montgomery Inc., hier spricht Tabby, wie kann ich Ihnen helfen?«

Die Tür zum Gebäude öffnete sich, als die andere Person in der Leitung sprach, und sie drehte sich um, um Alexander hereinkommen zu sehen. Er strich sich den Schnee von den Schultern und sah sich in dem größtenteils leeren Raum um, bis er den Blick auf ihr ruhen ließ.

Sie leckte sich über die Lippen und ärgerte sich wieder einmal über sich selbst, weil sie wie ein lüsterner Teenager starrte.

»Hallo?«

Sie blinzelte, als Alexander den Kopf zu ihr neigte und näher kam. Obwohl er nicht nur ging oder sich bewegte, sondern er schlich eher um sie herum. Sie war sich nicht einmal sicher, ob er sich dessen bewusst war, dass er es tat.

»Tut mir leid, ja, das können wir einplanen.« Sie nickte, während sie eine Nachricht aufschrieb und die Zeit in ihren Computerkalender eintrug, bevor sie auflegte. »Alexander, ich wusste nicht, dass du heute hier sein würdest.«

Er legte seine Jacke ab und setzte seine Laptoptasche ab. »Ich war die meiste Zeit des Tages auf

Deckers Baustelle, um Fotos von den arbeitenden Männern und Frauen zu schießen und einige Aufnahmen hinter den Kulissen zu machen. Ich dachte, ich komme hier vorbei und mache ein paar Fotos von den Leuten, die hier arbeiten, bevor der Tag zu Ende geht, aber ich wusste nicht, dass du die Einzige hier bist.«

Er wiegte von einem Fuß auf den anderen und sie schluckte schwer. »Ist es ein Problem, dass ich die Einzige hier bin?« Wollte er nicht mit ihr allein sein? Und warum war das überhaupt wichtig?

Sie bekam Kopfschmerzen und ehrlich gesagt musste sie sich zusammenreißen.

Er schüttelte den Kopf. »Nein, ich war nur überrascht. Das ist alles. Bist du normalerweise allein hier, wenn es draußen schon dunkel ist?«

Sie runzelte die Stirn. »Es wird gerade erst dunkel und da wir auf den Frühling zusteuern, wird es mit fortschreitenden Tagen immer länger hell bleiben. Und ich komme ganz gut allein zurecht. Deine Brüder haben im gesamten Gebäude Überwachungskameras installiert.«

Er hob kapitulierend die Hände. »Tut mir leid. Ich mache mir nur Sorgen um meine Schwestern und ich schätze, es hat mir nicht gefallen, dass du hier allein bist, wenn es draußen dunkel ist und Schnee liegt.«

Sie knirschte mit den hinteren Backenzähnen. »Ich bin nicht deine Schwester.«

Seine Augen verdunkelten sich oder vielleicht bildete sie sich das nur ein. Vielleicht war es ein Trick des Lichts. »Ich weiß.«

Sie leckte sich über die Lippen. »Also gut.« Das Telefon klingelte. »Ich muss da rangehen.«

»Nur zu. Ich werde ein paar Aufnahmen machen und sehen, was mir einfällt. Hast du was dagegen?«

Sie winkte ihn ab, als sie wieder ans Telefon ging, und tat ihr Bestes, ihn und die Art und Weise, wie sich seine Muskeln wölbten, als er seine Kamera aus der Tasche zog, zu ignorieren. Verflucht sei der Mann, weil er so attraktiv war.

Und verdammt sei sie, dass sie nicht nur starrte, sondern den Mann darunter auch noch mochte.

Sie machte sich wieder einmal Notizen, während die Person am anderen Ende der Leitung ihr Problem schilderte, und sie versuchte, Alexander nicht anzusehen, während er Fotos von leeren Schreibtischen und Arbeitsstationen schoss. Als er sich mit der Kamera in der Hand zu ihr umdrehte, erstarrte sie, ihr Telefon am Ohr.

Er zog sein Gesicht von der Kamera weg und sah sie an, bevor sie den Kopf einzog, verlegen darüber, dass er ein Foto von ihr geschossen hatte. Sie hatte gewusst, dass er Fotos von jedem machen würde, der bei Montgomery Inc. arbeitete, aber sie hatte nicht wirklich darüber nachgedacht, was das für sie bedeuten würde.

Sie beendete das Telefonat, während er seine Tasche zusammenpackte. »Bist du fertig?«

Er nickte. »Ich bin immer noch dabei, ein Gefühl dafür zu bekommen, wie das Projekt aussehen wird.«

Sie schüttelte den Kopf darüber. »Ich bin so ein Planer, dass ich wahrscheinlich schon vier Notizbücher mit einer Skizze von dem hätte, was ich zu tun hätte.«

»Mein Gehirn funktioniert leider nicht so. Ich wünschte, es wäre so, denn es würde mir die Arbeit wahrscheinlich etwas erleichtern. Aber bei solchen Dingen kann ich nur eine vage Vorstellung von dem haben, was ich brauche, bis es bei mir klick macht.«

»Nun, wenn du mal ein zusätzliches Notizbuch brauchst, solltest du es mit der Planung versuchen wollen, ich habe ein paar Dutzend davon.« Sie schloss den Mund, als ihre Augen sich weiteten, und spürte, wie ihre Wangen heiß wurden. Sie hatte nicht vorgehabt, ihn von diesem Detail ihrer Sonderbarkeit wissen zu lassen.

»Nur ein paar Dutzend?«, fragte er grinsend. »Du klingst wie Wes.«

Sie zuckte mit den Schultern. »Es gibt einen Grund, warum er mich eingestellt hat.«

Alexander musterte ihr Gesicht. »Das kann ich sehen.«

Sie sahen sich noch ein paar Momente lang an, ohne zu sprechen, und sie war sich nicht sicher, was sie sagen sollte oder was los war. Da war … etwas. Oder vielleicht bildete sie es sich nur ein.

»Machst du für heute bald Feierabend?«

Sie zwang sich aus ihren seltsamen Gedanken heraus und nickte. »Ja, eigentlich schon. Ich habe vielleicht noch ein paar Dinge zu Hause zu erledigen, aber die Geschäftszeit ist vorbei.«

Er zog seine Jacke wieder an. »Ich werde deinen Wagen für dich vom Eis befreien, wenn das für dich in Ordnung ist.«

»Das musst du nicht tun.«

Er warf ihr einen Blick zu. »Nein, aber ich will es. Und ich werde sowieso da draußen sein und meinen Wagen freikratzen. Auf diese Weise musst du nicht im Dunkeln auf dem Parkplatz stehen.«

»Es gibt Straßenlaternen, weißt du«, sagte sie trocken.

»Lass es mich einfach tun.« Er streckte die Hände aus. »Bitte. Und wenn du mir deinen Schlüssel gibst, lasse ich deinen Wagen auch warmlaufen.«

Sie stieß einen Seufzer aus. Sie hatte drei ältere Brüder und arbeitete schon lange genug mit den Montgomerys zusammen, um zu wissen, wann sie einfach nachgeben und dem Kerl gestatten sollte, sich wie ein Höhlenmensch zu verhalten. Schnell holte sie ihren Schlüssel aus der Handtasche und reichte ihn ihm.

»Weißt du, welcher es ist?« Sie teilten sich einen Parkplatz mit ein paar anderen Gebäuden, also wusste sie, dass nicht nur ihre beiden Fahrzeuge da draußen stehen konnten.

»Ja. Ich kenne dich jetzt schon eine Weile, Tabitha. Auch wenn es nicht so aussieht.«

Sie begegnete seinem Blick und wusste, dass noch etwas anderes vor sich ging, das sie nicht ganz einordnen konnte. »Ich danke dir.« Sie räusperte sich. »Für meinen Wagen.«

Er nickte als Antwort und ließ sie allein, um zusammenzupacken. Sie atmete auf, sobald er gegangen war, und machte sich an die Arbeit. Sie musste nur noch eine Sache erledigen, dann würde sie bereit sein zu gehen. Ehrlich gesagt konnte sie ihn nicht so lange allein in der Kälte stehen lassen.

Sie stand mit dem Rücken zur Tür, als diese sich wieder öffnete. »Du warst aber schnell«, sagte sie, als sie sich umdrehte, nur um zu sehen, dass es nicht Alexander war.

Nein, es war ein größerer Mann mit kräftigen Armen und einem noch größeren Bauch, den sie als einen ihrer früheren Kunden erkannte. Sie behielt einen freundlichen Gesichtsausdruck bei, obwohl ihr Körper in Alarmbereitschaft war. Sie wusste nicht, warum dieser Typ hier war, und sie hatte das Gefühl, dass dies nicht gut enden würde.

»Wie kann ich Ihnen helfen?«, fragte sie mit überraschend ruhiger Stimme.

»Du hast schon genug geholfen, Schlampe. Dachtest du, ich bezahle einfach deine verdammte Rechnung und dann sind wir quitt? Ihr Montgomerys seid alle ein Haufen von Gaunern. Lügner und Betrüger. Ich bezahle diese Rechnung nicht, verdammt noch mal. Fick dich.«

Sie griff nach dem Telefon, obwohl sie ihn nicht aus den Augen ließ. »Es tut mir leid, dass Sie mit Ihrer Rechnung nicht zufrieden sind.«

Dann bewegte er sich und sie versuchte, sich zu befreien, aber er war schneller. Er grub die Finger in ihre Arme und stieß sie mit dem Rücken gegen die Wand. Ihr Kopf wurde nach hinten geschleudert und sie biss sich auf die Zunge, sodass sie Blut schmeckte. Furcht durchströmte sie und ihr Puls raste. Dieser Typ war einfach so verdammt groß.

Sie konnte sich nicht wehren.

Sie war hilflos.

Wie … wie konnte sie nur so hilflos sein?

Der Typ kam näher an ihr Gesicht heran und drückte ihre Arme zusammen. »Fick. Dich.«

Sie trat nach ihm und er schlug sie hart ins Gesicht. Tränen liefen ihr über die Wangen und sie versuchte, sich zu wehren, aber sie war nicht stark genug.

Doch bevor der Typ sie wieder schlagen konnte, zog ihn jemand von ihr weg.

Sie rutschte auf ihren Hintern zu Boden und schnappte nach Luft, während sie versuchte, die Tränen zurückzuhalten und herauszufinden, was vor sich ging. Alexander lag auf dem anderen Mann und schlug ihm immer wieder ins Gesicht, bis sie Angst hatte, der Kerl, der sie angegriffen hatte – Charles, ja, so hieß er –, wäre tot.

Die Tränen liefen ihr immer noch über die Wangen, als sie aufstand und sich auf wackeligen Beinen auf den Weg zu Alexander machte.

»Stopp«, hauchte sie. »Stopp«, wiederholte sie, diesmal stärker, als sie ihre Hand auf seine Schulter legte.

Alexander ließ den Arm sinken und sah mit einer Wildheit in seinen Augen zu ihr hinüber. »Bist du okay?«

Sie war wie betäubt, also wusste sie es nicht, und das sagte sie ihm auch.

Er stieß einen Fluch aus und stand über Charles auf, der, wie sie feststellen konnte, noch atmete, aber ohnmächtig geworden war. »Ruf die Polizei. Ich werde dafür sorgen, dass dieser Mistkerl nicht aufwacht.«

Sie nickte und war sich ihrer Nähe zu ihm bewusst, sie berührten sich jedoch nicht. Sie brauchte … sie wusste nicht, was sie brauchte.

Tabby presste die Lippen zusammen und versuchte, sich zu bewegen. Nur konnte sie das nicht.

»Oh verdammt«, murmelte Alexander vor sich hin und schlang die Arme um sie. Anders als in dem Moment, in dem Charles sie berührt hatte, spürte sie keine Angst.

Sie wusste nicht, was sie fühlte.

Er zog sie an seine Brust, fuhr mit einer Hand über ihren Rücken und flüsterte ihr zu: »Es tut mir leid, dass ich nicht früher gekommen bin. Es tut mir so verdammt leid.« Er hielt sie in seinen Armen, während er die Polizei anrief und den Beamten erzählte, was passiert war. Als er aufgelegt hatte und sicher war, dass sie auf dem Weg waren, schlang er beide Arme um sie.

Sie weinte in seiner Umarmung und versuchte, sich zu wehren. »Es tut mir leid. Ich hasse es, nicht die Kontrolle zu haben.«

Stoßweise atmete er aus. »Ich kenne das Gefühl.«

Natürlich tat er das. »Es tut mir leid.«

»Scheiße, *mir* tut es leid. Es muss dir nicht leidtun, Tabitha.« Er atmete aus. »Okay, wir werden Folgendes tun. Sobald du geheilt bist und dich besser fühlst, zeige ich dir, wie du die Kontrolle behältst, okay? Ich werde dir zeigen, wie du dich selbst schützen kannst. Denn ich werde auf keinen Fall zulassen, dass dir das noch einmal passiert, verdammt noch mal.«

Sie lehnte sich in seinem Griff zurück, selbst als die Polizei durch die Tür kam. »Versprichst du es?«

Alexander streckte die Hand aus, als wollte er ihr Gesicht streicheln, bevor er sie wieder senkte. »Ich verspreche es.«

Und aus irgendeinem Grund bedeutete dieses Versprechen mehr als alles andere.

Kapitel Vier

ALEX SCHLOSS die Augen und zwang sich, sich zu beruhigen. Erst als er das versuchte, wurde ihm klar, dass dies ein Traum war und er nichts tun konnte, außer zuzusehen … nichts tun konnte, außer zu spät zu kommen.

Alles bewegte sich hier langsam, doch er bewegte sich noch langsamer, als wäre er in einem vertrauten Nebel gefangen – demselben Nebel, der ihm Jahre genommen hatte, weil er nicht stark genug gewesen war, sich zu retten.

Jetzt würde er nicht mehr stark genug sein, um *sie* zu retten.

Tabitha trat und schrie nach dem Mann, der sie an der Kehle gegen die Wand gedrückt hatte, und doch konnte Alex sich nicht schnell genug bewegen.

Er konnte ihre Worte nicht hören, nur die Schreie, und doch wusste er, wenn er nicht versuchte, zu ihr zu gelangen, würde alles zu spät sein.

In diesem Moment drehte Tabitha sich zu ihm um, ihre hellen Augen weit geöffnet vor Panik und Vorwürfen.

»Hilf mir.«

Er sah, wie ihre Lippen sich bewegten, um die Worte zu formen, doch er konnte sie nicht hören, nicht über den Klang seiner eigenen Schreie. Und er hatte nicht einmal gewusst, dass er ein Geräusch machte.

Er griff nach ihr, aber der Klang ihrer Rufe verwandelte sich in ein längeres, lauteres Summen, das ihn aufweckte. Mit einem Stöhnen drehte Alex sich um und drückte auf die Taste seines Telefons, das auch als Wecker fungierte.

Er wollte nicht in den Tag starten, nicht mit den beschissenen Träumen, die er die ganze Nacht gehabt hatte, aber im Bett zu liegen, wo alles, was er hatte, seine Gedanken waren, um ihn zu trösten, ließ ihn sich nicht besser fühlen.

Mit einem Seufzer stand Alex auf und schlurfte nackt ins Bad. Nach einem langen Abend, an dem er mit Polizisten gesprochen und sich vergewissert hatte, dass es Tabitha gut ging, hatte er sich am Fußende seines Bettes ausgezogen und war mit dem Gesicht nach unten in den Schlaf gefallen, nackt und emotional ausgelaugt.

Seine Bewusstlosigkeit hatte nicht lange angehalten.

Träume hatten ihn überfallen, spiegelten den Vortag wider und mischten sich mit dem, was vor über einem Jahr geschehen war. Zersplitterndes Glas. Schreie. Anschuldigungen. Tränen. Völliges Entsetzen. Verzweiflung.

Und Alex mittendrin, blutend auf dem Boden und hilflos, wenn es um andere ging.

Wes und Storm waren im Büro aufgetaucht, kurz nachdem Alex sie angerufen hatte, Sorge und Stress waren in ihren Zügen zu erkennen gewesen. Er glaubte auch, Verwirrung und vielleicht Anschuldigungen in ihren Augen gesehen zu haben, aber er konnte sich nicht sicher sein. Das konnten immer wieder die Dämonen sein, die aus ihm sprachen, und Alex würde verdammt sein, wenn er zulassen würde, dass ihm das wie früher den Verstand raubte.

Die Zwillinge waren dort gewesen, um zu sehen, was passiert war, und hatten dafür gesorgt, dass Tabitha sicher nach Hause kam, nachdem sie von den Sanitätern untersucht worden war. Sie hatte sich nicht ins Krankenhaus bringen lassen. Stattdessen hatte sie darauf gedrängt, nach Hause zu fahren. Alex war sich nicht sicher, ob das die richtige Entscheidung gewesen war, aber er war nicht mehr in der Lage gewesen, viel zu sagen, als seine Brüder aufgetaucht waren.

Er war sich nicht einmal sicher, was er überhaupt gesagt hätte.

Tabitha hatte kein Wort zu ihm gesagt, aber er wusste, dass er sie heute sehen würde. Sie wollte sofort lernen, sich zu schützen, und der Idiot, der er war, hatte zugestimmt, sich an diesem Nachmittag in seinem Fitnessstudio mit ihr zu treffen.

Er hatte die roten Flecke auf ihrem Gesicht gesehen, von denen er dachte, dass sie sich in Prellungen verwandeln könnten, und verdammt, wenn er bei deren Anblick nicht Lust bekam, auf etwas einzuschlagen. Zum Glück würde er sich später im Fitnessstudio aufhalten, aber er wusste nicht, ob das früh genug war.

Sein Körper litt unter einer Anspannung, die er nicht abschütteln konnte, und es gab nur eine begrenzte Anzahl von Möglichkeiten, wie er sich selbst beruhigen konnte. Resigniert schaltete er die Dusche ein und glitt hinein, wobei er seine Hand um seinen Schwanz schlang. Er drückte seinen Schaft fest zusammen, gerade an der Grenze zum Schmerz.

Er stöhnte, Bilder von Tabitha kamen ihm in den Sinn, und er war gerade genug Arschloch, um sie nicht aus seinen Gedanken zu verdrängen. Stattdessen stellte er sich vor, wie sie auf den Knien saß und an seinen Hoden saugte, wie sie mit ihren Fingern an seiner Prostata spielte, bevor sie seinen Schwanz in den Mund nahm und mit den Zähnen an der Spitze entlangschabte.

Er stellte sich vor, wie er mit der Hand in ihr Haar griff, während er seinen Schwanz langsam zwischen ihre prallen Lippen schob. Sie würde für ihn stöhnen und »Alexander« flüstern, wenn er sich herauszog, um sie zu necken.

Alex stöhnte, und indem er sowohl die Seife als auch das rauschende Wasser benutzte, um sich selbst zu befriedigen, erhöhte er sein Tempo. Er war schon so nahe dran und obwohl er sich entschlossen hatte, sich einen runterzuholen, um sich ein wenig zu entspannen, wollte er auch dieses Bild verweilen lassen.

Er schluckte schwer, als Traum-Tabitha in seinen Gedanken aufstieg. Auf diese Weise konnte er ihren Mund mit seinem einfangen und sie vor zu langem Knien bewahren. Er wollte ihr nicht wehtun. Er wollte nur, dass sie kam.

Und dass *er* kam.

Alex drückte den Ansatz seines Schwanzes zusammen, als er sich vorstellte, Tabithas Brustwarzen in den Mund zu nehmen. Er dachte viel zu oft über ihre Brustwarzen nach. Würden sie dunkel sein? Braun und köstlich. Oder vielleicht von einem blassen Rosa, das er mit seiner Zunge liebkosen könnte. Vielleicht würden sie rubinrot werden, nachdem er stundenlang an ihnen gesaugt hatte.

Weil er sich wie ein noch größerer Lüstling fühlte, verdrängte er ihr Bild aus seinem Kopf und bewegte die Hand um seinen Schwanz noch schneller. Doch selbst als er kam, wusste er, dass es *ihretwegen* war.

Er beendete schnell seine Dusche, da er sich

bewusst war, dass er wieder einmal eine Grenze über-schritten hatte, und nicht sicher war, was er dagegen tun konnte. Nachdem er sich angezogen hatte, machte er sich einen Kaffee, obwohl er das Haus nicht so bald verlassen würde. Er hatte genügend erste Aufnahmen von seiner Familie bei der Arbeit gemacht, sodass er zumindest damit beginnen konnte, einige davon auszusortieren und mit dem, was er hatte, zu arbeiten, während er eine Idee über den Umfang des Projekts bekam. Er hatte auch noch ein paar andere Dinge zu erledigen, da seine Familie im Moment nicht seine einzige Aufgabe war. Während er früher vielleicht ausgeflippt wäre, weil er mit so vielen Bällen jonglieren musste, war er einfach verdammt dankbar, dass er die Möglichkeit hatte, das zu tun, was er liebte und worin er einmal verdammt gut gewesen war.

Es gab auch ein bevorstehendes Projekt, über das noch keine abschließende Entscheidung gefallen war, aber er spielte schon seit einer Weile mit der Idee. Seit er aus der Reha gekommen war und sich fragte, was sein nächster Schritt sein würde, zerrte diese Idee an seinen Gedanken. Er wusste nicht, was er damit machen würde, wenn er fertig war, aber er konnte zumindest damit anfangen. Jede Form von Inspiration und Bedürfnis, die nicht mit Trinken und Sucht zu tun hatte, musste besser sein als das, wo er angefangen hatte.

Zumindest hat er sich das eingeredet.

Er arbeitete einige Stunden daran, Bilder zu bearbeiten und zu sehen, wie sie miteinander harmonieren könnten, um eine Geschichte zu erzählen. Er machte nicht einfach nur Bilder; er erzählte eine Geschichte, die bereits vorhanden war und nur darauf wartete, ans Licht zu kommen. Manchmal war es einfacher als anderswo, da das Objekt in seiner Linse ihm normalerweise verriet, was als Nächstes kam, aber das machte ihm nichts aus. Das war es, was er liebte, und er war verdammt froh, wieder dabei zu sein.

Als sein Wecker erneut klingelte, runzelte er die Stirn und riss sich aus seinen Gedanken. Er hatte vergessen, dass er sein Telefon so eingestellt hatte, dass es ihm sagte, dass er ins Fitnessstudio gehen sollte. Es war lange her, dass seine Arbeit ihn so eingenommen hatte, und verdammt, wie sehr hatte er das Gefühl vermisst.

Er streckte den Rücken, als er aufstand, denn er war sich bewusst, dass er zu lange gesessen hatte. Vielleicht würde er sich so ein Stehpult besorgen, wie sein Bruder Griffin es hatte. Zur Hölle, der Mann hatte sogar einen Laufband-Schreibtisch, den Autumn für ihn besorgt hatte. Die meisten seiner Familienmitglieder arbeiteten mit den Händen und bewegten sich genügend, dass es nichts ausmachte, wenn sie manchmal sitzen mussten, um zu arbeiten. Aber er und Griffin hatten eher sitzende Tätigkeiten. Zum Glück musste Alex sich bewegen, um die Fotos zu schießen, aber lange Tage am Schreibtisch würden seinen Rücken umbringen.

Das war nur ein weiterer Grund, warum er so hart trainierte und kämpfte, wie er es tat.

Er packte schnell seine Tasche und machte sich auf den Weg ins Fitnessstudio, um sich einen Plan auszudenken, wie er Tabitha helfen könnte. Ehrlich gesagt wusste er nicht, was er tat, und jetzt, wo er darüber nachdachte, wurde ihm klar, dass dies ein verdammt verrückter Plan war. Nur weil er einmal eine Kampfausbildung gemacht hatte und auf sich selbst aufpassen konnte, hieß das noch lange nicht, dass er Tabitha beibringen konnte, wie man es macht.

Er hasste einfach nur den Gedanken, dass sie sich überhaupt nicht verteidigen konnte.

Er konnte sich immer noch vorstellen, wie sie versucht hatte, sich zu wehren und auszutreten, aber gegen den viel größeren Mann machtlos gewesen war. Gegen den Rohling, der im Moment vielleicht im Gefängnis saß, aber wahrscheinlich bald auf Kaution rauskommen würde, allerdings mit einer glänzenden neuen einstweiligen Verfügung gegen ihn.

Da Alex seine Hände auf dem Lenkrad zu Fäusten geballt hatte, zwang er die Gedanken an den Mann aus seinem Kopf. Es tat ihm im Moment nicht gut, da er diese Wut nirgendwo freisetzen konnte. So war er überhaupt erst von der Flasche abhängig geworden. Stattdessen dachte er an Tabitha und wollte sich wieder einmal verfluchen.

Er fuhr vor dem Fitnessstudio vor, seltsam aufgedreht und gleichzeitig am Rande eines Zusammenbruchs. Wie sollte er ihr helfen, wenn er sich selbst kaum helfen konnte? Er hatte mit dem Boxen und Kämpfen angefangen, weil es ihn auf das konzentrierte, was er seinem Körper zuführte, und später hatte er den zusätzlichen Spaß, anderen im Ring in den Arsch zu treten.

Alex rollte mit den Schultern, schnappte sich seine Tasche und machte sich auf den Weg in das kleine Studio, das im letzten Jahr seine Zuflucht gewesen war. Er lernte immer noch, wieder ein Montgomery zu sein und sich in seine Familie einzufügen, damit er sich tatsächlich nützlich vorkommen konnte, aber aus irgendeinem Grund fühlte er diese Verbindung in diesem kleinen, steinernen Gebäude, das nach Schweiß roch und aussah, als bräuchte es einen neuen Anstrich.

Die Jungs, mit denen er hier trainierte, waren nicht seine Blutsverwandten, aber sie hatten ihn aufgenommen und nicht zu viele Fragen gestellt. Harper und Brody waren zu einer weiteren Unterstützung geworden, und er wusste, dass er sie niemals ersetzen konnte. Die Montgomerys mochten in Wahrheit seine Familie sein, aber sie kannten ihn vor und während des Alkohols. Er wollte einen Neuanfang mit wenigstens einer Person in seinem Leben, und Brody und Harper hatten diesen Platz eingenommen.

Tabitha würde bald da sein und er würde sich überlegen müssen, wie er ihr helfen konnte. Da sie wahrscheinlich vom vergangenen Abend noch sehr angeschlagen sein würde, würde er ihr wohl nur zeigen, wie man sicher steht, und mit ihr darüber reden, was sie als Nächstes tun würden. Er wollte sie nicht überfordern.

Zum Teufel, er wollte sich nicht selbst überfordern.

Harper und Brody waren beide im Fitnessstudio und trainierten mit Springseilen in der Nähe des Boxrings, als Alex hereinkam. Harper legte zuerst seine Sachen ab und runzelte die Stirn.

»Ich habe gehört, was passiert ist. Ist alles in Ordnung? Tabby war heute nicht bei der Arbeit, da Wes ihr gesagt hat, wenn sie auftaucht, würde er sie sich über die Schulter werfen und eigenhändig hinaustragen.«

Alex gefiel das seltsame Ziehen in seinem Bauch bei diesem Gedanken nicht. Es gab keinen Grund, auf Wes eifersüchtig zu sein, denn Alex hatte mit Tabitha nichts dergleichen zu tun. Wes und Storm waren diejenigen, die seine Eltern für Tabitha wollten, und zum Teufel, beide wären sowieso besser für sie als er. Sie könnte allerdings auch das Undenkbare tun und *nicht* mit einem Montgomery zusammen sein.

»Sie ist auf dem Weg hierher«, sagte Alex mit einem Stirnrunzeln. »Ich habe sie den ganzen Tag nicht gesehen, aber ich habe ihr gesagt, dass ich ihr helfen würde zu lernen, wie man sich verteidigt.«

Brodys Augenbrauen hoben sich. »Brauchst du Hilfe dabei?«

Alex schüttelte den Kopf. »Ich denke, ich komme schon klar, aber nur für den Fall, werdet ihr den Rest des Abends hier sein?«

Harper nickte. »Brody wollte Sparring machen, also werden wir uns ein bisschen im Boxring aufhalten.«

Alex entspannte sich ein wenig. Er hatte befürchtet, dass er mit Tabitha allein sein und am Ende alles vermasseln würde. Wenigstens würde er hier einen Puffer haben.

Brody ließ den Blick über Alex' Schulter huschen und seine Augen verdunkelten sich vor Wut. »Ich hoffe, du prügelst die Scheiße aus diesem Wichser raus.«

Alex drehte sich um, als Tabitha zögernd das Fitnessstudio betrat, die Augen weit aufgerissen, als sie alles in sich aufzunehmen schien. Er hätte sie wahrscheinlich an einen schöneren Ort bringen sollen oder sogar in das Fitnessstudio, das sein Schwager Decker in seinem Keller gebaut hatte, aber er hatte das Erste gesagt, was ihm in den Sinn gekommen war, als er gesehen hatte, wie sie zitterte. Er mochte es bedauern, ihr so nahe gewesen zu sein, als er immer noch versuchte herauszufinden, wer er war, aber er würde verdammt sein, wenn er diesen Blick in ihren Augen jemals wieder sehen würde.

»Du bist hier«, knurrte er leise. Aus irgendeinem Grund dachte er, dass sie es sich vielleicht anders überlegt hatte und wegbleiben würde. Er wollte nicht über seine Gefühle nachdenken, die sie in diesem Moment dort haben wollten. Die, die sie an seiner Seite haben wollten. Die, die sie bei ihm haben wollten.

Er hielt inne, um sich zu räuspern, bevor er auf sie zuging. Die blauen Flecke auf ihrem Gesicht hoben sich gegen die cremefarbene Blässe ihrer Haut ab. Seine Hände verkrampften sich an seinen Seiten und er zwang sich, sie zu entspannen, während er ihr Gesicht musterte.

Sie hatte sich an diesem Tag nicht geschminkt, zumindest nicht für den Abend – das hieß, sie hatte die blauen Flecke nicht vor ihm versteckt. Er wusste nicht, warum ihm das gefiel, und er konnte es sich im Moment nicht leisten, sich darüber Gedanken zu machen. Sie hatte ihr Haar in dem Pferdeschwanz gelassen, den sie so gern trug – den gleichen, den er sich um seine Faust gewickelt vorgestellt hatte – und der ihre lange Mähne von ihrem Gesicht fernhielt. Das ließ die blauen und schwarzen Flecke in ihrem Gesicht, die Spuren der Hand dieses Mistkerls auf ihrer weichen Haut, nur noch deutlicher hervortreten.

Sie trug einen dicken Kapuzenpulli über ihren Trainingsklamotten und hatte eine kleine Tasche über die Schulter gehängt. Wäre da nicht die lebhafte Angst in ihren Augen und die spürbare Anspannung in ihren Schultern gewesen, hätte er gedacht, sie wäre bereit zu gehen. Es schien, als wären sie beide hier ein wenig aus dem Tritt geraten, und er musste sich einfach überlegen, was er dagegen tun wollte.

»Ich bin hier«, sagte sie schließlich nach einem Moment. Sie betrachtete den Ort kurz, bevor sie eine Augenbraue zu ihm hochzog. »Ich weiß, du sagtest, dies sei ein Fitnessstudio, aber ich habe mir das hier nicht so vorgestellt.«

Er runzelte die Stirn. »Die Leute trainieren hier. Es ist ein Fitnessstudio.« Es gab nicht so viel Stahl und Spiegel wie in anderen, und es gab auch keine peppige Musik und Leute in hellem Elasthan, aber es war ein Fitnessstudio. Sein Fitnessstudio.

Sie zeigte hinüber zu einem der Boxringe in der Mitte des Raumes. »Sie tun mehr als nur trainieren. Aber da ich deswegen hier bin, kann ich mich kaum beschweren. Und ich würde mich sowieso nicht beschweren.«

Sie hielt inne und trat von einem Fuß auf den anderen.

Er rückte näher, wohl wissend, dass Harper und Brody hinter ihm standen und nichts gesagt hatten. Wahrscheinlich hörten sie jedes Wort mit und hatten den Blick auf die beiden gerichtet, aber er ignorierte sie für den Moment. Hier ging es nur um Tabitha.

Als Nächstes tat Alex etwas, von dem er wusste, dass er es vielleicht bereuen würde, aber er tat es trotzdem.

Er berührte ihre Wange, wobei er sehr vorsichtig mit den leichten Blutergüssen auf dieser Seite ihres Gesichts umging. Sie hatte mehr auf der anderen Seite, und eigentlich wollte er sie nur wegküssen.

Aber er tat es nicht.

»Was ist los?«, fragte er mit tiefer Stimme.

Ihre Augen weiteten sich bei seiner Berührung und ihre Lippen teilten sich, als sie keuchend einen Atemzug ausstieß, wobei sich ihr Brustkorb bei der Bewegung hob und senkte.

»Danke.«

Er runzelte die Stirn. »Wofür?«

Sie verengte die Augen und er war noch nie so begierig gewesen, diesen Funken Temperament zu sehen. Das bedeutete, dass sie nichts von ihrem Kampfgeist verloren hatte. Sie musste ihn nur verstärken.

»Für gestern und für jetzt. Tu nicht so, als wüsstest du das nicht.«

Sie trat zurück und der Moment, den sie gerade hatten, wurde unterbrochen. Alex tat das auch nicht gerade leid, aber er war auch nicht sehr erleichtert.

Zum Teufel, diese Frau verwirrte ihn und er war sich nicht sicher, ob er es sich leisten konnte, jetzt verwirrt zu sein.

»Hi, Harper«, sagte Tabitha, als sie um Alex herum schaute. »Und du bist Brody, stimmt's? Ich habe dich mit Austin im Laden gesehen.«

Hatte Tabitha irgendwo ein Tattoo? Und warum verbrachte er so viel Zeit damit, darüber nachzudenken?

Die Jungs unterhielten sich ein wenig mit ihr, während er seine Gedanken sammelte. Er musste endlich einen klaren Kopf bekommen, wenn er erreichen wollte, was er sich vorgenommen hatte, und Tabitha tatsächlich helfen wollte, auf sich selbst aufzupassen.

»Bist du bereit loszulegen?«, fragte er und sie drehte sich zu ihm um. Nervosität glitt über ihre Züge und er schwor sich, dass er sein Bestes tun würde, um das nie wieder in ihrem Gesicht zu sehen. »Wir können in einen Raum dort drüben gehen, wenn du etwas Privatsphäre haben möchtest.« Er hielt inne und dachte über seine Wortwahl nach, als sie ihm einen neugierigen Blick zuwarf. »Es sei denn, du möchtest lieber nicht mit mir allein sein.« Es gab Tausende von Gründen, warum sie nicht mit ihm allein sein wollte. Die Tatsache, dass er nicht aufhören konnte, an sie zu denken, war nur einer von ihnen.

Sie schüttelte den Kopf. »Ich vertraue dir. Ich wäre nicht hier, wenn ich es nicht täte.«

Er schluckte schwer bei der Wahrheit in ihrem Blick.

Sie vertraute ihm.

Wenn er sich nur selbst vertrauen würde.

»Halte die Arme ein wenig höher.«

Tabby stellte sich vor Alexander, sie war sich nur allzu bewusst, wie *groß* er schien. Wie … *alles*. Im Moment war sie sich seiner im Allgemeinen nur allzu bewusst und sie hatte das Gefühl, sich nicht mehr so gut zurückhalten zu können wie früher. Seit sie das kleine Fitnessstudio betreten hatte, das ein Stück von ihm zu enthalten schien, wusste sie, dass diese ganze Sache vielleicht ein Fehler war.

Aber sie war so verdammt verängstigt gewesen wegen dem, was im Büro passiert war, und sie hatte sich an das geklammert, was ihr zur Verfügung stand. Selbst wenn sie nur zwanzig Minuten hier verweilte, während Alexander mit ihr sprach, würde sie sich besser fühlen. Sicherer.

Sie würde vielleicht nie so kämpfen können, wie er es offenbar konnte, aber sie würde sich zumindest ein bisschen mehr verteidigen können.

»Okay, halte den Daumen nicht so. So wirst du ihn dir brechen.« Er legte seine große Hand über ihre und sie zwang sich, bei der Hitze seiner Berührung nicht das Atmen zu vergessen. Mit jeder Korrektur, jeder Berührung ihrer Haut, konnte sie nicht anders, als ihn zu wollen.

Ja, sie war aus einem bestimmten Grund hier,

aber in dem feuchten Raum, in dem nur sie beide waren, um zu schwitzen, sich zu berühren und sich näher zu kommen, konnte ihr Gehirn nicht anders, als sich das vorzustellen. Sie konnte einen Teil seiner Tätowierungen erahnen, als sein Hemd verrutschte, und sie wollte alles sehen, wollte es schmecken.

Sie war gestern Abend *überfallen* worden, und trotzdem konnte sie nicht anders, als Alexander zu beobachten.

»Ich hab's verstanden«, hauchte sie und sah auf. Sie hatte gar nicht bemerkt, dass er ihr so nahe war. Sie brauchte sich nur auf die Zehenspitzen zu stellen und könnte mit ihren Lippen an seinen entlangstreichen. Sein Blick war auf ihren Mund gerichtet und sie beobachtete, wie sein Adamsapfel sich auf und ab bewegte, wenn er schluckte. Seine Zunge schoss heraus, um über seine Unterlippe zu lecken, und ihre Brustwarzen wurden zu harten Punkten an ihrem Sport-BH.

Seine Brust bewegte sich schneller, während seine Atemzüge schneller wurden, und sie sehnte sich verzweifelt nach ihm.

Aber sie durfte nicht den ersten Schritt machen, nicht jetzt. Vielleicht nie. Er war nicht bereit. *Sie* war nicht bereit.

Sie traten beide gleichzeitig einen Schritt zurück und sie weigerte sich, sich dadurch verletzt zu fühlen. Schließlich hatte sie sich ja auch bewegt.

Alexander räusperte sich. »Ich denke, das war's für heute. Du musst dich ausruhen.«

Sie hätte sich über den Befehl geärgert, wenn sie ihm nicht zugestimmt hätte. »Danke, dass du wenigstens mit mir angefangen hast. Können wir es noch einmal machen?« Sie hätte sich für die Frage selbst in den Hintern treten können. Sie konnte einen Kurs belegen, wenn sie wirklich weitermachen wollte, und obwohl *sie* mehr lernen wollte, wollte sie auch, dass *Alexander* sie unterrichtete.

Sie war eine Masochistin, und doch konnte sie nicht weggehen.

Er musterte ihr Gesicht einen Moment lang, bevor er ihr zunickte. »Das können wir. Ich will nur, dass du in Sicherheit bist.«

Sie versuchte, nicht allzu viel in diese Worte hineinzuinterpretieren, aber sie konnte nicht anders. Wenn es um ihn ging, konnte sie nicht viel dagegen tun.

Mit einem letzten Blick verabschiedete sie sich, während sie ihre Sachen packte und zu ihrem Wagen eilte, wohl wissend, dass ihr die Knie zitterten. Obwohl sie eigentlich nach Hause fahren und duschen sollte, begab sie sich stattdessen zu ihrem Lieblingsbuchladen. Ihrer Freundin gehörte der Laden, und da sie im Moment nicht klar denken konnte, brauchte sie Everlys Hilfe, um sich zu konzentrieren.

Alle ihre anderen Freundinnen hatten in die

Familie Montgomery eingeheiratet, und dies war eine Sache, über die sie nicht mit ihnen reden konnte.

Sobald sie auf den Parkplatz gefahren war, verfluchte sie sich selbst. Sie hatte sich nicht die Mühe gemacht, Make-up aufzulegen, bevor sie das Haus verlassen hatte, denn Alexander hatte das Schlimmste schon gesehen. Aber in Everlys Laden zu gehen war etwas ganz anderes. Sie konnte die mitleidigen Blicke nicht ertragen. Zum Glück war es kurz vor Geschäftsschluss, sodass Tabby sich hoffentlich noch hineinschleichen konnte.

Beneath the Cover war ein kleiner unabhängiger Buchladen, der jedes Genre bediente, aber die Hälfte davon war dem Thema Liebesromane gewidmet. Eigentlich war es Tabbys Lieblingsladen überhaupt. Und da er sich in der Innenstadt von Denver befand, gab es dort jede Menge Laufkundschaft, und er lag nahe genug am Café ihrer Freundin Hailey, dass sie begonnen hatten, gemeinsam Werbung zu machen. Irgendwie hatten sie es geschafft, innerhalb einer riesigen Innenstadt ein Kleinstadtgefühl zu schaffen.

Dadurch vermisste Tabby ihr Zuhause nur ein bisschen weniger.

Everly stand an der Kasse und sah ein Buch durch, als Tabby hereinkam. Die Augen ihrer Freundin weiteten sich, als sie Tabby sah, und sie eilte zur Vorderseite des Ladens.

»Oh mein Gott, Tabby. Das Selfie, das du geschickt hast, wurde dem nicht gerecht. Ich möchte dem Kerl jetzt am liebsten in den Arsch treten. Zum Glück hat Alex das schon für mich getan.«

Tabbys Augen füllten sich mit Tränen und sie tat ihr Bestes, um zu versuchen, sie wegzublinzeln. Sie bemühte sich sehr, nicht zu weinen, denn, verdammt noch mal, sie hatte schon genug geweint. Sie wollte sich jetzt wehren, und Tränen würden ihr nur im Weg stehen.

»Es wird heilen. *Ich* werde heilen.«

»Ich weiß, dass du das wirst, Liebes. Jetzt lass mich den Laden abschließen und wir können noch einen Tee trinken, bevor ich losmuss, um die Kinder abzuholen.« Everly hatte zwei Kinder, die sie allein großzog, und Tabby wusste immer noch nicht, wie die andere Frau das jeden Tag schaffte.

»Tee klingt gut.« Tabby trat zur Seite, als ihre Freundin die Tür schloss. »Ich hätte ihn fast geküsst«, platzte sie heraus.

Everly wirbelte mit weit aufgerissenen Augen herum. Ihre Freundin wusste als Einzige von Tabbys Schwärmerei, aber das machte Tabbys Worte trotzdem nicht weniger peinlich.

»Wenn ich nicht fahren müsste, würde ich sagen, wir brauchen jetzt mehr als Tee«, sagte Everly langsam. »Wie nahe war fast?«, fragte sie mit einem kleinen Lächeln.

Dann lachte Tabby, wobei ein wenig von ihrer Anspannung ihre Schultern verließ. »Nahe genug.«

Sie atmete langsam aus. »Ich weiß nicht, was ich tun soll, Ev.«

»Dann werden wir es einfach herausfinden.«

Und anscheinend sollte es auch so einfach sein. Aber Tabby wusste mehr als die meisten anderen, dass bei einem Montgomery nie etwas einfach war – und bei Alexander schon gar nicht.

Kapitel Fünf

ALEX VERSAUTE ES. Schon wieder. Er konnte nicht ganz glauben, dass er so dumm gewesen war, aber in Anbetracht seiner vergangenen Entscheidungen konnte er sich nicht einmal selbst die Schuld geben.

Ein starker Wind schlug ihm entgegen und zwang ihn aus seinen zyklischen Gedanken. Die Kälte biss in seine Haut, aber er tat sein Bestes, um sie zu ignorieren. Er konnte sich in diesem Moment nicht einmal bewegen, um seinen Schal so zu platzieren, dass er seinen Hals und den unteren Teil seines Gesichts vor dem bitteren Wind schützte. Stattdessen ließ er die Kälte in seine Haut sickern, sodass er bis auf die Knochen fröstelte, während er sich auf seine Aufgabe konzentrierte.

Mit der Hand am Objektiv änderte er, was er ändern musste, bevor er den Auslöser drückte.

Klick.

Ein anderer Blickwinkel.

Klick.

Diesen hier etwas schärfer.

Klick.

Noch einmal bewegen.

Klick.

Ausatmen.

Klick.

Alex senkte die Kamera und blinzelte den intensiven Dunst weg, der ihn bei der Aufnahme eines Motivs stets umgab. Sein Gehirn hatte sich nicht nur auf den einen Mann vor ihm konzentriert, sondern auch auf die tausend verschiedenen Teile der Umgebung, die in der Innenstadt von Denver um sie beide herum wirkten.

»Hast du alles, was du brauchst?«, knurrte der Mann vor ihm. »Ich weiß nicht, warum du ein Foto von mir machen willst, wie ich hier sitze, aber wenn dich das anmacht, nur zu.« Der Obdachlose tätschelte seine zerrissene Jacke und schenkte Alex ein vergilbtes Lächeln. »Ich habe mein Sandwich bekommen, also schätze ich, das ist alles, was ich brauche.« Er kniff die Augen zusammen. »Es sei denn, du hast noch ein paar Dollar übrig.«

Alex schüttelte den Kopf. »Tut mir leid, ich habe nichts mehr. Ich habe Kaffee für dich, wenn du willst.«

Der ältere Mann schnaubte. Zumindest dachte

Alex, dass der Mann älter war als er selbst, aber es war gut möglich, dass der Alkohol den Obdachlosen vor ihm nur gealtert erscheinen ließ.

»Nein. Ich kann das Zeug nicht ausstehen. Schlecht für meine Verdauung.« Alex nickte dankend, dass er ihm geholfen hatte, aber er dachte sich, dass der andere Mann das nicht wollte. Und er hatte das Gefühl, dass es nicht der Kaffee war, der dem Mann auf den Magen schlug, sondern der Mangel an Alkohol in seinem Körper. Es gab einen Grund, warum Alex den Obdachlosen in seiner Umgebung kein Geld mehr gab. Er hatte gesehen, was passierte, nachdem er das ein paarmal getan hatte, als er am nächsten Tag zurückkam. Nicht jeder gab sein Geld für Alkohol oder Drogen oder gar Zigaretten aus, aber genügend hatten es getan, sodass Alex seine Lektion gelernt hatte.

Er hatte auch gelernt, dass nicht jeder wirklich obdachlos war. Er war schon ein paarmal von vermeintlich obdachlosen Männern oder Frauen oder sogar *Kindern* getäuscht worden, die bettelten, bevor sie auf ihr tausend Dollar teures Fahrrad sprangen oder sogar in ihren Mercedes stiegen, den sie ein paar Blocks weiter geparkt hatten.

Er tat vielleicht sein Bestes, um nicht zu urteilen, aber diese Leute machten ihn mehr als alles andere wütend.

Anstatt also abzuwarten, wie diejenigen, denen er helfen wollte, ihr Geld ausgaben, bezahlte er die

Leute mit Essen, Kaffee und Decken. Normalerweise gab er den Leuten am Ende immer solche Dinge, egal ob sie ihm bei seinem Projekt halfen, aber diejenigen, die halfen, bekamen mehr von ihm. Er wusste, dass es nicht genug war, nicht *annähernd* genug, aber diese kleine Sache war alles, was er im Moment tun konnte. Vielleicht würde er eines Tages in der Lage sein, noch mehr zu tun.

Alex ging durch die dunklen Straßen der Innenstadt von Denver und versuchte, die Gegend aus jeder Perspektive zu betrachten. Er machte Fotos, wenn er den Drang verspürte, und tat sein Bestes, um sich für jede Einstellung eine Geschichte auszudenken.

Die Stadt hatte ein Obdachlosenproblem, aber zur Hölle, das hatten viele andere Großstädte auch. Das Problem mit Denver war, dass es, da es im Westen lag, nicht so viele große Städte gab, in die die Leute reisen konnten. Die Ballungsgebiete im Osten lagen näher beieinander und deshalb war das Nomadentum vieler Obdachloser einfacher. Nicht dass irgendetwas einfach wäre, aber es war immer noch einfacher als im Westen, wo es nicht viele – wenn überhaupt – andere Städte in der Nähe gab.

Tagsüber fuhren Menschen in Anzügen und eleganten Kleidern in ihren schicken Fahrzeugen vorbei, um vor ihren Hochhäusern zu parken. Andere nahmen den Bus oder die Straßenbahn und pendelten von ihren Häusern in den Vororten in die Stadt. Es gab auch eine jüngere Bevölkerung in der

Stadt; diejenigen, die in den Hochhäusern oder Wohnungen leben wollten, die für Alex' Geschmack viel zu teuer waren. Es gab sogar eine große Universität, die sich in der Innenstadt niedergelassen hatte und sich den Campus mit einer Gemeinde und einem kleineren College teilte.

Es waren Hunderte von Menschen in allen Formen, Größen und wirtschaftlichen Schichten, die jeden Tag an ihm vorbeigingen. Und jeder dieser Menschen ging auch an den Männern und Frauen vorbei, die bewusstlos an irgendeiner Straßenecke lagen, entweder von zu wenig Nahrung oder zu viel Alkohol.

Die Stadt war eine Mischung aus allem, und Alex wollte einen Blick darauf werfen.

Deshalb drehte sich sein jüngstes Projekt darum, was aus ihm hätte werden können, wenn er seine Familie nicht an seiner Seite gehabt hätte. Er hatte sie fast alle von sich gestoßen, bis zu dem Punkt, an dem er alles hätte verlieren können, aber sie hatten ihn nicht gelassen. Sie hatten an ihm festgehalten, selbst als er versucht hatte, sie abzuschütteln, und am Ende hatte er sie viel mehr gebraucht, als er es für möglich gehalten hatte. Ohne sie hätte er sich verloren. Ohne sie wäre er einer der Menschen geworden, an denen er in dem Einkaufszentrum in der 16ten Straße vorbeiging.

Oder vielleicht hätte er sich schon lange vorher zu Tode gesoffen.

Er wusste nicht, was aus ihm geworden wäre, wenn er nicht zur Reha gegangen wäre, aber er würde verdammt sein, wenn er noch einmal so etwas wie dieser Mann werden würde. Er war jetzt anders. Oder zumindest war es die Hülle, die ihn umgab. Innerlich war er sich nicht mehr sicher. Ohne den Alkohol, um die Dämonen zu betäuben, wusste er, dass sie da waren und ihn verspotteten. Aber er betete, dass sie sich mit der Zeit beruhigen würden und er die Kraft finden würde, ein Teil des Mannes zu werden, der er einst gewesen war.

Er stieß einen weiteren Atemzug aus, als eine Windböe gegen ihn schlug. Es war einfach zu kalt für die Menschen, um sich so draußen aufzuhalten, aber die Unterkünfte schlossen bald für den Abend und es gab nicht genügend Platz für alle. Alex schätzte, dass er noch zehn Minuten Zeit hatte, um zu versuchen, noch ein paar Fotos zu machen, bevor er in seinen Wagen steigen und nach Hause fahren musste. Er konnte nicht riskieren, krank zu werden und mit seiner Arbeit in Verzug zu geraten. Dieses Projekt hatte noch keinen Geldgeber und er war sich nicht sicher, was er damit machen wollte, aber er wusste einfach, dass er es zu Ende bringen musste. Das bedeutete, dass die Projekte, für die er tatsächlich angeheuert wurde, Priorität haben mussten, damit er für Dinge wie Heizung und Lebensmittel bezahlen konnte.

Er hatte das Haus bei der Scheidung verloren,

aber am Ende war das für ihn in Ordnung gewesen. Als er getrunken hatte, war es ihm vielleicht egal gewesen, aber jetzt, wo er aus dem Dunst heraus war, wusste er, dass er dort sowieso nie wieder hätte schlafen können. Statt des weitläufigen Hauses im Ranch-Stil, das er mit seiner Ex-Frau in ein Heim verwandeln wollte, hatte er eine kleine Dreizimmer-wohnung in einem anständigen Vorort gemietet. Eines der Zimmer hatte er in eine Dunkelkammer verwandelt, obwohl er nur noch selten außerhalb der digitalen Welt arbeitete. Der Essbereich wurde zu seinem Büro umfunktioniert und irgendwie hatte er sich eingerichtet.

Zumindest hoffte er das.

Mit den Händen in den Taschen bog er in eine der Straßen ab, die von dem Einkaufszentrum abgin-gen, und sah sich um. Er war diese Straße schon unzählige Male entlanggegangen und kannte sie wie seine Westentasche. Dies war der Ort, den seine Familie kreiert hatte, die Welt, die sie erschaffen hatte. Montgomery Ink, das Tattoostudio, lag auf der einen Seite der Straße. Gegenüber befand sich das Eden, das Geschäft seiner Schwägerin, hell und bereit für Kunden, obwohl er davon ausging, dass es bald für den Abend schließen würde. Neben dem Tattoostudio war das Taboo, Haileys Café. Hailey war eine Freundin der Familie, obwohl er dachte, dass sie ihn von allen Montgomerys am wenigsten kannte.

Natürlich war das seine Schuld.

In der Nähe des Cafés befand sich eine Buchhandlung, in der er noch nie gewesen war, aber seine Familie schon, und er dachte sich, dass er dort einmal vorbeischauen sollte, um zu sehen, ob dort ein paar Bücher seines Bruders Griffin angeboten wurden. Alex nahm immer gern ein oder zwei mit, auch wenn er sie schon alle hatte. Er achtete aber darauf, ein paar im Regal stehen zu lassen, damit andere sie in die Hand nehmen und nach der Serie süchtig werden konnten, so wie Alex es war.

Jedes einzelne seiner Geschwister war so verdammt talentiert.

Er hoffte nur, dass er das Talent, das er einst in den Händen gehalten hatte, wiederfinden würde.

Sein Telefon summte in seiner Tasche, als er zu seinem Wagen hinter dem Tattoostudio ging, und er zog seine Handschuhe aus, um es herauszuholen. Er fluchte über die Kälte und sagte sich, dass er sich ein paar von diesen Hightech-Handschuhen kaufen würde, die Wärme oder was auch immer spüren konnten, damit er sie nicht ausziehen musste, um sein Smartphone zu benutzen.

»Was ist los, Storm?«, fragte Alex, während er die Schultern nach oben zog. Es wurde von Minute zu Minute kälter und er wollte nur noch zurück in seinen verdammten Wagen. Er hatte nicht vorgehabt, so lange draußen zu bleiben, aber er hatte vier verschiedene Leute gefunden, die ihre Geschichte erzählt haben wollten. Also hatte er Notizen und Fotos gemacht und ihnen versprochen, dass er etwas damit machen würde, das etwas bedeutete. Was es war, wusste er noch nicht.

»Warum klingst du so atemlos?«, fragte Storm.

»Weil es im Moment kälter ist als die Eier eines Schneemannes.«

Storm stieß ein Lachen aus. »Ich wusste nicht, dass Schneemänner Eier haben. Und verdammt, woher weißt du, wie kalt sie sind?«

»Du kannst mich nicht sehen, aber ich zeige dir gerade den Mittelfinger.« Nicht wirklich, da es immer noch Leute auf der Straße gab und er nicht *dieser* Typ sein wollte, aber sein Bruder würde wissen, was er meinte.

»Du kannst mich auch mal.« Storm schnaubte. »Was machst du denn draußen, wenn es so kalt ist?«

Er hatte noch niemandem von seinem Projekt erzählt, da er noch keinen Namen dafür hatte, und ehrlich gesagt war es ein wenig persönlicher, als er gedacht hatte. »Ich bin auf dem Weg zu meinem Wagen. Was willst du?«

»Nun, ich wollte sehen, ob du mit mir essen gehen willst, aber wenn du ein Arschloch sein willst, ändere ich meine Meinung.«

Alex' Magen knurrte, aber er schüttelte den Kopf. Dann erinnerte er sich daran, dass sein Bruder ihn nicht sehen konnte. Verdammt, die Kälte hatte anscheinend seine Gehirnzellen zusammen mit seiner Wärme genommen. »Können wir das auf morgen verschieben?« Er hatte keine Pläne für das Abendessen, aber er wollte heute Abend noch mal seine Notizen durchgehen, solange sie noch frisch in seinem Kopf waren.

»Kein Problem.« Storm hielt inne. »Schön, dass du es willst.«

Er ließ den Stachel auf ihn einschlagen, wie es sich gehörte. Er hatte in der Vergangenheit mehr Abendessen mit seiner Familie abgelehnt, als er hätte tun sollen, und er würde verdammt sein, wenn er das noch einmal tun würde.

Ein roter Blitz fiel ihm ins Auge und er erstarrte.

Rotbraunes Haar, von dem er träumte.

»Was zum Teufel?«

»Was? Was ist los?«, fragte Storm mit entschlossener Stimme.

»Ich dachte, ich hätte gerade … na egal.« Alex schüttelte wieder den Kopf. »Ich muss Schluss machen. Wir sehen uns morgen zum Abendessen.«

»Was zum Teufel, Alex?«

Er beendete das Gespräch, als sein Bruder ihn gerade ausfragen wollte, obwohl er wusste, dass er dafür später etwas zu hören bekommen würde. Aber zuerst musste Alex diesem roten Blitz folgen. Er beschleunigte das Tempo, bis er fast joggte, und bog in eine dunkle Gasse ein. Seine Sinne waren in Alarmbereitschaft.

Da stand sie in ihrer sauberen Jacke und dem Schal, eine Tasche in der Hand und Sorge im

Gesicht. Er hätte gedacht, dass sie verdammt schön aussah, sogar mit den roten Wangen und der Nase, aber er konnte in diesem Moment nicht so scharf denken, nicht mit der Wut in seinem Körper.

»Was zum Teufel machst du hier im Dunkeln?«, stieß er hervor.

Tabithas Augen weiteten sich, als ihr Blick auf seinen traf. »Alexander.«

Er ging zu ihr, wohl wissend, dass er in diesem Moment wahrscheinlich wie ein Verrückter aussah. Aber das war ihm egal. »Was. Zum. Teufel.«

Oh scheiße. Was hatte Alexander hier zu suchen? Von allen Montgomerys, die sie in der Nähe des Einkaufszentrums hätte treffen können, war Alexander der letzte auf ihrer Liste der Leute, die sie treffen wollte. Verdammt noch mal. Sie hatte nicht gewollt, dass er sie so sieht. Er sah zu viel, stellte zu viele Fragen. Sie war nicht bereit, ihm zu sagen, was sie tat oder *warum* sie es tat.

Nur wusste sie aus irgendeinem Grund, dass sie es nicht vor dem Mann verbergen konnte, der gerade vor ihr knurrte.

»Was. Zum. Teufel.«

»Was meinst du?«, fragte sie schließlich mit trockener Kehle. »Ich gehe hier.«

Er sah sie an, als hätte sie ein paar Gehirnzellen

verloren, und vielleicht hatte sie das auch, denn es war nicht das erste Mal, dass sie so etwas tat. Aber ehrlich gesagt würde es auch nicht das letzte Mal sein.

»Du gehst hier. In einer dunklen Gasse. Alleine. Spät am Abend. In einer strahlend weißen Jacke, die danach schreit, dass dich jemand angreift. Was zum Teufel, Tabitha?«

Sie verengte die Augen. »Hörst du wohl auf, das zu sagen?«

»Nein. Ich werde nicht aufhören zu fragen, was zum Teufel, bis du mir sagst, was zum Teufel.«

»Das geht dich nichts an.« Und das tat es auch nicht. »Ich habe Pfefferspray und meine Trillerpfeife.«

Er rollte mit den Augen. »Schön für dich. Und da ich dir, was, eine einzige Lektion in Selbstverteidigung erteilt habe, musst du doch in der Lage sein, in einer dunklen Gasse auf dich selbst aufzupassen.« Er streckte die Hand aus, als wollte er die verblassenden blauen Flecke in ihrem Gesicht berühren, bevor er es sich anders überlegte und seine Hand auf ihren Ellbogen fallen ließ. Das Gefühl seiner Hand auf ihr, selbst durch die Dicke ihrer Jacke hindurch, genügte, um ihr den Atem zu rauben.

Zitternd stieß sie die Luft aus. »Hör auf, mich zu behandeln, als wäre ich dumm.«

»Dann hör auf, dich dumm zu verhalten«, fauchte er zurück.

Sie ignorierte den Stachel in seinen Worten und

versuchte, an ihm vorbeizugehen. *Sie* waren sowieso nicht hier. Wieder einmal war ihre Wanderung hierher ein hoffnungsloser Fall gewesen. Sie sollte inzwischen daran gewöhnt sein.

Alexander packte ihren Ellbogen fester und sie erstarrte. »Was machst du denn hier draußen?« Er hatte seine Stimme auf ein Dezibel gesenkt, sodass sie wie weicher Samt über sie glitt. Verdammt sei der Mann.

»Das geht dich nichts an. Was machst du denn überhaupt hier draußen?«

Er runzelte die Stirn und hob seine Kamera. »Ich arbeite.«

Überrascht, dass er überhaupt geantwortet hatte, blinzelte sie ihn an. »Oh.«

»Ja. Oh. Komm, ich bringe dich zu deinem Wagen.«

Sie schüttelte den Kopf. »Ich bin mit der Straßenbahn hier.« Sie nahm immer die Straßenbahn für den Fall, dass sie sie sah.

Er kniff sich in den Nasenrücken. »Spät abends. Alleine. Zum Teufel, Tabitha. Komm, ich bringe dich nach Hause. Ich habe hinter dem Laden geparkt.«

Sie grub ihre Füße in den Zement und stand ihren Mann. »Du kannst mich nicht wie einen Höhlenmenschen wegzerren. Ich habe Rechte.«

Er fluchte leise vor sich hin. »Ja, das hast du. Und im Moment nutzt du diese *Rechte*, um eine Närrin zu sein. Wenn ich muss, werfe ich dich über meine Schulter und trage dich hier raus.«

Sie wollte mit dem Fuß aufstampfen wie eine Zweijährige, aber sie dachte, das würde ihrer Sache nicht helfen. »Hör auf, mich dumm und eine Närrin zu nennen. Ich bin nichts von beidem. Ich kam vorbereitet.«

So wie du an diesem Abend in deinem Büro vorbereitet warst?

Er sagte es nicht, aber sie wusste, dass er es dachte.

»Lass mich dich nach Hause bringen.« Er hielt inne. »Bitte.«

Es war die Bitte, die sie überzeugte, und sie nahm an, dass er wusste, dass es so sein würde. Sie ließ sich von ihm aus der Gasse und zu seinem Wagen führen. Obwohl er seine Hand an ihrem Ellbogen hatte, wusste sie, dass sie ihn in diesem Moment nicht verlassen würde. Es war nicht die klügste Idee gewesen, bei diesem Wetter nach draußen zu gehen, aber sie hatte wegen des Angriffs schon zu viele Tage drinnen verbracht, und sie hatte Angst gehabt, sie zu verpassen. Im Gegensatz zu dem, was Alexander dachte, war sie keine Närrin. Sie trug Pfefferspray bei sich und ging normalerweise nicht durch dunkle Gassen.

Normalerweise.

Als sie zu seinem Wagen kamen, hielt er ihr die Tür auf und schlug sie zu, nachdem sie eingestiegen war. Offenbar hatte er sein Temperament noch nicht wieder ganz unter Kontrolle.

»Musst du dich erst noch von deiner Familie verabschieden?«, fragte sie, als er auf seinen Platz stieg.

Er warf ihr einen Blick zu, bevor er den Motor anließ. »Wie lautet deine Adresse?«

Sie blinzelte und ratterte sie herunter, während er sie in das Navigationssystem des Wagens eingab. Sie hätte ihm einfach sagen können, wo sie wohnte, und ihm den Weg zeigen können, aber sie war sich nicht sicher, ob er in diesem Moment in der Stimmung dafür war. Außerdem kam ihr in den Sinn, dass er noch nie bei ihr zu Hause gewesen war. Wes und Storm hatten in der Vergangenheit Dinge vorbeigebracht oder sie sogar abgeholt, aber Alexander hatte noch nie einen Grund gehabt, zu ihr zu kommen.

Bis jetzt.

Natürlich fragte sie sich jetzt, ob sie ihren Wäschekorb im Wohnzimmer vergessen hatte oder ob sie ihr Geschirr von vorhin abgewaschen hatte. Das Organisieren mochte ihre große Liebe sein, aber mittendrin sah es nie schön aus.

Aber was machte das schon?

Er würde sie wahrscheinlich einfach vor ihrem Haus absetzen und wegfahren, verärgert darüber, dass er alles, was er tat, unterbrechen musste, um die arme Jungfrau in Not zu retten.

Sie war keine verdammte Jungfrau.

»Du brichst dir noch einen Backenzahn, wenn du deinen Kiefer so fest zusammenpresst«, fauchte Alex beim Fahren.

Sie warf ihm einen Blick zu. »Das musst du gerade sagen.«

Sein Mund verzog sich zu einem Lächeln, bevor er wieder die Stirn runzelte. Sie liebte es, wenn er lächelte, aber sie wünschte, er würde es öfter tun. Natürlich wollte sie mit der Art, wie er sich gerade verhielt, wirklich nichts mit ihm zu tun haben. Vielleicht würde sein Verhalten heute Abend die lästige Verliebtheit ein für alle Mal aus ihrem Verstand vertreiben.

Nur hatte sie das Gefühl, dass es nur noch schlimmer werden würde. Danach sprachen sie nicht mehr miteinander, aber die Spannung im Wagen stieg mit jedem Kilometer an. Sie wusste nicht, ob seine Spannung von seiner Wut herrührte, aber *ihre* war eine Mischung aus allem. Sie mochte Alexander in diesem Moment nicht besonders, aber verdammt, wenn sie ihn nicht wollte. Sie leckte sich über die Lippen, ihr Atem beschleunigte sich und sie tat ihr Bestes, um zu ignorieren, wie gut er im Profil aussah.

Er warf ihr einen Blick zu, seine Augen verdunkelten sich im Licht der vorbeiziehenden Straßenlaternen und er drehte sich abrupt um und starrte auf die Straße. Seine Hände verkrampften sich auf dem Lenkrad und sie fragte sich, was er in diesem Moment wohl denken mochte.

Als er in ihre Einfahrt fuhr, erwartete sie, dass er sie aussteigen ließ und sich wieder auf den Weg machte. Stattdessen stieg er mit ihr aus dem Wagen aus und schlenderte neben ihr zur Haustür. Sie sagte kein Wort, als sie die Tür öffnete und einen Schritt hinein machte. Sie drehte sich um, um sich zu verabschieden und ihm dafür zu danken, dass er sie zu ihrer Tür begleitet hatte, aber er drängte sich an ihr vorbei und schlug die Tür zu.

»Entschuldige bitte«, sagte sie knapp. »Ich habe dich nicht in mein Haus eingeladen. Wenn du ein Arschloch sein und mich für mein Handeln verurteilen willst, kannst du gleich wieder gehen. Ich muss mir das nicht gefallen lassen.«

»Ich sehe gern den Funken in deinen Augen, Babe. Das bedeutet, dass du nicht dumm bist. Aber scheiße, Tabitha, ich weiß immer noch nicht, warum du da draußen warst.«

»Und du brauchst es auch nicht zu wissen.« Niemand wusste es. »Und nenn mich nicht *Babe*.«

Seine Augen verdunkelten sich noch mehr und er machte einen Schritt auf sie zu. Sie lehnte sich zurück und wurde schließlich gegen die Tür gepresst, ihr Brustkorb hob sich, als sie nach Luft rang. Er streckte die Hand aus und fuhr mit seinem Finger über ihre Wange, während sein Blick auf ihrem lag.

»Was soll ich nur mit dir machen, Tabitha?«

Sie schluckte schwer, unsicher, was sie sagen sollte. Das war wahrscheinlich der Grund, warum sie sagte, was sie als Nächstes von sich gab. »Was willst du denn mit mir machen?«

Seine Augen weiteten sich geringfügig, als hätte sie ihn überrascht. »Bist du sicher, dass du das wissen willst?« Er senkte den Kopf und sie neigte ihr Kinn leicht nach oben.

»Sag es mir.«

Anstatt zu antworten, drückte er seine Stirn an ihre. »Du hast mich zu Tode erschreckt. Mach das nicht noch mal.«

Sie schloss die Augen. »Das kann ich nicht versprechen.«

Er fluchte leise vor sich hin. »Dann nimm mich das nächste Mal mit. Aber geh nicht wieder alleine da raus.« Er hielt inne. »Bitte.«

Wieder einmal war es die Bitte, die sie überzeugte. »Alexander −«

Sie hatte keine Zeit, ihre Aussage zu beenden − nicht dass sie überhaupt wusste, was sie sagen wollte. Alexander presste seinen Mund auf ihren, umklammerte ihr Kinn und zwang sie auf die Zehenspitzen. Sie erstarrte für einen Moment und fragte sich, wie zum Teufel sie hier gelandet waren. Dann fasste er ihr an die Brust und sie verdrängte alle anderen Gedanken als die, seine Hände und Lippen auf ihr zu haben, aus ihrem Kopf.

Sie stöhnte gegen ihn, wiegte ihren Körper an seinem, während er ihre Brüste mit seinen Händen liebkoste. Als er ihren Körper erkundete, griff sie herum, um ihre Finger in seinen Rücken und seinen Hintern zu graben. Alles, woran sie sich festhalten konnte.

Und dieser Mann war ganz schlanke Muskeln, sodass es eine Menge gab, an dem es sich festzuhalten galt.

Er küsste sich an ihrem Hals hinunter und zerrte am Kragen ihrer Jacke. Sie half ihm, indem sie sie schnell auszog. Der Haufen aus weichem Stoff, der neben ihren Füßen auf dem Boden landete, machte sie noch mehr an. Er tat schnell das Gleiche mit seiner Jacke, und schon waren sie wieder aufeinander, ihre Hände berührten sich, wo sie konnten, ihre Lippen trafen sich voller Hitze und Atemlosigkeit.

Er knurrte, bevor er ihre Brust küsste und durch ihren langen Pullover und den BH hindurch an ihrer Brustwarze saugte. Sie lehnte den Kopf zurück gegen die Tür und hielt sich an ihm fest, um sich zu stützen, da sie wusste, dass ihre Knie gleich nachgeben würden.

»Was machen wir hier?«, keuchte sie und ärgerte sich über sich selbst, dass sie die Frage überhaupt gestellt hatte.

Sein Blick traf den ihren, als er langsam seine Hand unter ihr Pulloverkleid und über den Saum ihrer Leggings nach oben schob. Er fasste sie kühn an und ihr Mund wurde wieder einmal trocken.

»Was möchtest du machen?«

»*Alles*«, keuchte sie.

»Gut.« Er schob seine Hand nach oben und über das Oberteil ihrer Leggings und dann unter ihren Hosenbund. Bevor sie einen weiteren Atemzug nehmen konnte, hatte er seine Hand unter ihrem Slip und ließ die Finger zwischen ihre fast peinlich nassen Falten gleiten.

Sie schloss die Augen und schwelgte in dem Gefühl.

»Deine Augen, Babe. Lass mich deine Augen sehen.«

Sie öffnete ihre Lider zusammen mit ihrem Mund. Als er einen Finger in sie einführte, stöhnte sie auf, ihr Kopf schlug zurück, aber ihr Blick verließ seinen nicht.

»Du bist so verdammt feucht für mich, Tabitha. So. Verdammt. Feucht. Ich könnte auf der Stelle kommen, wenn ich nur meine Hand an deine Muschi lege. So heiß machst du mich.«

Sie rollte ihre Hüften an seiner Hand, ritt ihn, und beide stöhnten auf.

»So ist es richtig, Babe. Reite mich. Zeig mir, wie sehr du das willst.«

Mit ihren früheren Liebhabern hatte sie nie Verbalerotik praktiziert, weil sie das immer für albern gehalten hatte, aber Alexander übertraf alle ihre Erwartungen. Er rieb mit seinem Daumen über ihre Klitoris und sie kam einfach so, ihre inneren Wände zogen sich an seinem Finger zusammen und ihr Körper zitterte in seinem Griff.

Als sie von ihrem Hochgefühl herunterkam, legte er seinen Kopf auf ihren, seine Hand immer noch in ihrer Hose. »Ich habe kein verdammtes Kondom. Verdammt! Es ist schon …« Er unterbrach sich selbst.

Es war schon eine Weile her für ihn. So viel wusste sie. Er war während des letzten Jahres so gut gewesen, weil er sich auf seine Genesung konzentriert hatte. Deshalb trug er auch kein Kondom bei sich.

»In meiner Tasche«, sagte sie leise. »Ich habe eines bei mir.«

Sie wurde rot, als er sie angrinste. »Was denn? Ich will vorbereitet sein und mich nicht darauf verlassen müssen, dass der Typ mich beschützt. Hast du ein Problem damit?«

Er ließ seine Hand aus ihrer Hose gleiten und leckte sich die Finger ab. »Überhaupt kein Problem.«

Sie wäre fast wieder gekommen.

Er bückte sich, um ihre heruntergefallene Handtasche aufzuheben, und sie zog schnell ein Kondom aus der Seitentasche. Sie wechselte es alle paar Monate aus, da es schon lange her war, dass sie mit einem Mann zusammen gewesen war, aber sie wollte nie unvorbereitet sein.

Natürlich hätte nichts sie auf Alexander vorbereiten können.

Er öffnete seine Hose und zog seinen Schwanz heraus. Sie erhaschte nur einen kurzen Blick, als er das Kondom darüber rollte, aber ihr gefiel, was sie sah. Bevor sie von ihrem vorherigen Höhepunkt wieder ganz herunterkommen konnte, zog er ihr die Leggings herunter. Irgendwie verhedderten sie sich um einen Knöchel über einem ihrer Stiefel, während das andere Bein und der Fuß frei waren. Er zog ihr Höschen zur Seite und begegnete ihrem Blick, bevor er mit einem Stoß bis zum Anschlag in sie eindrang.

Sie keuchte und ihr Körper dehnte sich, um seinen Umfang aufzunehmen, während er erstarrte und Schweiß seine Schläfen bedeckte. Sie trugen immer noch die meisten ihrer Kleider und sie hatte noch nicht einmal alles von ihm gesehen – oder er von ihr –, und doch wusste sie, dass dies der erotischste Moment ihres Lebens sein musste.

Tabby ließ ihre Hände über seine Schultern gleiten und griff zu. »Alexander ...«, hauchte sie.

Er küsste sanft ihre Lippen und keiner von beiden schloss dabei die Augen. Ihr Herz fing an zu rasen und sie verliebte sich erneut in ihn; verliebte sich in diesen Mann, den sie zu kennen glaubte und dessen wahre Tiefen sie erst jetzt entdeckte.

Dann bewegte er sich.

Sie schaukelte mit ihm, ihr Liebesspiel hart und schnell gegen die Tür. Mit jedem Stoß prallte die Tür gegen den Rahmen und sie war davon überzeugt, dass jeder draußen hören könnte, was vor sich ging, aber das war ihr egal.

Sie wollte nichts weiter, als an Alexanders Schwanz zu kommen und dass er sich in ihr erlöste.

Sie wollte *fühlen*.

Das wollte *existieren*.

Sie wollte *Alexander*.

Als sie noch einmal kam, hob er sie hoch, damit sie ihre Beine um seine Taille legen konnte, und er fing ihren Mund mit seinem ein.

»Du bist so verdammt schön, wenn du kommst«, knurrte er, während er immer noch mit den Hüften zustieß. »Jetzt will ich *alles* von dir sehen.«

Er zog sich aus ihr heraus und er fehlte ihr bereits. Aber bevor sie ihn zu sehr vermissen konnte, hatte er sie beide nackt ausgezogen und sie berührten sich gegenseitig mit den Händen. Seine lagen auf ihren Brüsten, auf ihrer Klitoris und an ihrem Hintern. Mit ihren glitt sie über seinen Hintern und seinen Ober-körper und ergriff schließlich seinen Schwanz.

Sie drückte zu und er fluchte.

»Nicht bevor ich in dir drin bin«, knurrte er und drehte sie herum, sodass sie mit dem Kopf zur Rück-seite der Couch stand. Sie umklammerte den Stoff, als er von hinten in sie eindrang. Er hatte eine Hand auf ihrer Hüfte, mit der er sie festhielt, während er mit der anderen in ihre Brustwarzen kniff und über ihren Bauch glitt.

»Fühle mich, Tabitha. Für mich hat sich noch nie etwas so gut angefühlt wie deine Muschi, die meinen Schwanz zusammendrückt, wenn du kommst. Kannst du mich in dir spüren? Kannst du fühlen, wie heiß ich für dich bin?«

Sie warf den Kopf zurück. »Fick mich.«

Er lachte, aber es war kein Humor in seinem Tonfall, es war Verlangen. »Das tue ich, Babe. Das tue ich.«

Als er ihren Hintern mit seinen Fingern erkundete, verlor sie ihren Rhythmus. Er hörte aber nicht auf, sondern massierte sie, tastete sanft den Rand ab, ohne wirklich in sie einzudringen, bis sie kam.

Sie war an diesem Abend schon dreimal gekommen. Sie war sich nicht sicher, ob sie es noch einmal schaffen würde, und er war noch kein einziges Mal gekommen. Als er sich zurückzog, drehte sie sich um und griff zwischen sie.

»Nein, wenn du mich anfasst, dann komme ich.« Er packte ihr Handgelenk und führte ihren Arm an ihren Rücken. Dann schob er seinen Arm unter ihren Hintern und hob sie hoch, sodass sie auf der Rückenlehne der Couch saß.

»Das ist sozusagen der Sinn der Sache«, neckte sie und spreizte die Beine für ihn.

Er leckte sich über die Lippen und schluckte schwer. »Du bist so verdammt feucht, Babe. Und so sehr ich auch kommen will, ich will *in* dir sein, wenn ich komme. Also kein Mund oder Hände an meinem Schwanz heute Abend. Und ja, ich will dich wirklich gern lecken, aber nicht jetzt. Später.«

Würde es einen späteren Zeitpunkt geben?

Bevor sie diese Frage stellen oder mit etwas ebenso Dummem herausplatzen konnte, rieb er die Spitze seines Schwanzes zwischen ihren geschwollenen

Falten und behielt den Blick auf ihren gerichtet, während er langsam, ach so langsam, tief in sie eindrang. Sie brach den Blickkontakt ab, um zwischen sie beide zu schauen, wo sie miteinander verbunden waren, und der Anblick war so verdammt heiß, dass sie dachte, sie würde in genau dem Moment zusammenbrechen.

»Deine Augen. Zeig mir deine Augen, Tabitha.«

Sie zeigte ihm ihre Augen.

Und als sie beide zusammen kamen, behielt sie den Blick auf seinen gerichtet, wohl wissend, dass sie alles riskierte, weil sie zu viel verraten würde. Doch in diesem Moment sah sie etwas, das sie in seinem Blick nicht einordnen konnte.

Was hatte das zu bedeuten?

Was wollte er?

Und was zum Teufel hatte sie gerade getan?

Kapitel Sechs

WAS ZUM TEUFEL hatte er gerade getan?

Alex hatte seinen Schwanz in der einen Frau, die er nicht haben sollte, und er hatte das Gefühl, dass er in diesem Moment mehr entblößt hatte als seinen Körper. Nein, er hatte etwas viel Schlimmeres entblößt.

Sich selbst.

Das konnte er nicht riskieren. Er konnte Tabitha nicht riskieren, indem er sie dem aussetzte, was er unter der Oberfläche war.

So vorsichtig, wie er konnte, glitt er langsam aus ihr heraus, und sein Schwanz verhärtete sich bereits wieder bei dem Anblick vor ihm. Sie war errötet von ihren Orgasmen, ihre Nippel waren so dunkelrot, wie er sie sich vorgestellt hatte. In natura sahen sie noch besser aus und er hatte noch nicht einmal die Gelegenheit gehabt, sich richtig an ihnen zu laben. Er hatte auch nicht die Gelegenheit gehabt, die fantastische feuchte Muschi vor ihm zu lecken, wie er es sich ebenfalls vorgestellt hatte, weil er zu sehr damit beschäftigt war, in sie einzudringen.

Er hatte alles versaut und er hatte keine Ahnung, wie er es wieder in Ordnung bringen sollte.

»Alexander?«

Ihre Stimme war zögerlich, als hätte sie Angst, dass er bei einem zu lauten Geräusch weglaufen würde.

Nun, sie hatte wahrscheinlich recht mit ihrer Befürchtung, davor Angst zu haben.

»Ich muss das Kondom entsorgen.«

Sie blinzelte. »Es gibt eine Toilette gleich am Ende des Flurs.«

Er nickte, bevor er unbeholfen ihre Hüfte tätschelte. Er zuckte bei ihrem verwirrten Gesichtsausdruck zusammen, bevor er schnell seine Kleidung aufhob und ins Bad ging. Er warf das Kondom in den Mülleimer und spritzte sich etwas kaltes Wasser ins Gesicht, bevor er sich wieder anzog.

Er hatte nicht vorgehabt, mit ihr zu schlafen.

Verdammt, er hatte nicht vorgehabt, sie zu küssen.

Aber sie hatten sich geküsst und noch viel mehr, und jetzt würden sie damit umgehen müssen.

Seine Hände zitterten, als die verlockende Verführerin, die seine Sucht war, nach ihm krallte.

Er brauchte einen Drink.

Stattdessen sendete er eine SMS an seinen Sponsor und atmete tief durch.

Er war nicht gut genug für Tabitha, und verdammt, das wussten sie beide. Dies war ein Fehler. Mehr konnte es nicht sein.

Er machte sich auf den Weg ins Wohnzimmer, wo sie sich die Decke übergeworfen hatte, die auf der Rückseite der Couch gelegen hatte, bevor er sie darauf gefickt hatte.

»Ich muss gehen.«

Der verletzte Blick, der über ihr Gesicht huschte, versetzte ihm einen Tritt in die Magengrube, aber er musste ihn ignorieren. Er *musste* es einfach. Er war nicht sicher, ob er stark genug war, um zu bleiben.

Sie schien sich zu sammeln, bevor sie nickte. »Okay.«

Er war ein Arschloch. Die schlimmste Art von Mann. »Wir sehen uns bald wieder.« Sie mussten zusammen arbeiten, und wenn sie weitermachen wollte, auch zusammen trainieren.

»Ich bin sicher, das werden wir.«

Sie klang nicht verletzt und daher wusste er, dass er sie mehr verletzt hatte, als er für möglich gehalten hatte. Und trotzdem … musste er gehen.

Er trat vor, als wollte er sie zum Abschied küssen, und erstarrte. Sie begegnete seinem Blick und nickte, und er dachte, sie könnte es verstehen. Das machte es aber nicht richtig. Er drehte sich um und ging durch die Vordertür, die er leise hinter sich schloss.

Als er in seinen Wagen stieg, umklammerte er fest das Lenkrad. Er atmete tief durch und versuchte, sich zu sammeln, soweit es ihm möglich war. Schweiß rann ihm den Rücken hinunter und er zwang sich, den Motor anzulassen. Er fuhr aus Tabithas Einfahrt heraus, wohl wissend, dass sie ihn durch das Fenster beobachten könnte. Er würde es ihr aber nicht verübeln, wenn sie keinen weiteren Gedanken an ihn verschwendete, sobald er verschwunden war. Das hatte er verdient. Er wollte nicht über den Ausdruck in ihren Augen nachdenken, er wusste aber, dass er es sollte.

Sie verdiente mehr als das.

Sie verdiente mehr als ihn.

Das Telefon surrte über die Freisprecheinrichtung und er atmete aus, als er die Anzeige sah. Er nahm ab und seine Hände waren kaum zu beruhigen.

»Steve.« Sein Sponsor.

»Alex. Sag mir, was du denkst.« Alex hatte eine kurze SMS an den anderen Mann geschickt, ihr Code dafür, dass er Hilfe brauchte, aber noch nicht vollkommen die Kontrolle verloren hatte. Sie hatten verschiedene Codes.

»Ich werde nicht trinken«, sagte er zu seinem Sponsor. Und sich selbst. »Nicht heute. Nicht morgen.«

Steve seufzte nicht vor Erleichterung oder sagte ihm, dass er gute Arbeit geleistet hätte. Er tat das Einzige, was Alex in diesem Moment brauchte.

»Wollen wir uns treffen?«

Alex schüttelte den Kopf, obwohl Steve ihn nicht sehen konnte. »Nein.« Er holte tief Luft. »Nein«, wiederholte er, diesmal entschlossener. »Ich brauchte nur eine Erinnerung.«

»Ich bin hier, falls und wenn du mich brauchst.« Eine Pause. »Willst du mir erzählen, was passiert ist?«

Es gab keine Geheimnisse zwischen ihm und Steve, zumindest nicht von Alex' Seite. Nur so blieb er bei Verstand.

»Ich habe mit Tabitha geschlafen.«

Steve stieß einen hörbaren Atemzug aus und Alex konnte sich den Gesichtsausdruck des anderen deutlich vorstellen. »Ich wusste, dass du darüber nachgedacht hast, aber mir war nicht klar, dass ihr schon so weit wart.«

Alex krallte die Finger wieder am Lenkrad fest. »Es war ... unerwartet.« Das war eine Untertreibung. Er war so verdammt besorgt um sie gewesen, so wütend auf sie, dass sie wieder in Gefahr hätte sein können, dass er nicht in der Lage gewesen war, seinen Trieb zu kontrollieren, wenn es um sie ging. Und das war es, was ihm Angst machte. Während des letzten Jahres war er in der Lage gewesen, sein Bedürfnis nach ihr zu zügeln, die Tatsache zu verbergen, dass er sie wollte, auch wenn er erst jetzt mehr und mehr über sie erfuhr. Aber er hatte die Kontrolle verloren und war zu schnell vorgegangen.

Oder vielleicht nicht schnell genug.

Und weil er nicht mehr klar denken konnte, wusste er, dass er mit Steve reden musste.

Und dann … und dann musste er mit Tabitha reden.

»Okay. Ich werde dir nicht sagen, was du denken sollst, nur dass du durchatmen musst. Wir beide haben darüber gesprochen, dass wir denken, du bist bereit für eine Verabredung, seit du die Ein-Jahres-Marke überschritten hast. Wenn du doch noch nicht bereit bist, können wir auch darüber reden.«

Alex hielt auf einem leeren Parkplatz an, damit er nachdenken konnte. »Dann lass uns reden«, sagte er leise.

»Lass uns reden.«

Zu Hause versuchte Alex, sich an seine normale Routine zu erinnern, nur konnte er sich nicht konzentrieren. Routinen halfen ihm normalerweise, das Schlimmste der Versuchungen zu überstehen. Doch im Moment war das, was er am meisten wollte, kein Drink, sondern die Frau, die er nackt und verletzlich in ihrem Wohnzimmer zurückgelassen hatte.

Er war wirklich die schlimmste Art von Arschloch.

Was er brauchte, war eine Dusche und Schlaf, damit er sich dem nächsten Morgen stellen konnte. Er wusste nicht, was auf ihn zukam oder wie er es überstehen würde, nur dass er es schaffen würde. Diesmal würde er nicht versagen. Er weigerte sich einfach.

Er duschte schnell und sein Körper kribbelte noch immer von Tabithas Berührung, obwohl er sich bereits gesättigt hatte – oder so dachte er. Er konnte sie auf seiner Haut riechen, in seinen Poren. Und doch, egal wie sehr er wusste, dass er es versuchen sollte, er konnte den Geruch nicht vollständig wegwaschen. Er schrubbte nicht, bis er sie nicht mehr riechen konnte, denn, verdammt noch mal, er würde ihren Duft jetzt *immer* kennen. Er würde immer ihren Geschmack kennen, wie sie sich anfühlte, wenn sie seinen Schwanz umschloss, wie sie aussah, wenn sie kam, wie sich ihre Brustwarzen unter seinem Blick verdunkelten.

Er stöhnte, griff an den Ansatz seines Schwanzes und ärgerte sich über sich selbst, weil er wieder hart wurde.

Er verdiente sie nicht.

Alex stellte die Dusche auf kalt und ließ sich von dem Wasser berieseln in der Hoffnung, dass dies den größten Teil der Hitze wegschwemmen würde. Es funktionierte nur teilweise, aber selbst ein wenig musste für etwas zählen.

Sobald er im Bett war, sank er in die Mitte der Matratze, wohl wissend, dass er wieder einmal allein schlafen würde. Aber daran hätte er sich schon längst gewöhnen müssen.

Er war schon viel länger allein, als die Leute wussten.

Er fuhr an diesem Tag nicht ins Büro. Obwohl er es wahrscheinlich hätte tun sollen, rief er Wes an und sagte ihm, er wolle versuchen, das Material, das ihm bereits vorlag, zu ordnen, bevor er weitere Fotos machte. Sein Bruder dachte sich nichts dabei, aber Alex wusste, dass er den Weg des Feiglings wählte. Er brauchte nur einen Tag oder so, um herauszufinden, was er tat, bevor er sie wiedersah. Wenn Tabitha in der Nähe war, konnte er sich nicht konzentrieren und er sagte nie das Richtige oder tat, was er tun sollte.

Nachdem er sich einen Kaffee gemacht hatte, holte er seine Kamera heraus und machte sich an die Arbeit. Er hatte Wes nicht angelogen, als er gesagt hatte, dass er das, was er bereits hatte, sortieren wollte. Natürlich hätte er immer noch mehr Aufnahmen machen können, da er sich immer noch nicht sicher war, welchen Weg er mit dem Familienprojekt einschlagen wollte, aber er konnte zumindest damit anfangen.

Er legte seine Arbeit vom Vorabend beiseite und speicherte sie in einem Ordner auf seiner tragbaren Festplatte und in der Cloud. Sein Geist war noch nicht ganz bereit, in Erinnerungen zu schwelgen, denn jedes Mal, wenn er das tat, musste er an Tabitha denken.

So war das erste Foto, das er für das Montgomery-Projekt öffnete, natürlich eines von Tabitha, die nach unten schaute, ihr Gesicht leicht von der Kamera abgewandt, und die mit den Fingern ihr Ohr berührte, während sie errötete.

Er schluckte schwer.

Verdammt noch mal.

Er hatte einen Fehler gemacht. Er hätte nicht mit ihr schlafen sollen. Sie war so viel mehr, als er verdiente, und sie brauchte jemand Besseres als einen Trinker, der sich täglich bemühte, nüchtern zu bleiben.

Nachdem er tief durchgeatmet hatte, machte er sich wieder an die Arbeit. Als er sich die Bilder ansah, begann sich eine Geschichte zu entfalten. Es war nicht immer so für ihn, aber wenn es so war, wusste er, dass er nicht loslassen durfte. Es gab Bilder von Storm, der über seine Werkbank gebeugt war, vollkommen auf sein Projekt konzentriert, als versuchte er, jeden Winkel so perfekt hinzubekommen, dass das Endresultat genau das bildete, was der Kunde wollte und was er selbst sehen musste. Er hatte Bilder von Wes, wie er mit einem Hammer arbeitete und später auf sein Telefon starrte, wie er mit seinem Tablet arbeitete und gleichzeitig mit jemandem sprach. Sein Bruder war schon immer gut im Multitasking gewesen. Es gab andere Fotos von seinem Schwager

Decker, der mit seiner Crew zusammenstand und mit seiner Frau lachte, als sie zu Besuch kam. Mehr von Luc und Meghan, die Seite an Seite an ihren eigenen Projekten arbeiteten, die Blicke, die sie sich gegenseitig zuwarfen, persönlich und intim, aber dennoch für alle sichtbar. Es gab noch mehr Fotos von der Crew, wie zum Beispiel Harper und einigen der Lieferanten, die lachend in der eisigen Sonne des Winters in Denver schwitzten.

Jedes einzelne Foto erzählte eine Geschichte über die jeweilige Person und wie sehr sie ihren Job liebt. Aber zusammen ergaben sie eine Geschichte von Zusammengehörigkeit und harter Arbeit. Die Montgomerys hatten etwas Einzigartiges und Perfektes aufgebaut.

Und jetzt würde Alex sein Bestes geben, um das nicht nur auf der Webseite und in den Broschüren zu zeigen, sondern es vielleicht auch für ein anderes Projekt verwenden, das nur für die Familie sein würde. Sie hatten so etwas verdient und er wusste, dass sein Vater ihr Vermächtnis sehen wollte, nachdem er so kurz davor gewesen war, sie alle zu verlassen.

Seine Hände zitterten bei diesem Gedanken und er legte alles ab.

Er war nicht da gewesen, als sein Vater erfuhr, dass er den Krebs besiegt hatte. Alex war für viele Dinge nicht da gewesen.

Mit einem Stöhnen stieß er sich von seinem

Schreibtisch ab und ging in sein Schlafzimmer, um seine Trainingsklamotten anzuziehen. Er musste auf etwas einschlagen und er wusste genau, wie er das anstellen würde.

Das Schild an der Vorderseite des Fitnessstudios lockte ihn und er starrte darauf. Er hatte schon einige Kämpfe hinter sich und war daraus als Sieger hervorgegangen, aber das hier war vielleicht ein bisschen zu viel für ihn.

Perfekt.

»Das ist nicht dein Ernst«, sagte Brody, als er sich neben Alex stellte. »Er ist vielleicht in deiner Gewichtsklasse, aber der Typ hat ungefähr zehn Jahre mehr Erfahrung als du.«

Alex zuckte mit den Schultern. Etwas in seinem Inneren sagte ihm, dass er das brauchte, sonst würde er in ein Kaninchenloch fallen, aus dem er nicht mehr herausfand.

»Sei kein Idiot«, warf Harper ein.

Ihm war nicht bewusst gewesen, dass der andere Mann nach seiner Schicht ebenfalls hier aufgetaucht war, und das war schlampig von ihm. Es schien, dass Alex wieder anfing, in seinen eigenen Gedanken festzustecken, und das würde für niemanden gut sein.

»Es ist ein sanktionierter Kampf im Fitnessstudio.

Es handelt sich nicht um etwas Illegales oder gar Fight Club oder so.«

»Na ja, du weißt doch, die erste Regel des Fight Club …«

Alex starrte den anderen Mann an und ließ Brody die Zeile aus dem Film nicht zu Ende sprechen. »Nicht alle von uns sind Brad Pitt.«

»Ich verstehe den Film immer noch nicht«, warf Harper ein. »War Brad Pitt nun echt oder nicht?«

Alex kniff sich in den Nasenrücken. »Der Film ist wie alt, fünfzehn, zwanzig Jahre? Warum reden wir darüber?«

»Weil du heute Abend gegen einen Typen antreten wirst, der mehr Erfahrung hat als du.«

Alex seufzte und zerrte das Blatt von der Pinnwand. »Ich muss das machen.«

Brody musterte sein Gesicht. »Scheiße.«

Ja, scheiße. Aber Alex brauchte das. Er brauchte etwas, das er kontrollieren konnte. Viel mehr konnte er in diesem Moment nicht tun, und wenn er seinem Körper eintrichtern konnte, was richtig oder falsch war, dann würde er es tun.

Tabby war gerade dabei, ihren Planer auf ihrem Schreibtisch zu Hause zu öffnen, als ihr Telefon klingelte. Sie tat ihr Bestes, um nicht enttäuscht zu sein, als auf dem Display eine unbekannte

Nummer und nicht die von Alexander zu lesen war.

Sie hatte seit gestern Abend nicht mehr mit ihm gesprochen, und er war auch nicht im Büro aufgetaucht. Ihr schmerzte der Magen, wenn sie nur daran dachte, dass er gestern Abend für einen Fehler hätte halten können, aber sie hatte den ganzen Tag über arbeiten müssen, als wäre nichts passiert. Seine Brüder sahen immer zu viel, und sie würde verdammt sein, wenn sie sie wissen ließ, was mit ihr los war.

»Hallo?«, sagte sie, als sie antwortete.

»Tabby? Hier ist Brody, Alex' Freund aus dem Fitnessstudio.«

Sie runzelte die Stirn und Sorge überkam sie. »Ich erinnere mich. Was kann ich für dich tun, Brody?«

Der Mann am anderen Ende des Telefons seufzte. »Ich habe deine Nummer von Harper bekommen, der wegmusste, weil er mit seinem Nachbarn verabredet ist oder so. Es tut mir leid, dass ich dich anrufe, aber ich dachte, du würdest wissen wollen, dass dein Mann im Begriff ist, etwas wirklich Dummes zu tun.«

Ihr Mann.

Sie hatte keinen Mann, nicht wirklich, aber es gab nur einen Menschen, den Brody meinen konnte.

»Geht es Alexander gut?«

»Für den Augenblick.«

Sie stand schnell auf, griff nach ihrer Handtasche und zog im selben Moment ihre Schuhe an. »Was ist los, Brody? Hör auf, in Rätseln zu sprechen.« Hatte

Alexander wieder getrunken? Nein, das konnte es nicht sein. Er war im letzten Jahr so stark gewesen. Das Einzige, was sich verändert hatte, war …

Verdammt noch mal.

Nein.

Er würde nicht bei dem scheitern, wonach er am meisten strebte.

Nicht ihretwegen.

»Er trinkt nicht wieder, wenn es das ist, worüber du dir Sorgen machst. Oh scheiße. Es tut mir leid. Okay, er wird gleich gegen einen Typen kämpfen und wahrscheinlich verlieren und mit blauen Flecken und Verletzungen enden, aber ich denke, das ist es, worauf unser Mann heute Abend aus ist. Ich weiß nicht, was zwischen euch beiden vorgefallen ist, aber der Typ sieht aus, als hätte er gerade Frauenprobleme. Und neben seiner Ex bist du die einzige Frau in seinem Leben, von der ich weiß, dass sie ihn so aussehen lassen könnte. Scheiße. Entschuldige. Ich sage nicht, dass das deine Schuld ist, denn das ist es nicht. Er ist erwachsen, und wenn er sich gegen einen Typen mit mehr Erfahrung entscheidet, dann ist es seine eigene Schuld, aber zum Teufel. Ich denke, er braucht dich, Tabby.«

Sie umklammerte das Telefon fester und tat ihr Bestes, den Mann nicht anzuschreien. Er wollte schließlich nur helfen. »Was soll ich tun?«

»Ich bin eigentlich auf dem Weg zu dir, um dich abzuholen. Ich wusste nicht, ob ich dich persönlich darum bitten muss, ihm zu helfen oder nicht. Aber das bedeutet, dass ich ihn allein in dem verdammten Fitnessstudio gelassen habe, um gegen diesen Typen zu kämpfen, also würde ich mich gern irgendwie beeilen. Wenn Harper nicht diesen Notfall gehabt hätte, wäre er sicher auch da gewesen.«

»Woher weißt du, wo ich wohne?«

»Harper. Er kennt deine Adresse. Er weiß, dass er gefeuert werden könnte, wenn er sie mir gibt, aber er dachte, Alex sei wichtiger.«

Tabby kniff sich in den Nasenrücken. Sie wollten nur helfen, und ehrlich gesagt war sie sich nicht sicher, ob sie jetzt überhaupt noch fahren sollte. »Wie lange dauert es, bis du hier bist?«

In dem Moment fuhr ein Wagen auf ihre Einfahrt. »Ich bin schon hier.«

»Das kann ich sehen.« Dankbar, dass sie nicht ihren Schlafanzug angezogen hatte, als sie nach Hause gekommen war, lief sie zur Haustür hinaus und vergaß fast, hinter sich abzuschließen. Sie war von einem langen Tag nach Hause gekommen, an dem sie vorgetäuscht hatte, dass es ihr gut ging, und war in Jeans, ein Trägerhemd und einen Kapuzenpulli geschlüpft, weil sie es einigermaßen bequem haben wollte. Die Kälte schockte sie, sobald sie draußen war, aber sie ging weiter. Wahrscheinlich hätte sie sich eine Jacke schnappen sollen, aber sie war im Moment eindeutig nicht klar im Kopf.

Brody hatte sich vorgebeugt, um die Beifahrertür

zu öffnen, sobald sie aus dem Haus gelaufen war. »Du solltest eine Jacke überziehen.«

»Ich habe nicht nachgedacht.«

Er schüttelte den Kopf, lehnte sich zurück und griff hinter ihren Sitz, um eine Jacke hervorzuziehen. »Ich habe eine Ersatzjacke hier, da ich vergessen hatte, sie mit reinzunehmen. Sie wird dir wahrscheinlich zu groß sein, aber wenigstens wird Alex mir nicht in den Arsch treten, weil ich zulasse, dass du erfrierst.«

Sie zerrte sich die Jacke über den Schoß und runzelte die Stirn. »Wie kommst du darauf, dass zwischen uns etwas läuft?«

Er warf ihr einen wissenden Blick zu. »Ich habe euch beide zusammen gesehen.«

Sie biss sich auf die Lippe und beobachtete die Straße, während Brody sie zum Fitnessstudio fuhr. »Also, was genau macht er heute Abend?«

»Das Fitnessstudio bietet sanktionierte Kämpfe an für diejenigen, die dort trainieren. Dabei geht es nicht um Preise oder um offizielle Punkte oder so, aber es passen trotzdem Leute auf, falls sich jemand verletzt. Es ist keine verrückte illegale Sache oder so.«

Tabby schloss die Augen. »Du bist im Moment nicht wirklich hilfreich, weißt du.«

Brody schnaubte. »Na ja, er macht im Moment auch nicht gerade etwas Schlaues. Er war schon ein paarmal in Kämpfe verwickelt, aber die waren immer mit Leuten auf seinem Niveau. Aber dieser neue Typ?

Er ist härter und gemeiner. Und er macht das schon viel länger als jeder andere von uns. Weil sie in der gleichen Gewichtsklasse sind und der andere Typ zugestimmt hat, kann Alex heute Abend gegen ihn antreten, aber der andere Kerl ist ein kleines Arschloch. Also, ja, der Kampf hat vor etwa fünf Minuten begonnen, und wir sind fast am Ziel.«

Sie packte Brodys Jacke fest auf ihrem Schoß. »Wird es vorbei sein, wenn wir dort ankommen?«, fragte sie, als sie den Kopf drehte, um ihn anzuschauen.

Brody konzentrierte den Blick für einen Moment nicht auf die Straße, sondern schaute sie an. »Ich weiß es nicht, Tabby. Und ehrlich gesagt weiß ich auch nicht, was ich mir wünschen soll.«

Und damit saßen sie schweigend da, während Brody auf dem Weg zum Fitnessstudio die Straße hinunterraste.

Sie war im Moment so verdammt wütend auf Alexander. Er hatte sie nicht nur verlassen, nachdem sie sich in ihrem Wohnzimmer geliebt hatten, er hatte es auch versäumt, sie überhaupt zu kontaktieren. Und jetzt war er ein Idiot und benutzte seine Fäuste statt seiner Worte. Vielleicht griff er nicht mehr zur Flasche, aber er fand sicher andere Wege, sich selbst zu verletzen.

Wollte sie ein Teil davon sein? Wollte sie wirklich an seiner Seite sein, wenn er versuchte, sein Gleichgewicht zu finden? Das hatte sie schon einmal in ihrem

Leben getan und es hatte nicht funktioniert. Sie war sich nicht sicher, ob sie stark genug war, es noch einmal zu tun.

Nur das hier war *Alexander*, verdammt noch mal.

Sie hatte ihn geliebt, als sie es nicht hätte tun sollen, und jetzt verliebte sie sich wieder in ihn. Diesmal in einen Mann, den sie kannte, und nicht nur in den Mann in ihrem Kopf, den sie zu kennen glaubte.

Sie würde keinen Rückzieher machen, würde nicht weglaufen.

Sie musste nur beten, dass sie beide stark genug waren, mit den Konsequenzen umzugehen.

Sie und Brody fuhren auf den Parkplatz des Fitnessstudios, kurz nachdem ihr das klar geworden war, und sie stiegen aus dem Wagen aus und rannten praktisch über den eisigen Parkplatz, während sie sich die geliehene Jacke anzog. Die Geräusche, die aus dem Fitnessstudio kamen, schlugen ihr entgegen, sobald sie sich den Weg hinein bahnten, und sie wusste nicht, was sie tun würde, sobald sie ihn sah.

Aber sie musste ihn sehen.

Brody legte seine Hand an ihren Ellbogen und führte sie zu einer Stelle, von der aus sie etwas sehen konnte. Es war eine größere Menschenmenge versammelt, als sie erwartet hatte, die den Trainingsraum füllte und den Boxring umgab, aber es gab einen winzigen freien Bereich in der Nähe einer der Ecken.

Alexanders Ecke.

Sein Anblick raubte ihr den Atem.

Er trug schwarze Boxhandschuhe und dunkle Shorts und Schuhe. Schweiß bedeckte seinen Körper, ebenso wie ein paar Kratzer und Blut. Sie war sich nicht sicher, woher es kam, aber es tat ihr weh, es zu sehen.

Verdammt noch mal. Warum tat er sich das an?

Seine Muskeln spannten sich an, als er die Schultern rollte, sein Körper war hart, unnachgiebig und unglaublich sexy. Wenn sie nicht so verdammt wütend auf ihn wäre, weil er es wagte, sich das anzutun, würde sie an seinem Körper hochklettern wollen, als wäre er ein Baum, und jeden einzelnen Zentimeter von ihm berühren wollen.

Plötzlich war Brodys Jacke zu viel für sie und ihr war wahnsinnig heiß.

Der andere Mann im Ring, der etwa so groß wie Alexander zu sein schien, stürmte nach vorn, und Tabbys Augen weiteten sich. Alexander bewegte sich so schnell, und doch bewegte sich der andere Mann schneller. Sie schlugen aufeinander ein, ein Hieb hier, ein linker Haken dort. Sie kannte nicht alle Begriffe, aber sie wusste, dass sie aufs Ganze gingen.

Und Alexander verlor.

Das Geräusch der Handschuhe, die auf Fleisch trafen, schlug ihr entgegen, als sie immer wieder aufeinandertrafen. Ihr wurde übel, aber sie blieb stehen, weil sie wusste, dass Alexander sie nach dieser Sache brauchen könnte.

Und ehrlich gesagt wollte sie ihn diesmal nicht davonkommen lassen.

Verdammt noch mal.

»Scheiße«, murmelte Brody vor sich hin.

Tabby machte sich nicht die Mühe, ihn anzuschauen, ihre Aufmerksamkeit galt den Männern im Ring. Aber sie wusste, worüber Brody fluchte. Der andere Kämpfer im Ring traf Alexander direkt am Kiefer und der Mann, den sie liebte, ging zu Boden.

Er stand nicht wieder auf.

Das Ende des Kampfes wurde verkündet und Jubel ertönte. Sie hatte nur Augen für einen Mann. Als sie sich auf den Weg zum Rand des Boxringes machte, um ihn anzuschauen, setzte Alexander sich auf und spuckte seinen Mundschutz aus. Er runzelte die Stirn, als er mit Zorn in seinen Augen ihrem Blick begegnete, aber das war ihr egal. Er konnte so wütend sein, wie er wollte, dass sie da war, aber er durfte das seinem Körper nicht weiter antun. Hätte er einen fairen Kampf geführt, hätte sie vielleicht anders empfunden, aber das hier war keiner, und er war dumm gewesen.

Und sie konnte es nicht erwarten, ihm das zu sagen.

Er hatte nicht getrunken, aber er war auch nicht schlau. Er kämpfte, um zu fühlen, um etwas zu tun. Und an den mageren Linien seines Körpers erkannte sie, dass er nicht mehr so viel aß wie früher. Nur genug, um zu überleben; nicht um zu schwelgen. Er war gesund, aber er tat nichts, was zu einer neuen Sucht werden könnte.

Sie betete nur, dass er sie nicht verlassen würde.

»Was tust du hier?«, knurrte er. »Und warum trägst du Brodys Jacke?«

Sie hielt eine Hand hoch. »Wirklich? Deswegen willst du jetzt einen Streit anfangen? Ich dachte, du hättest genug gestritten.«

Er grunzte. »Nicht hier. Nicht jetzt.«

»Gut. Bring mich zu dir nach Hause, damit ich dich verarzten kann. Und keine Widerrede.«

»Was ist mit deinem Wagen?«, knurrte er.

»Brody hat mich gefahren, weil er dachte, du wärst ein Idiot.«

»Nicht hier, Babe.«

»Komm mir nicht mit ›Babe‹. Hol deine Tasche, Alexander.«

Er knurrte sie an und stampfte davon, um seine Tasche aus der Umkleidekabine zu holen. Aus dem Augenwinkel sah sie, wie Brody ihr einen Daumen nach oben zeigte. Sobald Alexander aus der Umkleidekabine auf sie zukam, machte sie sich eiligst auf den Weg zu seinem Wagen. Die Fahrt zu seiner Wohnung verlief schweigend, aber wenigstens diskutierte er nicht mit ihr.

Sobald sie in seiner Wohnung angekommen waren, setzte sie ihn auf den Stuhl in der Küche und machte sich daran, seine Wunden zu säubern. Sie machte sich nicht einmal die Mühe, sich seine

Wohnung anzuschauen; sie war zu sehr damit beschäftigt, dafür zu sorgen, dass es ihm gut ging. Vielleicht konnte sie, sobald sie wieder atmen konnte, darüber nachdenken, wo sie waren und was als Nächstes passieren könnte.

Was als Nächstes passieren *würde*.

»Du siehst schrecklich aus.«

»Ich fühle mich auch nicht so toll, um ehrlich zu sein.«

Sie warf ihm einen besorgten Blick zu. »Hast du dir den Kopf schwer angeschlagen? Hast du eine Gehirnerschütterung?«

Er schüttelte den Kopf. »Nein, der Arzt hat mich untersucht, bevor ich den Umkleideraum verlassen habe, weil das so vorgeschrieben ist. Deshalb hat es auch so lange gedauert. Keine Gehirnerschütterung, kein wirklicher Schaden, außer ein paar Blutergüsse.«

Er würde ein blaues Auge, eine geschwollene Lippe und mehrere Prellungen am ganzen Körper haben. Das war nicht wenig.

Sie legte ihm einen Eisbeutel auf die Rippen und er atmete scharf ein. »Warum?«

Nur ein Wort, aber es steckte so viel darin.

Sie war sich nicht sicher, ob er ihr antworten würde, bis er den Mund öffnete. »Weil ich es muss. Ich kämpfe gern. Ich habe das Gefühl, die Kontrolle zu haben, wenn ich es tue. Ich hatte in meinem Leben schon viele Dinge nicht unter Kontrolle, Tabitha. Aber das? Das kann ich zu meinem machen.«

Sie atmete aus und ihr Blick traf auf seinen. »Kennst du die Grenze? Kennst du sie?«

Er schluckte schwer, schaute ihr aber weiterhin in die Augen. »Ich starre sie jeden Tag an.«

Und damit wusste sie, dass er viel stärker war, als er dachte. Er mochte Dinge tun, die sie nicht verstand, aber er war nicht dabei, die Kontrolle zu verlieren. Tatsächlich war alles, was er tat, darauf zurückzuführen, dass er diese Kontrolle fest im Griff hatte.

Das Einzige, was er nicht kontrollieren konnte, war sie.

Und sie war sich nicht sicher, was sie davon hielt.

Statt zu denken – oder zu reden – ging sie also in die Knie.

»Was machst du da?«, fragte er mit tiefer, rauer Stimme.

»Damit du dich besser fühlst«, flüsterte sie, als sie seinen Schwanz aus seiner Jogginghose zog. Er war hart, lang und dick in ihrer Hand. Sie konnte ihn mit ihren Fingern nicht einmal vollständig umfassen und sie zitterte, als sie sich an das Gefühl von ihm in ihr erinnerte. »Ich hatte bisher noch keine Gelegenheit dazu. Und weil ich dir beim Kämpfen zusehen musste, darf ich es jetzt tun. Ich darf diejenige sein, die die Kontrolle hat.«

Er leckte sich über die Lippen, zuckte zusammen, als er über den Schnitt fuhr, und ließ seine Hand durch ihr Haar gleiten, das Eis längst auf dem Tisch

vergessen. »Ich bin gesund. Ich habe mich untersu-
chen lassen, aber ich war bisher nur mit einer Frau
zusammen, Tabitha. Und na ja … ich bin gesund.
Für das hier bin ich gesund.«

Sie atmete aus; dankbar, dass er so vorsichtig mit
ihr war.

»Ich werde heute Abend nicht in der Lage sein,
das zu erwidern, nicht mit dieser Lippe.«

Sie drückte ihn und liebte die Art, wie er stöhnte.

»Das brauche ich nicht. Nicht heute Abend.« Sie
nahm einen tiefen Atemzug. »Aber beim nächsten
Mal, okay?«

Er zupfte sanft an ihrem Haar. »Nächstes Mal«,
flüsterte er.

Als Antwort leckte sie die Spitze seines
Schwanzes und er stöhnte noch einmal auf. Er hatte
Schmerzen, also ließ sie sich nicht allzu viel Zeit,
neckte ihn nicht, bis sie beide vor Verlangen keuchten. Das konnten sie später tun. Im Moment wollte
sie ihn nur beglücken, weil es ihr ebenso gefiel. Er
war zu groß für sie, um ihn ganz in ihrem Mund
aufzunehmen, also benutzte sie ihre Hände, um den
Rest von ihm zu streicheln.

Langsam und vorsichtig.

Dann schnell und fest.

Und als er in ihrem Mund kam, versuchte er
wegzuziehen, aber sie ließ ihn nicht.

Sie wollte alles von ihm.

Als sie fertig war, stand er auf, steckte seinen

Schwanz zurück in die Hose und hob sie in seine Arme.

»Deine Rippen.«

»Sie sind nicht gebrochen, nicht einmal geprellt. Sie tun nur ein bisschen weh. Ich bringe dich ins Bett, damit wir schlafen können. Und mitten in der Nacht werde ich mit dir Liebe machen, denn das ist es, was wir beide brauchen, was wir beide wollen.«

»Okay«, hauchte sie.

Sie schmiegte sich an ihn, als er sie trug, fühlte sich über alle Maßen geschätzt, wusste aber, dass sich alles in einem Augenblick ändern konnte. Sie hatten noch nicht darüber gesprochen, was sie taten und was als Nächstes kommen könnte. Aber das würden sie.

Und sie würde für ihn kämpfen, so wie sie für sich selbst kämpfen würde.

Denn manchmal musste man sich einen anderen Menschen in einem anderen Lebensabschnitt ansehen, um zu verstehen, was man genau wollte. Und dieses Mal war es an Tabby, das herauszufinden.

Storm

Storm knallte die Tür hinter sich zu und versuchte, seine Wut zu zügeln. Es war nicht einfach, wo er doch verdammt noch mal am liebsten auf etwas eingeschlagen hätte. Wie zum Teufel war seine Familie so geworden? Früher war es ihnen gut gegangen, früher konnten sie eine Straße entlanggehen, ohne dass ihnen von allen Seiten Scheiße entgegenkam. Doch in den letzten Jahren hatte fast jeder Einzelne in seiner Familie etwas durchgemacht.

Einige hatten es gut überstanden, zwar blutig und zerschrammt, aber lebendig.

Und doch wusste er bei seinem kleinen Bruder nicht, ob ein Ende in Sicht war. Alex mochte aus der Reha raus sein, aber Storm hatte heute Abend die blauen Flecke im Gesicht des anderen Mannes gesehen. Er hatte den misstrauischen Blick in seinen Augen bemerkt, als Storm und Wes ihn konfrontiert hatten. Alex trank vielleicht nicht, aber so zu kämpfen, wie er es tat, konnte nicht gesund sein.

Ganz zu schweigen davon, dass Storm verdammt gut wusste, dass zwischen Alex und Tabby etwas vor sich ging. Er sah die Blicke, sah die Hitze. Andere hätten es vielleicht übersehen, aber Storm hatte die letzten zwei Jahre damit verbracht, ein Auge auf Alex zu haben. Storm hatte es schon einmal versaut, weil er nicht früher gehandelt hatte, als Alex gefallen war, aber er würde verdammt sein, wenn er als Bruder noch einmal versagte.

Austin mochte der älteste der Montgomerys sein, aber Storm nahm seine Verantwortung als nächster in der Reihe ernst. Wes mochte nur ein paar Minuten älter sein, aber die zählte Storm nicht. Seine jüngeren Geschwister waren durch die Hölle gegangen, bevor sie ihr Glück fanden, und jetzt war es Storms Aufgabe, dafür zu sorgen, dass Alex seinen Frieden fand.

Denn wenn er es nicht tat …

Storm wollte nicht über das Ergebnis nachdenken.

Es klingelte an der Tür und Storm runzelte die Stirn, bevor er öffnete. Jillian stand dort, ein paar Bierdosen in der Hand und einen starren Blick im Gesicht.

»Heute war ein scheiß-tastischer Tag, und da ich Klempnerin bin, meine ich das wörtlich.« Sie schob sich an ihm vorbei und er schüttelte den Kopf.

Er und Jillian trafen sich schon seit einer Weile ab und zu, aber es war nichts allzu Ernstes. Sie waren Freunde, die, wenn sie Zeit und Lust hatten, miteinander schliefen. Sie waren verdammt toll zusammen, das stimmte, aber sie hatten beide schon vor langer Zeit das Gespräch geführt, dass sie als Freunde, die einander tolle Orgasmen gaben, besser dran waren als etwas Ernstes.

Das war auch der Grund, warum er ihr keinen Job bei Montgomery Inc. angeboten hatte, obwohl sie einen Klempner brauchten. Er wusste sogar, selbst wenn er sie gefragt hätte, hätte sie Nein gesagt. Ihr Ziel war es, unkompliziert zu sein und miteinander zu schlafen, wann immer ihnen danach war, und zusammen zu arbeiten wäre verdammt idiotisch.

»Trink das«, sagte Jillian, als sie ihm ein Bier in die Hand drückte. »Ich habe gerade geduscht und bin schlecht gelaunt. Aber ich weiß nicht, warum *du* schlecht gelaunt bist.«

»Alex kämpft«, sagte er leise.

Jillians Augen rundeten sich. »Ach du Scheiße. Erzähl mir alles.«

Und deshalb war er mit ihr befreundet. Er konnte ihr alles erzählen. Er wusste, es wäre einfacher, wenn sie sich liebten, wenn sie beide eine Zukunft sähen. Aber das taten sie nicht, und offen gesagt, würden sie es auch in Zukunft nicht tun.

Aber wenn sein Kopf so durcheinander war und er sich über tausend andere Dinge Sorgen machte, würde er Jillian so nehmen, wie sie war, weil er wusste, dass sie das Gleiche für ihn tun würde.

Es war alles, was er hatte, und zum Teufel, das war viel besser als nichts.

Kapitel Sieben

ES WAR SCHON ein paar Wochen her, dass er Tabitha zum ersten Mal in seinen Armen, in seinem Bett gehabt hatte, und trotzdem ging sie Alex nicht aus dem Kopf. Es half nicht, dass sie jeden Abend zusammen verbracht hatten, auch wenn sie nicht jedes Mal bei dem jeweils anderen übernachtet hatten. Sie waren immer noch dabei, sich gegenseitig zu spüren, herauszufinden, was das alles bedeutete.

Aber er wusste, dass er in ihr ertrinken konnte, wenn er nicht vorsichtig war.

Und obwohl er glaubte, das überleben zu können, wollte er Tabitha nicht mit in den Abgrund reißen – nicht, wenn es bedeutete, sie dabei zu verletzen.

In den zwei Wochen seit dem Kampf waren seine blauen Flecke verheilt und er hatte das Schlimmste vor seiner Familie verbergen können, aber die Zwillinge hatten ihn gesehen. Er wollte keine Geheimnisse mehr vor den Montgomerys haben, aber er wollte auch nicht mit einem blauen Auge bei einem Familienessen auftauchen. Er war sich nicht sicher, ob er die Fragen verkraften würde.

Wes und Storm waren nicht böse gewesen, aber jetzt wussten sie, wo er trainierte und wofür er trainierte. Er rechnete damit, dass sie beim nächsten Kampf dabei sein würden, und das war nicht zu ändern. Inzwischen wusste es wahrscheinlich die ganze Familie, aber die anderen ließen ihm seinen Freiraum. Er war sich nicht sicher, was er davon halten sollte, da sie normalerweise niemandem Freiraum gaben. Entweder waren sie vorsichtig mit ihm oder sie wussten nicht, was sie mit ihm machen sollten.

Ehrlich gesagt vermutete er, es war ein bisschen von beidem.

Jetzt saß er im Haus seiner Schwester mit den meisten Männern seiner unmittelbaren Verwandtschaft um ihn herum, um einen Männerabend zu verbringen. Die Frauen hatten ihren Abend in der Woche zuvor gehabt, also ging es dieses Mal nur um die Montgomery-Männer und diejenigen, die in die Familie eingeheiratet hatten, während die anderen auf die Kinder der großen Verwandtschaft aufpassten.

»Was machst du denn da drüben?«, fragte Wes mit einem Stirnrunzeln im Gesicht. »Du bist so in dich gekehrt und es ist Männerabend. Beim Männerabend wird nicht nachgedacht.«

Jake, sein Schwager, schnaubte. »Oh, das ist ein guter Witz. Erzähl das nur nicht meiner Frau.«

Border, Jakes Ehemann und der dritte im Bunde mit Alex' Schwester Maya, lachte. »Das weiß *unsere* Frau schon.«

Alex schüttelte den Kopf und hatte ein Grinsen auf seinem Gesicht. »Tut mir leid, dass ich nachgedacht habe. Ich verspreche, von jetzt an nur noch zu grunzen und mich im Schritt zu kratzen.«

Decker hob sein Bier in Richtung Alex. »Guter Mann. Aber vergiss nicht, zu essen und über Sport zu reden. Männliches Zeug eben.«

Griffin rollte mit den Augen und setzte sich neben Decker. »Wenn man bedenkt, dass Austin, Luc und du gerade eine zwanzigminütige Unterhaltung über Babytücher geführt habt, bin ich mir ziemlich sicher, dass wir nicht in diese Kategorie passen.«

Alex nippte an seinem Eistee und unterdrückte ein Lächeln. Die meisten der Männer im Raum waren jetzt Väter und es überraschte ihn, wie sehr sich die Dinge in den letzten Jahren verändert hatten. Austin hatte eine Frau und zwei Kinder, Decker hatte Miranda geheiratet und vor ein paar Monaten Baby Micah bekommen. Luc hatte Meghan geheiratet und half, ihre beiden Kinder aus ihrer früheren Ehe mit ihrem Arschloch-Ex-Mann großzuziehen, und hatte auch noch das neue Baby, Emma. Jake und Border hatten nicht nur einander, sondern auch Maya geheiratet und bekamen Noah etwa zur gleichen Zeit, als Emma und Micah geboren wurden.

Verdammt, sogar Griffin war mit Autumn durchgebrannt und hatte sie alle überrascht.

Nur die Zwillinge und er waren noch übrig, obwohl Alex schon einmal verheiratet gewesen war und damit in Zukunft nichts zu tun haben wollte. Natürlich kam ihm, sobald er das dachte, Tabithas Gesicht in den Sinn, aber das schob er schnell beiseite.

Er wusste nicht genau, was er mit ihr vorhatte, aber er war sich nicht sicher, ob eine Ehe infrage kam. Nicht mit seiner Erfolgsbilanz.

Storm ließ sich neben Alex auf die Couch sinken und stieß einen Seufzer aus.

»Geht es dir gut?«, fragte Alex, dankbar, dass sein Bruder ihn aus seinen Gedanken gerissen hatte. Sie hatten sich auf gefährliches Terrain begeben und er wollte sich auf die Gegenwart konzentrieren, nicht darauf, was als Nächstes passieren könnte und was geschehen war, um ihn hierherzubringen.

Storm warf ihm einen Blick zu, bevor er zu Wes hinüberblickte, der ihm den Mittelfinger zeigte. »Dieser Wichser hier hat beschlossen, auf der Richmond-Baustelle einen Tag früher anzufangen, weil ein verzögerter Beginn später Probleme verursacht hätte. Aber weil wir nicht wirklich darauf vorbereitet waren und ein paar Jungs erkältet sind, konnte Tab die meisten anderen Jungs nicht rechtzeitig auf die Baustelle bringen.«

Alex ignorierte die Art und Weise, wie allein das Hören von Tabithas Namen wie ein Tritt in den Hintern war. Er mochte es nicht, und er wusste auch nicht, was er dagegen tun sollte.

»Das bedeutet, dass der faule Arsch da drüben tatsächlich arbeiten musste«, höhnte Wes.

»Fick dich«, fauchte Storm und hielt sich die Schulter.

»Fürs Protokoll, ich hebe täglich mehr als ihr beide zusammen, also hört auf zu jammern«, warf Decker ein. »Und Storm, wenn du solche Schmerzen hast, warum bittest du nicht deine Freundin, dich zu massieren?«

Alex schnaubte und ein Lächeln schlich sich über sein Gesicht. »Ja, warum erzählst du uns nicht von Jillian?« Es fühlte sich gut an, wieder mit seiner Familie zu scherzen, obwohl er nicht sicher war, ob er schon bereit war, die Aufmerksamkeit auf sich zu lenken und über Tabitha zu sprechen. Es war kompliziert, da sie mit seiner Familie zusammenarbeitete, und verdammt, sie hatten noch nicht einmal darüber gesprochen, wer sie zusammen waren. Sie hatten es wirklich erfolgreich vermieden, überhaupt darüber zu reden.

Wahrscheinlich kein gutes Zeichen.

»Halt die Klappe«, sagte Storm mit einem seltsamen Ausdruck in den Augen. »Jillian und ich hängen nur rum.«

»Zusammen zu schlafen ist mehr als nur rumzuhängen«, sagte Austin.

Storm seufzte. »Wir halten es zwanglos. Wir sind beide sehr beschäftigt, und das macht es schwer, uns richtig zu verabreden. Wir sind Freunde, die zufällig auch Sex miteinander haben, wenn wir beide es wollen. Und jetzt, wo ich über meine Gefühle gesprochen habe, können wir endlich das Chili essen oder willst du auch noch wissen, wie der Sex ist?«

»Nun«, krächzte Jake, »da du es angesprochen hast.«

Border schlug ihm in die Seite und Jake wurde rot bei dem, was der andere Mann ihm ins Ohr flüsterte. Alex grinste und nahm einen weiteren Schluck von seinem Tee.

Verdammt, das hatte er vermisst.

Sie aßen Chili und Hähnchenflügel und andere Dinge, die schrecklich ungesund waren, und redeten über Kinder, Spiele und was auch immer auf der Arbeit los war. Keiner von ihnen war mehr in den frühen Zwanzigern, also aßen sie nicht oft auf diese Weise. Aber wenn sie es taten, dann meistens, wenn sie zusammen waren. Alex aß eine ganze Portion, aber er holte sich keinen Nachschlag. Das Essen schmeckte zu gut, aber er wollte sich nicht ungeniert damit vollstopfen.

Storm schaute genau in dem Moment auf sein

Telefon, als Alex sich gerade auf den Weg machen wollte, und grinste.

»Was?«

»Jillian ist hier, um mich abzuholen«, erklärte Storm mit leiser Stimme. Aber er hatte anscheinend nicht leise genug gesprochen.

»Sie ist nur eine lockere Freundin, hä?«, sagte Wes mit einem breiten Lächeln. »Ich würde sie gern kennenlernen. Wie kommt es, dass keiner von uns sie je getroffen hat?«

Storm kniff sich in den Nasenrücken. »Sie ist beschäftigt. Sie arbeitet sich gerade den Arsch ab bei ihrem aktuellen Job, und der nervt gewaltig, also hör auf zu drängeln, okay? Mein Wagen ist in der Werkstatt, weil ich nicht nur neue Winterreifen brauchte, sondern auch etwas nicht stimmte, als ich ihn heute Morgen startete. Sie hat mich bei der Arbeit abgesetzt, aber du warst derjenige, der mich hierhergefahren hat, Wes, falls du dich erinnerst.«

Wes zuckte mit den Schultern. »Ich dachte, ich fahre dich auch nach Hause. Keine große Sache. Aber komm schon, lass sie eintreten.« Wes klimperte mit den Wimpern und Alex stieß ein Lachen aus, überrascht, dass er heute Abend so viel gelacht und gelächelt hatte wie schon lange nicht mehr.

Die anderen starrten ihn einen Moment lang an und er schluckte. Offenbar hatten die anderen auch bemerkt, dass er heute Abend mehr gelacht hatte als sonst.

»Ich schreibe ihr eine SMS«, brummte Storm und seine Augen verengten sich. »Aber macht keinen Scheiß mit ihr, verstanden? Sie ist eine gute Frau und sie ist meine Freundin.«

Wes hob die Hände. »Ich werde mich nicht wie ein Mistkerl gegenüber einer Frau verhalten, mit der du dich triffst, Storm. Aber wenn sie schon hier ist, kann sie genauso gut den Rest der Familie kennenlernen.«

Storm zeigte den anderen im Zimmer den Mittelfinger, während er mit einer Hand eine SMS schrieb. »Das wird interessant werden«, murmelte er.

Alex ließ seine Hände in die Hosentaschen gleiten und wartete, als Storm zur Haustür stampfte und sie öffnete. Das Erste, was er hörte, war ein helles Lachen, als eine schlanke blonde Frau das Haus betrat. Sie hatte Arbeitsstiefel und Jeans an, dazu eine alte Jacke, die ihr viel zu groß zu sein schien. Er wusste nur von ihrem Gesicht und ihren Beinen, dass sie schlank war.

»Ich wusste nicht, dass ihr alle so groß seid wie Storm«, platzte sie heraus und die Jungs lachten. Die Spannung, die den Raum nach Storms Nachricht erfüllt hatte, platzte wie ein Luftballon.

»Nun, einige von uns sind größer«, sagte Jake grinsend und Jillian rollte mit den Augen.

»Klar, Schatz, was immer du sagst.«

Alex mochte sie bereits.

»Also, ja, das sind die Jungs«, warf Storm ein. »Leute, das ist Jillian.«

»Hi, Jillian«, sagten die Jungs einstimmig, bevor sie in Gelächter ausbrachen.

Jillian grinste. »Hi, Jungs. Habt ihr Namen oder lauft ihr herum wie die Jungs irgendeiner bärtigen Boyband? Ihr wisst schon, die nach dem dritten Album nicht mehr ganz so unschuldig sind und gern etwas Gewagteres versuchen wollen.«

»Ich bleibe dabei, dass die Backstreet Boys besser waren als N'SYNC«, warf Jake ein.

»New Kids on the Block«, sagte Austin mit einem Schulterzucken. »Und woher zum Teufel kenne ich diesen Namen?«

»Sind sie nicht gerade auf Tournee?«, fragte Alex und fuhr sich mit einer Hand durchs Haar. »Und woher zum Teufel sollte ich *das* wissen?«

»Lauf, Jillian«, sagte Griffin todernst. »Lauf, bevor sie dir ihre Liebe zu O-Town gestehen.«

Jillian hob die Hände und hatte ein Lachen in ihren Augen. »Es tut mir leid, dass ich Boybands erwähnt habe. Ich lerne viel mehr, als ich erwartet hätte.«

Storm atmete aus und legte seinen Arm um Jillians Schulter. Sie stieß ihn mit der Hüfte an und lachte. »Lass uns von hier verschwinden. Und nur damit ihr es wisst, ich werde euch alle aus meinem Leben streichen, weil ihr gerade über Boybands geredet habt.«

Alex nickte feierlich. »Ich verstehe. Das liegt wohl daran, dass du ein One-Direction-Fan bist, richtig? Du bist bestimmt ganz schön sauer, dass sie sich getrennt haben.«

Storm zeigte ihm den Mittelfinger und die Jungs brachen in Gelächter aus, als er Jillian zur Tür hinauszog.

»Schön, euch kennengelernt zu haben«, rief sie, aber sie hatten keine Gelegenheit, etwas zu erwidern, da Storm die Tür zuschlug.

Danach herrschte eine peinliche Stille, als die Jungs sich gegenseitig ansahen.

»Wie viel wird es uns kosten, wenn wir den Frauen nichts von diesem Gespräch erzählen?«, fragte Austin.

Stille.

»Das habe ich mir gedacht«, brummte sein ältester Bruder. »Scheiße.«

»Es ist nicht unsere Schuld«, warf Griffin ein. »Mit dem vierundzwanzigstündigen Nachrichtenzyklus müssen wir uns stundenlang Wahlberichterstattungsmist und Promi-Klatsch anhören. Da bleibt zwangsläufig etwas hängen.«

»Richtig«, warf Alex ein. »Wir nehmen das einfach mal so hin.«

Die Jungs schüttelten den Kopf und fingen an aufzuräumen, bevor alle nach draußen gingen. Alex' Brust fühlte sich so leicht an wie seit Jahren nicht mehr. Er hatte einen ganzen Abend erlebt, an dem sich niemand äußerlich darum gekümmert hatte, in seiner Gegenwart zu trinken, und er hatte kein einziges Mal wirklich einen Drink gewollt. Er war zu sehr von Gesprächen mit seiner Familie und den Gedanken an Tabitha abgelenkt gewesen, als dass er sich für ein Bier in die Küche hätte schleichen wollen.

Er betrachtete das als Fortschritt.

Er fuhr vor Tabithas Wohnung vor, bevor er überhaupt über sein Ziel nachgedacht hatte. Er hatte sie weder angerufen noch ihr eine Nachricht geschickt, um sie zu fragen, ob sie überhaupt zu Hause war, aber er sah das Licht im Wohnzimmer brennen. Sie könnte beschäftigt sein, und wenn das der Fall wäre, würde er gehen, aber er wollte sie sehen.

Und er wollte nicht darüber nachdenken, *warum* er sie so sehr sehen wollte.

Sie öffnete die Tür nach dem ersten Klopfen und ihr Blick war warm und einladend. »Hat der Männerabend Spaß gemacht?«

Er nickte, die Hände in die Taschen gestopft. »Ist es okay, dass ich hier bin?«, fragte er. »Ich habe nicht angerufen.«

Sie lächelte und trat einen Schritt zurück. »Du bist immer willkommen. Immer.«

Er wusste nicht, was er mit den Gefühlen anfangen sollte, die bei ihren Worten in ihm aufkamen.

»Hast du schon gegessen? Ich habe noch ein paar Hähnchenreste im Kühlschrank, falls du Hunger hast«, sagte sie, als sie die Haustür hinter ihnen schloss.

Alex bewegte sich auf sie zu und berührte ihre Wange. Sie lächelte ihn an und lehnte sich in seine Umarmung. Was hatte er getan, dass er es verdiente, dass eine Frau wie sie ihn so ansah? Nichts, das wusste er. Er hatte gar nichts getan. Aber er wollte verdammt egoistisch sein und sich nehmen, was er konnte. Und wenn er noch etwas zu geben hatte, konnte sie es haben.

»Ich habe bei Maya einen Haufen Junk Food und schrecklich ungesunde Sachen gegessen.«

Sie schnaubte und ließ ihre Finger über seine Bauchmuskeln gleiten. »Junk Food ist ab und zu gut für dich.«

Er lachte. »Wirklich? Welcher Ernährungsberater sagt das?«

»Ich sage es«, erklärte sie. »Manchmal muss man dem Essen und dem Lachen nachgeben, damit man sich entspannen kann. Ich weiß, dass du sehr darauf achtest, was du deinem Körper zuführst, aber zu wissen, dass du ein paar Pommes frites zu dir nehmen kannst, ohne den Verstand zu verlieren, bedeutet etwas.«

Er nickte und ihm wurde klar, dass sie mehr über ihn wusste, als ihm bisher bewusst gewesen war. Sie hatte bemerkt, wie vorsichtig er mit dem war, was er aß, und er war sich nicht sicher, wie er sich dabei fühlte.

»Habe ich dich wütend gemacht?«, flüsterte sie. »Weil ich das kommentiert habe?«

Er schüttelte den Kopf und spielte mit ihrem Haar. »Nein.« Er hielt inne. Er hatte ihr nicht viel darüber erzählt, was er dachte, und das war ein Bärendienst für sie beide. »Ich habe in der Reha angefangen, darauf zu achten, was ich esse. Früher war es mir egal, was ich meinem Körper antat. Kuchen, frittiertes Essen, Limonade, Alkohol.« Sie schlang ihre Arme locker um seine Taille und er entspannte sich ein wenig. »Ich habe viel trainiert, damit ich keinen dicken Bauch bekam, aber ich war nie so in Form wie der Rest meiner Familie. Aber als ich in der Reha war, habe ich beobachtet, wie einige der anderen Jungs zum Rauchen übergingen oder mehr aßen als früher, um das Verlangen nach etwas Härterem in Schach zu halten. Ich wollte nicht die eine Art von Verlangen durch eine andere ersetzen.«

Sie nickte und sah aus, als wollte sie noch etwas sagen, tat es aber nicht.

Ihm war durchaus bewusst, dass es nicht gerade Krücken waren, so zu kämpfen, wie er es tat, und so vorsichtig mit dem zu sein, was er aß, aber beides war wahrscheinlich auch nicht das Beste für ihn. Er musste die Dinge einfach einen Tag nach dem anderen anpacken.

Und ehrlich gesagt waren diese beiden Dinge nicht die Süchte, vor denen er sich in Acht nehmen musste.

Es war die Frau in seinen Armen.

Nur eine Kostprobe, und er wusste, dass er für immer von ihr abhängig sein würde.

Und das machte ihm mehr Angst als das, was er aß, oder ob ein anderer Kämpfer ihm in den Hintern treten könnte.

Aber Alex war noch nie wirklich gut darin gewesen, das zu tun, was für ihn richtig war, und zum Teufel, er war sich nicht einmal sicher, ob Tabitha für ihn wirklich *falsch* war.

Und es war ihm egal.

Er wollte sie.

Und als sie sich auf die Zehenspitzen hob, um sein Kinn zu küssen, mit ihrem warmen Blick voller Verlangen, wusste er, dass sie ihn auch wollte.

Er fasste ihr an den Hinterkopf. »Dafür bin ich nicht hergekommen«, flüsterte er. »Ich weiß eigentlich gar nicht, warum ich gekommen bin.«

Sie fuhr mit ihren Händen seinen Rücken hinauf und grub ihre Fingernägel in seine Haut. »Das ist okay. Du nimmst es nicht, wenn ich es dir freiwillig gebe.«

Er küsste sie langsam und ihre Lippen schmiegten sich samtweich an die seinen. »Lass es uns diesmal langsam angehen.«

Sie lächelte, eine kleine Bewegung an seinen Lippen. »Das hast du letztes Mal auch gesagt. Und das Mal davor. Und wir gehen nie langsam vor.«

Er fuhr mit seiner Hand an ihrer Seite hinunter

und wieder hinauf, um ihre Brust zu umfassen. Als er mit dem Daumen über ihre Brustwarze strich, zitterte sie in seinem Griff. »Wir können es langsam versuchen. Aber du bist so verdammt heiß in meinen Armen, dass es mir schwerfällt, langsam weiterzumachen, wenn ich dich erst einmal habe.«

Sie griff zwischen sie und umarmte ihn. Er fing an zu schielen und stieß ein raues Lachen aus. »Was, wenn ich nicht langsam vorgehen will?«, schnurrte sie.

Er mochte diese Tabitha. Die feurige in seinen Armen, die sonst niemand sah. Er wusste nicht, was das über ihn und seine Gefühle für sie aussagte, aber in diesem Moment konnte er nicht denken, mit ihrer Brust in seiner Hand und ihrer Hand auf seinem Schwanz.

Er küsste sie wieder und ließ seine Zunge in einer erotischen Liebkosung an ihrer entlanggleiten. »Langsam«, flüsterte er. Er küsste sich an ihrem Hals hinunter und zog ihren Kragen von ihrem Körper weg, damit er ihre Schulter lecken konnte. »Langsam.«

Sie fuhr mit ihren Händen wieder seinen Rücken hinauf und er presste sich an sie. Sie erstarrten beide bei dem Gefühl, wie sein steifer Schwanz in ihren Bauch drückte.

»Nun, verdammt, das war ja wohl nichts mit langsam«, sagte er lachend.

»Wir können es langsam angehen«, hauchte sie. »Ich verspreche es.«

Wieder strich er ihr die Haare aus dem Gesicht. »Ja?« Er atmete aus. »Ich habe dich noch nicht einmal zu einer Verabredung ausgeführt, Tabitha. Was ist nur los mit mir? Und unsere Trainingseinheiten im Fitnessstudio zählen nicht.«

Sie runzelte die Stirn. »Sie zählen zumindest in Bezug darauf, hilfreich zu sein. Und Verabredungen sind mir im Moment egal. Ich will dich nur heute Nacht in meinem Bett haben. Wir können ... wir können morgen miteinander ausgehen. Oder am Abend danach. Nimm mich einfach heute Nacht, okay?«

Er leckte sich über die Lippen. »Wir sind also zusammen?«

Sie stieß ein leises Lachen aus. »Ja, ich schätze, das sind wir. Ist es seltsam, dass wir vorher nicht darüber gesprochen haben?«

Er schüttelte den Kopf. »Nur wenn wir zulassen, dass es seltsam ist. Und ich denke, wir haben vorher gut daran getan, überhaupt nicht darüber zu reden.«

Sie zog seinen Kopf nach unten und küsste ihn hart auf den Mund. »Also, mein Freund?«

Sein Herz schlug schneller bei diesem Wort. Er war bisher nur mit einer anderen Person befreundet gewesen, und sie hatte ihn unrettbar gebrochen. Aber er konnte das tun. Er konnte es.

»Und ich glaube, ich habe dich gerade erschreckt. Keine Etiketten?«

Er schüttelte den Kopf und bemerkte die Traurigkeit in ihren Augen, die sie nicht ganz verbergen konnte. »Etiketten machen Sinn. Ich habe nur …« Er atmete aus. Es war an der Zeit, ehrlich zu sein, oder? »Ich hatte bisher nur eine andere Freundin.« Den letzten Teil flüsterte er so leise, dass er Angst hatte, sie würde ihn nicht hören. Vielleicht war das auch besser so.

Ihre Augen weiteten sich ein wenig, aber sie nickte ihm zu. »Daran habe ich nicht gedacht. Du warst jung, als –« Sie unterbrach sich selbst. »Okay, mein Freund, wir können uns verabreden und du kannst mir später einen Milchshake oder so kaufen. Aber jetzt will ich erst mal sehen, ob wir es langsam angehen können.« Sie umfasste noch einmal sein Gesicht und er stöhnte auf. »Was sagst du dazu?«

Sie wusste immer das Richtige zu sagen, und dafür war er dankbar, auch wenn es ihn verwirrte.

Als Antwort auf ihre Frage hob er sie in seine Arme und trug sie ins Schlafzimmer, seinen Mund die ganze Zeit auf ihrem. Er brauchte sie mehr, als er zugeben wollte, und obwohl ihm das Angst machte – und das sollte es auch –, wusste er, dass er sie nicht gehen lassen konnte … selbst wenn es das Beste für sie beide wäre.

Er setzte sie auf ihren Füßen am Fußende des Bettes ab, zog sie langsam aus und küsste ihre Haut, sobald er einen Teil von ihr entblößt hatte. Er leckte ihre Schultern hinunter und knabberte an der Innenseite ihres Armes, bis sie sich wand. Dann wanderte er zu der Oberseite ihrer Brüste, die sich über den Körbchen ihres BHs befanden. Er leckte daran, saugte und biss sanft hinein, bevor er auf die Knie ging, um das Gleiche mit ihrem Bauch zu tun.

Ihre Haut war so weich, so perfekt. »Ich will jeden Zentimeter von dir lecken«, knurrte er an ihrer Hüfte.

Sie fuhr mit der Hand durch sein Haar und lächelte auf ihn herab. »Du bist auf dem besten Weg dahin. Ziehst du dein Hemd aus? Ich möchte deine Haut berühren.«

Weil sie darum gebeten hatte, tat er es und behielt die ganze Zeit den Blick auf ihren gerichtet. Sie leckte sich über die Lippen und er lächelte, bevor er Küsse auf ihre Hüftknochen über dem oberen Rand ihrer Jeans drückte. Sie hatte breite Hüften, die perfekt für seine Hände waren, und er liebte die Tatsache, dass er jedes Mal, wenn er sie von hinten fickte, ihren Arsch festhalten und tiefer eindringen konnte. Ihr Hintern bewegte sich mit ihm, wackelte genau richtig. Seine Ex war spindeldürr gewesen und obwohl er Frauenkörper im Allgemeinen liebte, fand er, dass er Tabithas Körper mehr wollte.

»Leg dich aufs Bett«, knurrte er und ärgerte sich über sich selbst, weil er in diesem Moment an Jessica dachte. »Ich will mich an dir laben.«

Sie errötete, tat aber, was er verlangte. Sie trug immer noch ihren BH, ihre Jeans und ihr Höschen, aber darum würde er sich bald kümmern. Im Moment wollte er ihre Brüste, da er nur selten die

Gelegenheit bekam, sie ausführlich zu liebkosen. Sie bewegten sich immer zu schnell, als dass er ihnen wirklich die gebührende Aufmerksamkeit schenken konnte.

Er kletterte über sie und sie lächelte träge zu ihm hoch. Als er sie leicht anhob, um ihren BH zu öffnen, umklammerte sie seine Schultern und leckte sich über die Lippen. Da sie so verlockend aussahen, fing er sie mit seinen eigenen ein und vertiefte den Kuss, während er ihr den BH auszog.

Als sie nackt vor ihm lag, ließ er sie ganz auf das Bett sinken und begann, ihre Brustwarzen zu küssen, so wie er es mit ihrem Mund getan hatte. Sie wölbte den Rücken und presste sich an ihn, als er ihre Brüste in die Hände nahm, sie streichelte und massierte, bevor er nacheinander auf jeden Nippel biss und daran saugte. Sie stöhnte, ihr Körper war schweißgebadet, als er härter zubiss, saugte, leckte und knabberte, bis er sicher war, dass sie fast bereit war zu kommen.

»Ich … ich kann nicht kommen, wenn du nur meine Brüste streichelst«, keuchte sie. »Ich brauche etwas. Berühre mich, bitte.«

Er küsste ihren Hals und widmete sich dann wieder ihrem Mund. »Ist das eine Herausforderung?«

Sie schaute ihn mit verengten Augen an. »Ich werde mich selbst anfassen, wenn ich muss, Alexander Montgomery. Jetzt besorg es mir.«

Er lachte und ging noch einmal zu ihren

Brüsten hinunter, wobei er merkte, dass sie ihre Hand langsam in Richtung ihrer Oberschenkel gleiten ließ. Nun, das konnte er nicht zulassen. Er nahm ihr Handgelenk und führte es hoch über ihren Kopf. Selbst als sie grummelte, wölbte sie erneut den Rücken, wobei er die Aufmerksamkeit nie von ihren Brüsten nahm. Sie war so nahe dran, aber er wusste, dass sie vielleicht noch ein wenig mehr brauchte. Also stützte er sich auf seinen Ellbogen, auch wenn er diesen Arm benutzte, um sie unten zu halten, nahm seine freie Hand und ließ sie über ihre Jeans gleiten, wo ihre Hitze ihn fast verbrühte.

Nur eine Berührung, und sie brach in seinen Armen auseinander.

Sie war so verdammt schön, wenn sie kam.

Eine Göttin in seinen Armen.

In seinem Leben.

Während sie von ihrem Rausch herunterkam, zog er ihr schnell Hose und Unterwäsche aus und spreizte ihre Beine. Sie kam immer noch, als er seinen Mund an sie presste und leckte.

Sie schrie und presste ihre Hüften an ihn, und er saugte und leckte an ihrer Muschi. Sie schmeckte so verdammt süß, dass er wusste, er könnte sich für immer zwischen ihren weichen Oberschenkeln verlieren. Er drang mit zwei Fingern in sie ein, während er an ihrer Klitoris leckte, und ihre Säfte beschmierten sein Gesicht und seinen Bart. Er wollte, dass sie wieder kam, wollte, dass sie sich an sein Gesicht presste, wenn sie die Kontrolle verlor.

»Komm schon, Baby. Komm an meinem Gesicht. Zeig mir, wie verdammt heiß du bist, wenn ich meinen Mund an deiner hübschen kleinen Muschi habe. Spiel mit deinen Nippeln für mich und ich belohne dich mit meinem Schwanz.«

Sie schaute auf ihn herab, ihre Augen waren dunkel und ein verführerisches Lächeln lag auf ihrem Gesicht, während sie langsam ihre Brüste umfasste.

»So ist es richtig. Kneif dir in die Brustwarzen. Stell dir vor, es sind meine Finger.«

»Weniger reden«, keuchte sie. »Mehr lecken.«

Er lachte leise und widmete sich wieder seinem Festmahl, leckte über ihre Schamlippen und ließ seine Zunge zusammen mit drei seiner Finger in sie hinein- und wieder herausgleiten. Sie war so eng, dass er wusste, er dehnte sie, aber er musste sichergehen, dass sie bereit für ihn war, wenn er sich in sie schob.

Sie kam wieder, als er sanft auf ihre Klitoris biss, und er leckte an ihr, bevor er sie zurückzog und sie auf den Bauch drehte. Sie stieß einen Schrei aus und er gab ihr einen Klaps auf den Hintern.

»Hey!«, sagte sie, als sie über ihre Schulter schaute. »Hast du mir gerade den Hintern versohlt?«

Er zwinkerte, zog seine Hose aus und bückte sich, um das Kondom aufzuheben, das er zuvor in seine Tasche gesteckt hatte. »Ja. Willst du, dass ich es noch mal mache?«

Sie errötete und warf ihm einen nachdenklichen Blick zu. »Vielleicht.«

Er grinste und klatschte ihr noch einmal auf den Hintern, bevor er an ihren Schenkeln zog, sodass sie auf allen vieren war. »Mir gefällt deine Denkweise.« Er senkte den Kopf und leckte an ihrer Muschi, wobei er seine Hände benutzte, um sie vor ihm zu spreizen. Sie ließ ihren Kopf auf das Bett fallen und drückte ihren Hintern näher an sein Gesicht. Er leckte und spielte mit ihrem Anus, genoss die Art, wie sie sich unter seinem Griff wand. Er nutzte ihre Nässe, um sie vorzubereiten, als er langsam die Spitze seines Fingers in sie einführte. Sie keuchte, ihr Körper versteifte sich und er biss in eine Pobacke.

»Entspann dich, Baby, ich werde dich heute Abend nicht in den Arsch ficken.«

»Aber du wirst es ein andermal tun?«, fragte sie.

»Wenn du willst.« Er wollte es, so viel war sicher.

»Ich weiß es nicht. Ich weiß nur, dass ich alles mag, was du mit mir machst, auch wenn es neu ist.«

Er gab ihr einen Kuss aufs Kreuz, während er sie langsam bearbeitete, bevor er seinen Finger aus ihr herausgleiten ließ. »Du kannst mich haben, wann immer du bereit bist. Und wenn du nie bereit bist, ist das auch in Ordnung. Es geht nur darum, was du willst.«

Sie schaute über ihre Schulter, als er sich an ihrem Eingang positionierte. »Und was ist mit dem, was du willst?«

Er blinzelte angesichts der Intensität ihrer Worte. »Ich will dich.« Ehrlich. Offen. Und das Einzige, woran er im Moment denken konnte ... oder woran er jemals hatte denken können.

»Ich will dich auch.« Ein geflüstertes Flehen.

Er bedeckte ihren Rücken mit seinem Körper und küsste ihren Mund. »Du kannst mich haben.« Er schluckte schwer, als er sie ausfüllte, und war sich bewusst, dass dies nicht nur Ficken war, nicht nur Sex in einer kalten Nacht. Aber das war es mit Tabitha nie gewesen, und er war davon überzeugt, das würde es auch nie sein.

Das sollte ihn mehr erschrecken, als es tat, aber in diesem Moment war alles, woran er denken konnte, die Süße von ihr in seinen Armen, über ihm, unter ihm, um ihn herum, und das Gefühl ihrer Muschi, die seinen Schwanz umklammert. Er griff nach ihrem Hintern, hielt sie fest an sich gedrückt und stieß langsam in sie hinein und zog sich wieder heraus. Er hatte versprochen, langsam zu sein, und verdammt noch mal, er würde es ihr langsam geben.

Alex ließ seine Hüften kreisen und liebte es, wie sie ihn über ihre Schulter ansah. Aber er wollte mehr, er wollte sie *sehen*, also zog er sich ganz aus ihr zurück und drehte sie vorsichtig herum, sodass sie auf dem Rücken und in der Mitte des Bettes lag. Er bedeckte sie mit seinem Körper und nahm ihre Hand in seine und führte sie zu seinem Schwanz.

»Führ mich in dich ein, Baby. Nimm mich.«

Sie leckte sich über die Lippen, ihre Augen waren feucht und dunkel, und sie tat, was er verlangte, und führte ihn langsam in sie hinein. Seine Atemzüge kamen keuchend, Schweiß tropfte ihm den Rücken hinunter, während er schmerzhaft Zentimeter für Zentimeter in sie eindrang. Und als er vollständig in ihr war, lagen sie beide da, verbunden auf mehr Arten, als er je für möglich gehalten hätte. Er verschränkte seine Finger mit ihren und begann, sich zu bewegen.

Sie liebten sich, die Hände miteinander verschränkt, die Blicke aufeinander gerichtet, während er sein Gewicht auf seine Ellbogen legte, um sie nicht zu erdrücken.

Und als sie zusammen kamen, wusste Alex, dass er in Schwierigkeiten steckte.

Sie war nicht seine Sucht, war nicht sein Schmerz.

Sie war alles andere und alles, was er nie für möglich gehalten hätte.

Und das war erschreckender als die Vorstellung, trinken zu wollen.

Kapitel Acht

TABBY SCHMERZTE der Kopf und ihre Ober-schenkel waren wund, aber verdammt, wenn sie sich nicht wie die Königin der Welt fühlte. Nicht nur, dass sie und Alexander für den nächsten Tag eine Verabredung geplant hatten, sie hatte auch alles auf ihrer heutigen Aufgabenliste erledigt, und das sogar eine Stunde früher als geplant. Und da sie ihre Listen liebte, bedeutete das, dass sie heute ungefähr hundert verschiedene Dinge erledigt hatte und immer noch nicht müde war. Es gab wirklich nichts Schöneres, als etwas abzuhaken oder etwas auf einer Liste zu markieren, wenn es erledigt war. Es war eine ganz eigene Art von Euphorie.

Natürlich ließ sie das an einen bestimmten Mann in ihrem Bett denken und daran, wie oft sie allein an seinem Mund gekommen war.

Also gab es vielleicht doch ein paar Dinge, die besser waren als eine Aufgabenliste.

Die meisten der Jungs waren zu ihren anderen Baustellen gefahren, aber seit dem Vorfall mit dem ehemaligen Kunden ließ sie niemand mehr allein im Büro. Ihre Überfürsorglichkeit mochte sie ärgern, aber sie war es von ihren drei Brüdern so gewohnt, dass sie gelernt hatte, damit zu leben. Und wenn einer von ihnen jemals zu weit ging und sie unterdrückte, würde sie sich wehren. Für den Moment ließ sie sich umsorgen und gestattete ihnen, sich wie eine Glucke aufzuführen, weil sie sich dann besser fühlten. Und wenn sie ehrlich zu sich selbst war, fühlte sie sich dadurch auch besser. Es mochte inzwischen noch mehr Sicherheitsvorrichtungen im Büro geben und sie trainierte, um sich zu schützen, aber es war immer noch nicht genug.

Noch nicht.

»Ich muss los«, sagte Storm, als er zu ihrem Schreibtisch ging. »Alex ist hinten und druckt etwas, damit du nicht allein bist, aber soll ich noch ein bisschen bleiben?«

Sie schüttelte den Kopf und versuchte, Alexander nicht anzusehen, als er mit einem Stapel Papiere in der Hand den Raum betrat. Sie hatten den anderen nicht gesagt, dass sie sich trafen, und es war eine gemeinsame Entscheidung gewesen. Es würde schnell chaotisch und kompliziert werden, sobald die Montgomerys davon erfuhren. Und verdammt, es war jetzt schon ziemlich chaotisch.

Dem Ausdruck in Storms Augen nach zu urteilen hatte sie jedoch das Gefühl, dass er ihnen auf der Spur sein könnte. Dieser spezielle Montgomery sah immer zu viel. Verdammt sei der Mann.

»Bei mir ist sie in guten Händen«, warf Alexander mit leiser Stimme ein. »Geh du nur. Wir werden abschließen.«

Storm hob eine Augenbraue, als Alexander in ihrem Namen antwortete, und sie zuckte mit den Schultern. »Nun, er hat recht. Ich bin sowieso fast fertig. Also geh arbeiten und lass mich in Ruhe.« Er verengte die Augen, und sie seufzte. »Aber danke, dass du dich wie ein großer Bruder um mich kümmerst und dafür sorgst, dass ich in Sicherheit bin. Ich weiß das zu schätzen. Aber bitte vergiss nicht, dass ich schon drei ältere Geschwister in Pennsylvania habe, und ich bin mir nicht sicher, ob ich noch Platz für mehr habe.«

Storm verschränkte die Arme über seiner breiten Brust. »Sie sind aber nicht hier, stimmt's? Und die Montgomerys haben dich aufgenommen, also musst du damit klarkommen, dass wir uns alle wie große Brüder verhalten.«

Sie konnte nicht anders, als Alexander dabei in die Augen zu schauen, und er hob eine Braue.

Alle von uns?, schienen diese Augen zu fragen.

Definitiv nicht alle von ihnen.

»Es geht ihr gut, Storm«, brummte Alexander, und sie konnte nicht anders, als ihn anzulächeln. Er war so ein mürrischer Bär, wenn seine Brüder den harten Kerl mimten.

Storm warf ihr einen Blick zu und sie hielt ein Seufzen zurück. Ja, es gab kein Verstecken ihrer Gefühle mehr vor diesem speziellen Montgomery, und alle drei wussten es. Aber als Storm ohne ein weiteres Wort ging, dachte sie, dass er ihr Geheimnis für sich behalten würde.

»Er wird es den anderen nicht sagen, wenn wir es nicht wollen«, sagte Alexander, als er auf sie zukam. Sie berührten sich nicht, da erst einmal Kameras da waren und sie beide außerdem beschlossen hatten zu versuchen, Arbeit und Beziehung zu trennen.

Sie biss sich auf die Lippe. »Wollen wir, dass sie es wissen? Ich meine, es gefällt mir irgendwie, dass das im Moment nur zwischen uns beiden bleibt. Versteh mich nicht falsch, ich liebe deine Familie, aber die Dinge neigen dazu, groß und gewaltig zu werden, wenn alle es wissen.«

Er nickte und lehnte sich an ihren Schreibtisch. »Und mich betrachten sie schon mit Vorsicht. Ich würde lieber ein Gleichgewicht mit dir finden, ohne dass sie sich Sorgen machen.«

Sie atmete tief ein und merkte, dass er mehr mit ihr teilte als zuvor. Die Tatsache, dass er Alkoholiker war, war kein Geheimnis zwischen ihnen gewesen, da sie ihn durch und durch kannte, aber er begann, sich ihr gegenüber mehr und mehr zu öffnen.

Vielleicht war es auch für sie an der Zeit, mehr über sich selbst zu erzählen.

»Hast du heute Abend etwas vor?«, fragte sie und wechselte das Thema, als sein Gesichtsausdruck ein wenig traurig wurde.

Er schüttelte den Kopf. »Nein, was schwebt dir denn vor?«

Sie atmete aus und begegnete seinem Blick. »Ich möchte zurück zu der Gasse gehen, in der ich dich neulich getroffen habe. Ich möchte dir erzählen, warum ich dort war.« Es war an der Zeit. Sie kannte so viele seiner Geheimnisse, weil so viel über ihn geredet worden war, nachdem er den Tiefpunkt erreicht hatte, aber er kannte nicht viele von ihren. Es war nur fair, und sie hatte das Gefühl, dass es an der Zeit war, ihm ein wenig mehr von sich zu zeigen. Es würde nicht einfach sein und sie hatte tatsächlich ein wenig Angst, aber sie betete, dass am Ende alles gut werden würde.

Er richtete sich auf und musterte ihr Gesicht. »Zuerst Abendessen? Dann wäre es mir eine Ehre, wenn du mir zeigen würdest, was du im Sinn hast.«

Sie leckte sich über die Lippen und begann, sich zum Gehen bereit zu machen, denn sie wusste, dass dies ein großer Schritt in eine Richtung war, von der sie hoffte, dass sie beide darauf vorbereitet waren.

»Zuerst Abendessen«, wiederholte sie, als sie alles zusammengepackt hatte.

Sie konnte das hier tun.

Sie musste es einfach.

Nach dem Essen fuhren sie auf einen der Parkplätze in der Innenstadt und bezahlten. Es war kalt, aber nicht so eisig, wie es neulich gewesen war. Das musste doch für etwas gut sein.

»Also«, begann er, als er ihre Hand nahm, »willst du mir jetzt erzählen, was du hier draußen gemacht hast?«

Sie nickte und hielt die große Tasche, die sie in ihrem Wagen aufbewahrt hatte, dicht an sich gepresst. »Jede Woche gehe ich in Notunterkünfte und gebe Speisen und Lebensmittel an Obdachlose aus. Wenn ich Zeit habe und wenn es wärmer ist, gehe ich durch die Straßen und kümmere mich um jeden, der mir begegnet … und ich suche.«

Er drückte ihre Hand. »Nach wem suchst du?«

»Ich suche nach meinem Ex und seinem Kind.«

Er erstarrte und sie wäre fast gestolpert, aber er hielt sie mit seiner Hand fest. »Was?«

Sie wandte sich ihm zu und begegnete seinem Blick. »Vor ungefähr fünf Jahren lernte ich einen Mann namens Michael kennen. Wir verliebten uns ineinander und ich verliebte mich auch in seine Tochter, Angel. Seine Frau war ein paar Jahre zuvor an Krebs gestorben und Michael und Angel waren in diesen zwei Jahren gut allein zurechtgekommen. Ich lernte Angel kennen, als sie fünf Jahre alt war, während ich mein Studium beendete und Teilzeit für die Montgomerys arbeitete. Sie war so süß und lustig. Sie spielte in dem Park, in dem ich las, und ich verliebte mich in dem Moment in sie. Michael war ebenfalls dort und beobachtete sie, und er kam zu mir rüber, um sich zu unterhalten. Bald darauf fingen wir an, miteinander auszugehen, und irgendwie zogen er und Angel schließlich bei mir ein.«

Alexanders Augen weiteten sich. »Ich kannte dich damals schon«, flüsterte er. »Und doch wusste ich nichts von all dem.«

Sie schüttelte den Kopf. »Keiner von euch wusste es. Meine Familie wusste es, weil ich ihr nahestand, aber zu den Montgomerys bin ich erst … erst später gekommen.« Sie atmete aus und zog an seiner Hand. Sie gingen weiter und während sie erzählte, achtete sie ebenfalls auf ihre Umgebung und tat ihr Bestes, um nach denen zu suchen, die sie verloren hatte. »Die ersten paar Monate waren eine Umstellung, aber im Nachhinein betrachtet wunderbar. Erst im dritten Monat wurde mir klar, dass Michael ein funktionierender Alkoholiker war.«

Sie sprach die Worte schnell aus, aber Alexander fluchte immer noch an ihrer Seite. Ja, sie sah hier die Parallelen, aber verdammt, Michael und Alexander waren zwei verschiedene Menschen und sie waren beide anders an die Dinge herangegangen. Das würde er einfach sehen müssen.

»Hör auf«, sagte sie leise. »Er ist nicht du. Du hast Hilfe bekommen. Er … er nicht.«

Alexander hielt sie unter einer Markise an und zwang sie, ihn anzuschauen. »Erzähl mir den Rest«, stieß er hervor.

»Er hat nie aufgehört zu trinken und war nie ganz nüchtern. Ich habe die Anzeichen nicht bemerkt, weil ich ihn anscheinend nie ohne etwas in seinem Körper gesehen habe, und er war *wirklich* gut darin, es zu verstecken.«

»Wir werden so.«

»Hör auf, dich mit ihm zu vergleichen.«

»Ich kann es nicht ändern, Tabitha.«

Sie berührte sein Gesicht mit ihrer behandschuhten Hand, aber er wich nicht zurück. Das musste doch etwas zählen. »Er wurde zu einem schrecklichen Menschen, mit dem ich nicht leben konnte, und wie ich später herausfand, zu jemandem, den ich nie wirklich geliebt habe. Wie konnte ich einen Mann lieben, den ich nicht wirklich kannte? Obwohl es mich umbrachte, musste ich ihn bitten zu gehen, als er nur noch mit mir sprach, um mich anzuschreien. Er hat Angel mitgenommen. Ich sprach mit Anwälten und allem, versuchte zu überlegen, was ich mit Angel machen sollte, aber ich hatte keine Rechte. Und obwohl ein Sozialarbeiter kam, um zu sehen, was getan werden konnte, weil mein Bruder Verbindungen in der Stadt hatte, war es zu spät. Michael und Angel waren verschwunden. Ich hatte keine Ahnung, wohin sie gezogen waren, bis ich einen Brief von Angel bekam.«

Sie atmete tief ein und Alexander umfasste ihr Gesicht. »Rede weiter.«

»Sie hatte sich meine Adresse gemerkt«, flüsterte Tabby. »*Ihre* alte Adresse. Irgendwie fand sie eine Briefmarke und einen Umschlag und schickte ihn mir zu. Aber es stand kein Absender darauf, weil sie keine Adresse hat. Anscheinend leben sie und Michael seit vier Jahren auf der Straße, manchmal finden sie kleine Wohnungen, in denen sie leben können, wenn sie können. Ich bin mir nicht sicher, was sie tun oder wie sie es tun, aber ich bekomme immer noch manchmal Briefe.« Briefe, die ihr wichtig waren. »Das Gericht kann nichts für Angel tun, weil sie nicht gefunden werden kann. Aber ich werde nicht aufhören, nach ihr zu suchen.« Sie schluckte schwer. »Angel hat das nicht verdient.« Tränen glitten ihr über die Wangen. »Ich hätte Michael nicht rausschmeißen sollen, aber ich wusste nicht, was ich sonst tun sollte. Und weil ich das getan habe, steht Angel jetzt draußen in der Kälte.«

Alexander drückte sie an sich und sie weinte in seinen Armen. »Ich helfe dir beim Suchen, Baby. Kein Kind hat das verdient.«

Sie hielt sich an ihm fest und versuchte, die

Tränen zu unterdrücken, aber es gelang ihr nicht. Sie hatte noch nie jemandem die ganze Geschichte erzählt. Nicht einmal ihre Familie wusste, dass sie so intensiv suchte, wie sie es tat.

Er schob sie leicht nach hinten, um ihr ins Gesicht zu sehen, und sie presste die Lippen zusammen. Sie konnte ihn nicht lesen, konnte nicht herausfinden, ob das zu viel sein würde. Alexander mochte ein Alkoholiker sein, aber er hatte die Kraft gefunden, um Hilfe zu bitten und mit dieser Hilfe den richtigen Kurs zu halten.

Michael war dazu nicht in der Lage gewesen und hatte Angel dabei verletzt. Sie sah den Unterschied, aber sie wusste nicht, ob Alexander es auch tat.

Da war noch etwas anderes in seinen Augen, ein alter Schmerz, den sie nicht benennen konnte, aber sie wusste, dass dies nicht der richtige Zeitpunkt war, danach zu fragen.

Die beiden hatten so viel gegen sich, so viele Hindernisse, die fast unüberwindbar schienen. Sie betete nur, dass sie irgendwo die Stärke aufbringen konnten, um es zu schaffen. Denn obwohl sie schon einmal mit Michael zusammen gewesen war, war es der stille Montgomery gewesen, in den sie sich zuerst verliebt hatte, als sie noch zu jung gewesen war, um zu wissen, was sie tun sollte. Er war verheiratet gewesen und sie hatte sich von ihm ferngehalten, weil es dumm gewesen wäre, etwas anderes zu tun.

Nur jetzt waren die Dinge anders. Sie war diejenige in seinen Armen. Er war derjenige, der sie hielt. Aber was, wenn sie zu viele Altlasten hatte? Was, wenn sie nicht genug war?

Das war sie damals auch nicht gewesen.

Und verdammt, sie wollte nicht noch einmal so enden.

———

Alex fuhr sich mit der Hand durch die Haare und versuchte, vollständig aufzuwachen. Tabitha war vor weniger als einer Stunde gegangen, um sich umzuziehen. Keiner von beiden hatte in der Nacht zuvor viel geschlafen. Sie hatten keinen Sex gehabt, aber sie hatten sich die ganze Nacht gehalten, während sie über mögliche Optionen sprachen.

Es hatte ihn sehr überrascht, dass Tabitha schon einmal mit einem anderen Mann zusammengelebt hatte.

Genauso wie es ihn überrascht hatte, dass Michael ein Alkoholiker war.

Es war nicht dasselbe, hatte sie gesagt.

Es ist nicht dasselbe, sagte er sich.

Und doch wusste er, dass es zu viele Ähnlichkeiten gab, egal wie sehr sie um das Thema herumtanzten, und er konnte nicht ganz zu dem zurückkehren, wie die Dinge vorher waren. Natürlich, egal, was sie mit ihm teilte, sie hätten nicht zurückgehen können.

Sie waren sich mit der Zeit nähergekommen, so

verdammt nahe. Und er wusste nicht, was er damit anfangen sollte. Es tat ihm ehrlich leid für sie und es brachte ihn um, dass sie in dieser Situation gewesen war.

Alex rollte den Kopf von einer Seite zur anderen und versuchte, die Verspannungen zu lösen. Aber egal, was er tat, er konnte den Stress nicht loswerden, der von dem Gespräch und den Enthüllungen kam, die er am Abend zuvor mit Tabitha gehabt hatte. Sie waren beide emotional ausgemergelt, aber er hatte ihr bisher nicht einmal erzählt *warum*. Er wusste, dass er ihr alles sagen musste, wenn sie den Weg weitergehen wollten, auf dem sie zu sein schienen, aber er war sich nicht sicher, ob er das konnte. Er hatte noch nie jemandem von seinen Dämonen erzählt, nicht einmal seinem Sponsor oder seinem Therapeuten. Beide wussten, dass das, was Alex verbarg, schlimm war – mehr als schlimm –, aber sie arbeiteten mit ihm, ohne diese Geheimnisse zu kennen.

Es war ihm nicht entgangen, dass es vielleicht helfen würde, wenn er jemandem erzählte, was passiert war, aber er war sich nicht sicher, ob er die Worte formulieren konnte. Er wollte nicht darüber nachdenken, wollte nicht zulassen, dass diese Erinnerungen zurückkehrten und noch schärfer wurden, als sie ohnehin schon waren.

Aber er hatte das Gefühl, wenn er sich jemandem öffnen würde, dann wäre *sie* es.

Sie hatte ihm von Michael und Angel erzählt, und

er hatte sie gehalten, während sie weinte. Sie hatte ihm von ihren Geheimnissen erzählt, ihren Ängsten, und doch hatte er nicht alles mit ihr geteilt. Es war ihm nicht entgangen, dass er ihr mehr erzählt hatte als irgendjemandem außerhalb seiner Gruppentreffen und der Reha, aber mit Tabitha war es anders.

Mit ihr würde es immer anders sein.

Seufzend ging er in die Küche, um sich einen Kaffee zu machen. Er brauchte dringend Koffein und er dachte sich, dass er auch einen für Tabitha zubereiten sollte, da sie bald zurückkehren würde. Es war Wochenende und während sie beide normalerweise mit irgendeinem Projekt beschäftigt waren, hatten sie heute beschlossen, sich den Vormittag freizunehmen, um einfach zu entspannen.

Vielleicht war *entspannen* nicht das beste Wort, da sich keiner von ihnen nach der vorangegangenen Nacht wirklich entspannen konnte, aber er dachte sich, wenn sie Zeit brauchte, um im Park spazieren zu gehen oder mit ihm vor dem Fernseher zu sitzen, konnte er das tun.

Bevor er angefangen hatte, so viel zu trinken, war er nie wirklich jemand gewesen, der mitteilte, was er fühlte. Ja, er war ein bisschen besser gewesen, bevor alles den Bach runterging, aber nicht viel. Er versuchte zumindest inzwischen, offener zu sein, aber er hatte diese Hürde noch nicht genommen und er war sich nicht sicher, ob er jemals dazu bereit sein würde.

Er hatte angefangen zu trinken, um den Schmerz, die Dämonen, zum Schweigen zu bringen, und er hatte nicht aufgehört, bis er nicht nur sich selbst, sondern auch die Menschen, die er liebte, verletzt hatte. Hätte er nicht die Gesichter seiner Familie gesehen, als er den Tiefpunkt erreicht hatte, hätte er vielleicht nie aufgehört. Er hätte sich zu Tode gesoffen und wäre zu betäubt gewesen, um es zu merken. Aber ein kleiner Teil von ihm hatte sich tatsächlich darum geschert, was seine Familie sah, was die *Kinder* sahen, und er hatte Maya und Jake schließlich erlaubt, ihn in die Rehaklinik zu bringen.

Alex nippte an seinem Kaffee und versuchte, den bitteren Geschmack des Bedauerns von seiner Zunge zu bekommen.

Er würde immer dankbar sein, ein Montgomery zu sein, auch wenn er dem Namen bisher nicht gerecht geworden war. Sie hatten sein Leben gerettet, und jetzt sollte er anfangen, es zu leben. Nur war er sich nicht sicher, ob er jemals gut genug für Tabitha sein würde. Verdammt, er *wusste*, er würde nicht gut genug sein. Sie hatte in ihrer letzten Beziehung um sich selbst gekämpft und kämpfte jede verdammte Woche um das Kind, das sie nicht hatte retten können. Er musste diese Stärke bewundern, auch wenn er ein wenig neidisch darauf war.

Es klingelte an der Tür und Alex sah stirnrunzelnd auf die Uhr. Tabitha hatte sich beeilt, wenn sie schon zurück war, aber vielleicht wollte sie es sich heute einfach nur in gemütlichen Klamotten bequem machen. Es machte ihm nichts aus, denn das bedeutete, dass er wahrscheinlich den ganzen Tag in Jogginghose verbringen konnte, während sie faulenzten. Ein kleines Lächeln breitete sich auf seinen Lippen aus und er beließ es dort. Nach all der Scheiße, die sie in letzter Zeit durchgemacht hatte, hatte sie einen Tag verdient, an dem sie faul sein und einfach nur Filme schauen konnte. Und er war irgendwie froh, dass sie den Tag mit ihm verbringen wollte.

Er stellte seinen Kaffee auf dem Tresen ab und ging mit einem seltsamen Schwung in seinem Schritt zur Tür. Verdammt, selbst nach allem, was gestern Abend herausgekommen war, und dem Weg, den seine Gedanken heute bisher gegangen waren, machte ihn allein der Gedanke an Tabitha … *glücklich*. Das hätte ihn eigentlich beunruhigen müssen, aber in diesem Moment wollte er nur dieses Lächeln behalten und sie im Gegenzug zum Lächeln bringen.

Als er jedoch die Tür öffnete, verschwanden alle Gedanken an Glück aus seinem Kopf, sein Lächeln glitt aus seinem Gesicht und ein finsterer Blick nahm seinen Platz ein.

»Was zum Teufel glaubst du, was du hier tust?« Wut überkam ihn, selbst als eine Welle des Schmerzes mit der Kraft eines zwei Tonnen schweren Lastwagens auf ihn einprasselte. Schweiß rann ihm den

Rücken hinunter, sein Magen drehte sich um und Galle stieg in seiner Kehle auf.

Seine Ex-Frau Jessica stand auf der anderen Seite der Eingangstür, die Haare perfekt frisiert, das Make-up perfekt wie immer. Sie trug hellbraune Leggings, Pelzstiefel an den Füßen und eine passende Pelzjacke. Sie hatte Ohrenschützer auf, die sogar das gleiche hellbraune Fell hatten, und er wusste, dass sie nie Hüte trug, weil sie es hasste, ihr Haar durcheinander-zubringen. Da sie jeden Morgen so lange dafür brauchte, hatte er es ihr nie übel genommen, auch wenn er dachte, es wäre ihre eigene Schuld, wenn sie sich unweigerlich eine Erkältung einfing, weil sie nicht genügend Kleidung trug.

Und wenn Jessica sich erkältete, bekam die ganze Welt ihren Zorn zu spüren. Die Leute machten sich vielleicht über die sogenannte Männergrippe lustig, aber das war nichts im Vergleich zu Jessica. Selbst als er zwei Jobs gehabt hatte, um ihren Lebensunterhalt bestreiten zu können, nachdem sie geheiratet hatten, hatte er sich um sie kümmern und sie bedienen müssen, wenn sie auch nur den kleinsten Schnupfen hatte. Aber er war so verdammt verliebt in sie gewesen, dass ihm der Schlafmangel egal gewesen war. Und dass man sich um seine Frau kümmert, wenn sie krank im Bett liegt, ist nur natürlich. Damals hatte es keine Rolle gespielt, dass ihr leichter Husten, der sich als nichts herausstellte, bedeutete, dass er nicht zur Arbeit gehen konnte. Er hatte sie geliebt und wollte dafür sorgen, dass sie wie die Prinzessin behandelt wurde, für die sie sich hielt.

Damals hatte ihn das alles nicht gestört, aber jetzt wollte er sich nur dafür treten, dass er in ihre Falle getappt war.

Scheiße.

Sie war nicht immer böse gewesen, erinnerte er sich. Er war nicht immer ein verdammter Idiot gewesen, wenn es um sie ging.

Oder vielleicht war das alles eine Lüge.

»Willst du mich nicht hereinbitten?«, fragte sie, wobei allein ihre Stimme ihm auf die Nerven ging. Sie benutzte diesen hohen Ton, den sie sich in den letzten Jahren angeeignet hatte. Als sie noch auf der Highschool gewesen waren, hatte sie eine etwas sanftere Stimme gehabt, und auch sonst war sie überall etwas weicher gewesen. Während ihrer Ehe hatte sie jedoch angefangen, täglich zu trainieren und auf alles zu achten, was sie aß. Das tat er zwar jetzt auch, aber nicht in dem Ausmaß.

An ihr gab es nichts Weiches mehr.

Und er musste denken, dass ein Teil davon seine Schuld war.

Er hasste es, dass es so weit gekommen war. Obwohl er und seine Schwester beide Ex-Partner hatten, die wirklich schreckliche Menschen waren, hatte nicht jeder in seiner Familie so etwas durchgemacht. Es gab Ex-Freundinnen und -Freunde der

Montgomerys, mit denen sie immer noch befreundet waren, Beziehungen, die eigentlich gut geendet hatten. Warum er diese Art von Beziehung nicht haben konnte, war ihm schleierhaft, aber er wünschte es sich in diesem Moment, denn er wollte sich jetzt *wirklich* nicht damit beschäftigen.

Er wollte sich im Moment *wirklich* nicht mit *ihr* beschäftigen.

Der Linebacker auf seiner Schulter schrie ihm ins Ohr. *Nur ein Drink.*

Die verlockende Verführerin schnurrte auf der anderen. *Nur einen, Baby. Nur einen.*

Alex klammerte sich an die Tür und ignorierte ihre Worte. Er hatte verdammt noch mal nicht vor, heute zu trinken. »Warum sollte ich dich hereinbitten?«

Sie winkte ihn ab und schob sich an ihm vorbei. Er hatte nicht damit gerechnet, da dies seine Wohnung war und nicht das Haus, das sie gemeinsam bewohnt hatten, also ließ er sie passieren. Er verfluchte sich selbst, schloss aber die Tür, um nicht die ganze Wärme nach draußen zu lassen.

»Was zum Teufel, Jessica? Warum bist du hier und warum denkst du, du kannst einfach so hier reinspazieren? Wir sind geschieden. Du hast keinen Anspruch auf irgendetwas hier.«

Sie schaute über ihre Schulter und warf ihm einen Blick zu, der etwas anderes sagte. »Diese Wohnung ist ein bisschen klein für deinen

Geschmack, nicht wahr? Ich dachte, du hättest dich für ein größeres Zuhause entschieden, wie du es vorher hattest.« Offenbar hatte sie vor, seine Fragen zu ignorieren.

Er atmete durch die Nase ein und bemühte sich um Kontrolle. »Du meinst das Haus, das du verkauft hast, nachdem du es bei der Scheidung bekommen hattest.«

Sie winkte ihm mit der Hand zu. »Erinnerungen.«

Er schnaubte und stemmte die Hände in die Hüften. »Also, Jessica, warum bist du hier?«

»Alexander? Die Tür ist nicht ganz zu …« Er wirbelte herum, als Tabitha langsam die Wohnungstür öffnete, die er in seiner Wut offenbar nicht ganz geschlossen hatte. Er unterdrückte einen Fluch. Sie steckte zaghaft den Kopf durch den Türspalt und erstarrte, wobei sie die Augen nach einem Moment weit aufriss. »Oh. Ich wusste nicht, dass du Besuch hast. Hallo, Jessica.«

Verdammt noch mal. Er hörte den Schmerz in ihrer Stimme, die Verwirrung, und er wusste nicht, was er dagegen tun sollte. Er wusste nicht, was er mit irgendetwas hiervon anfangen sollte.

Seine Ex-Frau schob sich an ihm vorbei und starrte Tabitha an. »Sie sind die Sekretärin, richtig?«

Scheiße. Das konnte nicht gut enden. Er drängte sich an seiner Ex-Frau vorbei und ging zur Eingangstür. »Sie ist die Verwaltungsassistentin, und das weißt du, Jess. Komm rein, Babe. Du wirst dich noch erkälten.«

Er hatte nicht beabsichtigt, das Wort »Babe« zu verwenden, und er bereute es auf der Stelle, denn Jess sprang sofort darauf an. Und Tabitha ebenfalls.

»Babe?«

Tabitha atmete aus und schüttelte den Kopf. »Wir sehen uns später. Du bist beschäftigt.«

»Warte, geh nicht.« Er bewegte sich auf sie zu, aber Jess hielt ihn am Ellbogen fest. Er fluchte und Tabitha schüttelte den Kopf.

»Ich rufe dich später an, okay? Oder du rufst mich an. Ich … ich sollte dich einfach in Ruhe lassen.« Sie zuckte zusammen, als sie die Tür hinter sich schloss, und Alex kniff sich in den Nasenrücken.

Wenn sie genau wüsste, warum er und Jessica sich hatten scheiden lassen, warum er allen erzählt hatte, dass seine Ex-Frau ihn verlassen hatte und nicht umgekehrt, oder gar, warum alles den Bach runtergegangen war, hätte sie nicht diesen Gesichtsausdruck gehabt.

Aber jetzt war er natürlich wirklich am Arsch.

»Verschwinde«, knurrte er. »Du hast hier nichts zu suchen, Jess. Das hattest du nie.«

»Aber, Alex …«

Er wirbelte herum. »Was zum Teufel willst du, Jess? Du hast mir schon alles genommen, was du konntest. Ich habe nichts mehr. Du magst mich nicht einmal und ich mag dich ganz sicher nicht.«

Ihr Blick wurde messerscharf und sie hob ihr Kinn. »Nun, ich schätze, du bist fertig damit, dich wie ein höflicher Mensch aufzuführen.«

»Ich war schon vor langer Zeit fertig, und wir beide wissen das. Was willst du?«

»Ich brauche Geld.«

Er stieß einen Atemzug aus und ballte an seiner Seite die Hände zu Fäusten. »Das soll wohl ein Scherz sein.«

Jess fuchtelte mit den Händen in der Luft herum. »Nein, keineswegs. Glaubst du, ich würde hierherkommen und mich so erniedrigen, wenn ich es nicht nötig hätte? Ich bin in eine schwierige Situation geraten und ich brauche ein paar Tausend, um wieder auf die Füße zu kommen. Ich dachte mir, da wir mal gut miteinander ausgekommen sind, würdest du mir helfen wollen. Immerhin war ich mal deine Frau.«

»Du hast recht. Du *warst* meine Frau. Und du bist es nicht mehr. Wenn du Geld brauchst, nimm einen Kredit auf. Oder noch besser, besorg dir einen verdammten Job. Ich habe nichts für dich, Jess, und wie sich herausstellte, hatte ich das auch nie. Also verpiss dich.«

»Warum? Damit du mit der Rothaarigen Sekretärin spielen kannst?«, fragte sie abfällig.

Er knirschte mit den Zähnen und tat, was er von

vornherein hätte tun sollen. Er stapfte die letzten paar Schritte zur Tür und schwang sie auf. »Raus, oder ich rufe die Polizei. Es ist mir egal, ob das eine Szene macht. Du warst sowieso immer gut darin, dich in Szene zu setzen.«

»Fick dich.«

»Du hast mich oft genug verarscht, Jess.«

Sie warf ihm einen bösen Blick zu und verließ seine Wohnung, ohne sich noch einmal umzusehen. Sie musste wirklich verzweifelt sein, um zu ihm zurückzukommen, oder vielleicht glaubte sie, er würde klein beigeben, wie er es in der Vergangenheit getan hatte.

Er presste seine Stirn an das Holz der Tür und verfluchte sich erneut. Er musste Tabitha anrufen und es ihr erklären. Er musste herausfinden, was zum Teufel er mit ihr und sich selbst machte.

Er brauchte einen Drink.

Nein. Nein, das tat er nicht.

Er musste Steve anrufen, und dann würde er Tabitha anrufen.

Weil er verdammt noch mal nicht trinken wollte.

Jessica hatte nicht mehr diesen Einfluss auf ihn. Nur er hatte die Macht. Und er würde verdammt sein, wenn er zuließe, dass sie ihn wieder über den Abgrund drängte. Verflucht.

Kapitel Neun

ALEXANDER HATTE ANGERUFEN, aber sie war zu dem Zeitpunkt mit ihrer Mutter am Telefon gewesen. Und dann war Tabby zu verängstigt gewesen, um zurückzurufen. Sie wusste, dass das eine Ausrede war, aber sie hatte Zeit gebraucht, um darüber nachzudenken, was sie gesehen hatte, was sie ihm davor gesagt hatte und was sie tun würden, wenn sie sich wiedersehen würden.

Sie war ein Feigling.

Als er das zweite Mal angerufen hatte, nahm sie ab, ohne zu wissen, was sie sagen würde, aber sie hatte sich nicht zurückhalten können. Die Sache war die: Sie vertraute ihm, dass er nicht trinken würde, vertraute auf seine Stärke. Sie vertraute nur nicht genug auf sich selbst, um genug zu *sein*, damit er nicht zu Jessica zurückkehrte.

Er hatte diese Frau so sehr geliebt; es hatte tatsächlich wehgetan, sie zu sehen. Sie hatten perfekt zusammen ausgesehen, und obwohl sie wusste, dass es Probleme gegeben haben musste, da sie nicht verheiratet geblieben waren, wusste sie nicht, ob diese Probleme mit der Zeit ausgelöscht werden könnten. Alexander hatte nie darüber gesprochen, und sie war nicht in der Lage gewesen zu fragen.

Und sie hasste es, dass ihre Selbstzweifel dabei erneut in ihr aufstiegen.

Das Telefonat hatte nicht lange gedauert und sie hatten sich nur vergewissert, dass es dem anderen gut ging. Obwohl sie das Gefühl hatte, dass sie beide gelogen hatten, als sie gesagt hatten, es ginge ihnen gut. Statt des faulen Wochenendes, das sie eigentlich hatte mit ihm verbringen wollen, hatten sie sich darauf geeinigt, sich am Montag wiederzusehen, und seitdem hatten sie sich nur ein paar SMS geschrieben.

Sie war nicht in der Lage gewesen, sich komplett von ihm abzuschotten, und sie hatte es auch nicht gewollt. Nach der Art zu urteilen, wie er genauso schnell zurückschrieb wie sie, ging es ihm vielleicht genauso.

Tabby wollte bei dem Gedanken mit der Hand auf ihren Planer einschlagen.

Seit wann war das hier die Highschool und warum kümmerte sie sich so sehr um SMS und Anrufe und Notizen, wie sie es tat? Sie musste sich endlich zusammenreißen und anfangen, sich wie eine

Erwachsene zu verhalten. Nur war es viel schwieriger, sich wie eine Erwachsene zu verhalten, wenn es tatsächlich Probleme auf der Welt gab.

Anstatt jedoch mit dem Kopf gegen irgendetwas zu stoßen, machte sie sich an die Arbeit, da ihre Liste für den Tag doppelt so lang zu sein schien wie sonst. An diesem Morgen war es ruhig gewesen, da Wes auf einer der Baustellen war und Storm sich in einem der hinteren Büros eingeschlossen hatte, um sich mit einigen Skizzen zu verkriechen, aber das hatte ihr nichts ausgemacht. Die Ruhe hatte ihr gestattet nachzudenken … natürlich war es nicht das Beste, wenn sie gerade jetzt an Alexander dachte. Der besagte Mann würde später am Nachmittag kommen, um mit den Zwillingen darüber zu sprechen, was als Nächstes für das Projekt, an dem er arbeitete, benötigt wurde, und um ihnen zu zeigen, was er sich überlegt hatte. Tabby hatte bereits einiges davon gesehen, als sie bei ihm zu Hause gewesen war, und sie war sich nicht ganz sicher, was sie nun tun sollte, da sie nicht gut Überraschung vortäuschen konnte. Sie liebte die Richtung, die er einschlug, aber da niemand wusste, dass sie zusammen waren, wurde es langsam unbehaglich.

Sie mussten es irgendwie bald allen mitteilen und sie nahm an, dass Alexander das auch verstand. Nur eine weitere Komplikation in einem immer komplizierter werdenden Durcheinander. Das war es, was sie zusammen waren.

Die Kombination aus seiner Familie, ihrer, Michael und Angel, Jessica, Alexanders Kämpfen, dem Angriff, der zu Tabbys Training geführt hatte … ihr Kopf drehte sich.

Die Eingangstür öffnete sich und Tabby sah auf, als Harry und Marie Montgomery mit besorgten Gesichtern hereinschlenderten. Als sie in der Firma angefangen hatte, waren Harry und Marie die Chefs gewesen. Kurz nach ihrer Einstellung waren sie in den Ruhestand gegangen und Wes und Storm hatten übernommen, aber die beiden würden immer das Paar bleiben, das ihr eine Chance gegeben hatte.

Sie stand schnell auf und machte sich auf den Weg zu ihnen. »Ich wusste nicht, dass ihr herkommen würdet. Ist alles in Ordnung?« Seit Harrys Krebserkrankung im vergangenen Jahr konnte Tabby nicht anders, als sich Gedanken zu machen. Und ihr Gesichtsausdruck zeigte wahrscheinlich ihre Besorgnis.

Harry umarmte sie fest. »Mir geht es gut, Schatz, aber ich glaube, einer von uns braucht Hilfe.«

Marie küsste sie auf die Wange und zog Tabby ebenfalls für eine Umarmung an sich. »Austin hat angerufen, um uns wissen zu lassen, dass Alex ihm gesagt hat, dass Jessica zurück ist. Wir machen uns Sorgen.«

Tabbys Augen weiteten sich. Sie hatte nicht gewusst, dass Alexander mit seiner Familie über seine Ex gesprochen hatte. Dass er es getan hatte, sprach dafür, wie verunsichert er gewesen war … oder vielleicht, wie offen er jetzt zu sein versuchte. Sie war sich nicht sicher, und das beunruhigte sie. Sie und Alexander mussten sich wirklich zusammensetzen und reden.

Storm kam gerade aus dem Büro, als Wes von draußen hereinkam. Offenbar sollte es ein volles Haus werden.

»Was ist hier los?«, fragte Storm.

»Ja, geht es allen gut?«, meldete sich Wes, während er seine Jacke auszog.

Marie atmete aus. »Ich weiß, wir hätten anrufen können, aber ich wollte Alex selbst sehen. Er muss doch heute arbeiten, oder?«

Tabby nickte. »Er sollte eigentlich bald hier sein.« Das hätte sie wegen ihres Jobs sowieso gewusst, aber die Tatsache, dass er ihr an diesem Morgen eine SMS geschickt hatte, um ihr Bescheid zu geben, war eine andere Sache.

Storm warf ihr wieder einmal einen Blick zu, den sie lieber ignorierte. Er sah wirklich zu viel und sie war nicht bereit, so offen damit umzugehen.

»Jessica ist zurück«, brummte Harry. »Ich weiß, wir wissen nicht, warum die beiden sich getrennt haben, aber wir haben alle gesehen, dass ihre Beziehung vergiftet war. Aber jetzt ist sie zurück und …«

Er hielt inne und Tabby wollte am liebsten gehen. Dies war eine Familiendiskussion, auch wenn sie an ihrem Arbeitsplatz stattfand. Dies war schon immer ein *familiäres* Arbeitsumfeld gewesen, und obwohl sie ihr Bestes getan hatten, um sicherzustellen, dass sie sich als Teil davon fühlte, würde sie in gewisser Hinsicht immer eine Außenseiterin sein.

»Ich sollte euch lieber allein lassen«, sagte sie leise. »Vielleicht wollt ihr ja in eines der hinteren Büros gehen? Oder ich kann mich dorthin zurückziehen.«

Marie schüttelte den Kopf, auch als sie Tabbys Hand ergriff. »Du bist eine von uns, Liebes. Keine Geheimnisse. Wir machen uns Sorgen um Alex, und ich weiß, dass du jetzt schon eine Weile mit ihm zusammen bist, also kannst du vielleicht mit uns reden und uns einen Einblick in seinen Geisteszustand geben.«

Sie erstarrte. »Äh … hm?«

»Sie meint, dass du mit ihm an dem Projekt hier gearbeitet hast, also hast du in letzter Zeit mehr Zeit mit ihm allein verbracht«, erklärte Storm, und wieder lag Wissen in seinem Blick.

»Oh«, sagte sie lahm. »Ich weiß es nicht.«

»Oh, Schatz, ich weiß einfach nicht, was ich tun soll«, erklärte Marie. »Was ist, wenn er ihretwegen wieder anfängt zu trinken? Was ist, wenn das alles zu viel ist? Ich möchte ihm helfen können, aber er lässt mich nicht an sich ran.«

Harry legte einen Arm um ihre Schultern. »Das kriegen wir schon hin.«

»Und wir müssen ihm vertrauen, richtig?«, warf

Wes ein. »Ich meine, wenn wir es nicht tun, könnten wir ihn verlieren.«

Storm brummte etwas, das sie nicht verstehen konnte, und sie schlug die Hände vor sich zusammen. Sie hielt Alexander ehrlich gesagt für stärker, als sie dachten, aber im Vergleich zu den anderen kannte sie vielleicht nicht die ganze Vorgeschichte. Er hatte im letzten Jahr nach der Reha eine Menge durchgemacht und war kein einziges Mal gestürzt. Seine Familie war durch die Hölle gegangen und er war mit allen durch Gut und Böse gegangen und hatte kein einziges Mal gezögert. Daran musste sie glauben. Sie glaubte, dass er einen Drink ablehnen konnte, weil er ihr gegenüber offen damit umgegangen war, und sie vertraute darauf, dass er es versuchte. Aber sie wusste nicht, ob er zu Jessica Nein sagen konnte.

Und das verwirrte sie.

Sie war dabei, die Sache zu vermasseln, und das lag daran, dass sie noch nicht alles geklärt und sich darüber klar geworden war, was zum Teufel sie dachte. Wie konnte sie ihm vertrauen, dass er nicht trank, aber glauben, dass er sie für die Frau verlassen könnte, die er einst geliebt hatte? Die *einzige* Frau, die er je geliebt hatte.

Aber vielleicht lag das daran, dass sie sich selbst nicht traute.

Was für eine Schlampe das aus ihr doch machte.

»Tabby?«, fragte Marie. »Was denkst du denn?«

»Ich weiß es nicht«, wiederholte sie. »Ich fühle

mich nicht wirklich wohl dabei, so über ihn zu reden, wenn er nicht hier ist.« Sie atmete aus. »Und ich vertraue darauf, dass er tut, was er tun muss, und zu uns oder jemand anderem kommt, wenn er das Gefühl hat, dass er mit der Situation nicht umgehen kann.«

»Wenigstens respektiert jemand meine Privatsphäre«, stieß Alex hinter ihnen hervor.

Bei seiner Stimme wirbelten alle herum und Tabby wollte sich am liebsten zusammenrollen, sich verstecken und auf ihn zulaufen – alles auf einmal. Alexander Montgomery verwirrte sie wie kein anderer.

Aber sie liebte ihn.

Sie war zu dieser Erkenntnis gekommen, nachdem sie ihm von Michael und Angel erzählt hatte. Vielleicht war sie schon in ihn verliebt gewesen, als sie ihn vor all dem kennengelernt hatte, aber dieses Gefühl hatte sich nur noch verstärkt; sie liebte ihn jetzt von ganzem Herzen.

Und das machte ihr mehr Angst, als sie zugeben wollte.

»Wir respektieren deine Privatsphäre«, sagte Marie, als sie auf ihn zuging. Ihr Sohn stand steif wie ein Brett, seine Augen glühten, aber Marie wich nicht zurück. »Wenn wir das nicht täten, wäre ich schon längst in deiner Wohnung gewesen, um mich zu vergewissern, dass du sicher und gesund bist. Ich vertraue darauf, dass du deine eigenen Entscheidungen triffst, aber ich bin deine Mutter und ich mache mir Sorgen. Und sich davor zu verstecken und nicht mit meinen Kindern oder meinem Mann darüber zu sprechen, dass ich mir Sorgen um dich mache, hat uns überhaupt erst in diesen Schlamassel gebracht.«

Tabby schmerzte das Herz, aber sie bewegte sich nicht. Sie konnte so schon kaum atmen; sie sah den Mann, den sie liebte, allein und abseits vom Ganzen stehen. Aber so durfte er nicht denken. Er war ein Montgomery, verdammt noch mal, und die Leute liebten ihn. *Sie* liebte ihn.

Marie legte ihre Hände auf das Gesicht ihres Sohnes und zwang ihn, sich ein wenig nach unten zu beugen. Sie war beileibe nicht klein, aber wenn man bedachte, dass ihre Söhne alle über einen Meter achtzig groß waren, war Tabby nicht sicher, wie sie sie alle hatte aufziehen können. Die Frau hatte ein Rückgrat aus Stahl und eine Menge Kraft.

»Wir lieben dich, verdammt noch mal. Und wir sind besorgt.« Die Worte einer Mutter, der Tonfall einer Mutter.

Tabbys Augen füllten sich mit Tränen, doch sie zwang sie zurück. Sie würde jetzt nicht weinen, verdammt noch mal. Storm legte ihr eine Hand auf die Schulter, und obwohl sie den Trost brauchte, entging ihr nicht, wie sich Alexanders Augen bei der Berührung verengten.

»Ich werde nicht trinken«, murmelte er. Er zog

sich von Maries Händen zurück, hielt sie aber in seinen eigenen fest, anstatt ganz zurückzuweichen. »Jessica ist wieder in der Stadt, weil sie Geld wollte. Ich habe Nein gesagt, da wurde sie laut. Ende der Geschichte. Ich weiß, dass das schwer sein wird, aber jedes Mal, wenn hier irgendetwas Beschissenes passiert, müsst ihr nicht mit Kanonen auf Spatzen schießen, als würde ich gleich umkippen. Ich liebe es, dass ihr mich unterstützt, aber ich kann mir nicht immer Sorgen darüber machen, dass ich euch beunruhigen werde. Es wird zu verwirrend und schwer.«

»Wir werden uns immer Sorgen machen«, warf Harry ein. »Aber ich werde mir stets um alle meine Kinder Gedanken machen. Ich kann es nicht ändern. Jedes von euch hat mir diese grauen Haare beschert, und ich liebe jedes verdammte von ihnen und jeden verdammten von euch. Also wisse, dass wir uns Sorgen machen werden, aber wir werden dir auch vertrauen.« Er sah zu Tabby hinüber und sie versteifte sich. »Genauso wie diese junge Dame dir vertraut.«

Alexander begegnete ihrem Blick und sie wusste nicht, was sie tun oder was sie sagen sollte. »Ja?«, sagte er leise. »Du vertraust mir?«

»Natürlich«, antwortete sie nur, aber es war gar nicht so einfach. »Ich vertraue darauf, dass du um Hilfe bittest, wenn du sie brauchst. Und ich vertraue darauf, dass deine Unterstützung nicht nur die Leute in diesem Raum beinhaltet. Es ist kein blindes

Vertrauen, es ist die Tatsache, dass du lernst, dir selbst zu vertrauen.«

Sie hatte viel mehr gesagt, als sie geplant hatte, und ihr entgingen die neugierigen Blicke nicht, die ihr alle zuwarfen. Sie mussten inzwischen wissen, dass zwischen ihr und Alexander etwas lief, aber wenigstens waren sie so freundlich, es nicht zu erwähnen. Zumindest … noch nicht.

Als Alexander ihr ein sanftes Nicken schenkte, entspannte sie sich, denn sie wusste, dass die Sorge noch nicht vorbei war, aber sie würden das durchstehen. In den Unterströmungen um sie herum war immer noch etwas im Gange, aber sie musste an ihre Worte glauben.

Sie hatte gesagt, sie vertraue ihm, und sie würde alles in ihrer Macht Stehende tun, um sicherzustellen, dass sie keine Lügnerin war.

Wenn sie nur genauso viel Vertrauen in ihren eigenen Wert hätte.

Später an diesem Abend hatte Alex den Kopf auf die Rückenlehne der Couch gelehnt, als Tabitha mit zwei Gläsern Wasser in der Hand ins Wohnzimmer zurückkam. Er war nicht durstig gewesen, aber sie hatte etwas zu tun gebraucht. Sie war direkt nach der Arbeit rübergekommen, nachdem er ihr eine SMS geschrieben und sie darum gebeten hatte, und er war dankbar, dass sie gekommen war. Nur war er sich nicht sicher, wie er anfangen sollte.

Er war verwirrt gewesen, als er ihre Worte an diesem Morgen im Büro gehört hatte. Genauso erschüttert wie er war, als er sah, wie seine Familie über ihn sprach, als wäre er ein zerbrechlicher Vogel. Das war er vielleicht einmal, aber er lernte gerade wieder zu fliegen.

Oder irgend so was in der Art. Griffin war der Autor in der Familie; er machte nur Fotos.

»Also … es waren ein paar interessante Tage«, begann sie und er nickte.

»*Interessant* ist ein gutes Wort dafür«, warf er ein.

»Willst du … willst du mir erzählen, was passiert ist?«

Er nahm ihr das Wasserglas aus der Hand und stellte es auf den Tisch neben seines. Dann drehte er sich so, dass sie sich auf der Couch gegenübersaßen.

»Ich denke, wenn ich das tun will, muss ich am Anfang beginnen.«

Sie ließ ihre Hände in seine gleiten. »Du kannst es mir sagen«, flüsterte sie. »Du kannst mir alles sagen.«

Er atmete aus. »Ich habe es noch nie jemandem erzählt«, sagte er locker, obwohl er alles andere als locker war. »Irgendwie habe ich es durch unzählige Sitzungen und Gespräche mit Leuten geschafft, die mir helfen wollen, und ich habe nie die Worte gesagt, die ich wahrscheinlich schon längst hätte sagen sollen.«

»Wenn du nicht bereit bist, musst du es nicht.«

Alex begegnete ihrem Blick. »Aber vielleicht muss ich bereit sein, oder zumindest so tun, denn ich glaube nicht, dass ich jemals bereit sein werde. Heute ist meine Familie ausgeflippt, weil sie nicht wusste, was ich tun würde, und für weniger als eine Sekunde an diesem Wochenende war ich auch nicht sicher, was ich tun würde. Aber dieses Mal war ich stärker als die Stimmen in meinem Kopf, und verdammt, ich werde die Stimmen auch beim nächsten Mal nicht gewinnen lassen.«

Sie drückte seine Hände.

»Ich bin ein Alkoholiker«, begann er. »Ich werde immer ein Alkoholiker sein, aber ich bin jetzt ein genesender Alkoholiker. Zumindest ist das das Etikett, das mir verpasst wurde. Ich habe seit Deckers und Mirandas Hochzeit nichts mehr getrunken.« Die Hochzeit, die er fast ruiniert hätte, weil er so betrunken und so sehr mit sich selbst beschäftigt gewesen war, dass er nicht über die gefühllosen Worte aus seinem Mund oder die Konsequenzen seines Handelns nachgedacht hatte.

»Ich war aber nicht immer so«, fuhr er fort. »Ich kann mich nicht wirklich daran erinnern, dass ich mal *nicht* trinken wollte, aber ich weiß, dass ich früher normal war.«

Sie schüttelte den Kopf. »Niemand ist jemals wirklich normal, weißt du.« Sie zuckte zusammen. »Ich meine, es ist ja nicht so, dass du böse bist oder abnormal, wenn man die Krankheit bedenkt, die du hast.«

Er fuhr mit der freien Hand über sein Gesicht. »Eine Krankheit. Die Leute nennen es so, und ich schätze, das ist wahr. Es ist etwas, das ich selbst angefangen habe, aber jetzt kann ich es nicht mehr aufhalten. Oder zumindest konnte ich es nicht aufhalten. Jetzt habe ich mir beigebracht, mich auf andere Dinge zu konzentrieren und Nein zu den Stimmen zu sagen, die mir weismachen wollen, dass es nur ein Drink ist, nur ein Tropfen.« Er schüttelte die Worte ab. »Ich drehe mich im Kreis. Wie ich schon sagte, ich muss am Anfang beginnen.«

»Und ich darf dich nicht unterbrechen«, sagte sie mit einem Schulterzucken.

Er beugte sich vor und gab ihr schnell einen Kuss, was sie beide überraschte. »Du versuchst es und du hörst zu, mehr kann ich nicht verlangen.« Er atmete schwer aus. »Okay, also los geht's.« Sein Körper fühlte sich an, als würde er in eine tiefe Höhle hinunterfallen, ohne dass ein Ende in Sicht war, aber sein Verstand folgte nicht mit derselben Geschwindigkeit. Er konnte sich nicht fangen, konnte nicht atmen. Alles tat weh, aber gleichzeitig fühlte er sich schwerelos.

Aber er musste es ihr sagen.

Er musste es erklären.

Er musste es *jemandem* sagen, und er wusste, dass es nur sie sein konnte.

Mit dem, was das bedeutete, würde er sich später beschäftigen.

»Ich habe Jessica in der Highschool kennengelernt. Wir waren nicht befreundet, als wir anfingen, miteinander auszugehen, weil alles so schnell ging. Sie war damals netter, glaube ich. Und zur Hölle, ich war wahrscheinlich auch netter. Wir verliebten uns ineinander und obwohl alle sagten, es ginge zu schnell, haben wir jung geheiratet. Ich war noch ein Teenager, als ich ihr das Jawort gegeben habe, verdammt noch mal.« Er schüttelte den Kopf und ärgerte sich über sich selbst, dass er überhaupt darüber nachdachte.

»Ich wusste, dass du jung geheiratet hast«, sagte sie leise. »Du und Meghan wart die ersten Montgomerys, richtig?«

Er nickte. »Und wir wurden beide geschieden, bevor die nächsten geheiratet haben.« Er nahm einen Schluck Wasser, seine Kehle war ausgedörrt. »Wie auch immer, obwohl Jess und ich uns manchmal stritten, wie es bei allen Paaren der Fall zu sein scheint, kamen wir während der ersten paar Jahre ganz gut zurecht. Wir stritten meistens über Geld und darüber, dass wir nicht viel davon hatten. Und dann stritten wir über das Haus und die Schule und die Jobs und all den anderen Mist. Aber ich liebte sie, also tat ich alles, was ich konnte, um dafür zu sorgen, dass sie glücklich war. Ich dachte, sie würde das Gleiche für mich tun … aber das tat sie nicht.«

Und das war der Punkt, an dem es schwer wurde,

an dem er das Gefühl hatte, jede Sekunde eines jeden Tages zu sterben.

Eine weiche Hand glitt noch einmal in seine, und er gewann die Kontrolle zurück. Er konnte das mit ihr machen. Nur mit ihr.

»Ein paar Jahre nach unserer Heirat beschlossen wir beide, dass wir Kinder haben wollten. Wir waren zwar noch jung, aber wir waren an einem Punkt, an dem wir bereit waren. Oder zumindest dachte ich, wir wären es.«

Tabithas Augen füllten sich mit Tränen, aber sie blinzelte sie zurück.

Und er war noch nicht einmal bei dem schwierigen Teil angelangt.

»Wir wurden sofort schwanger«, sagte er mit heiserer Stimme. Er nahm einen weiteren Schluck Wasser. Er musste einfach mit dem Rest herausplatzen, sonst würde er nie wieder funktionieren können. »Sie hatte im zweiten Monat eine Fehlgeburt.«

Langsam atmete er aus. »Zumindest hat sie mir das erzählt«, flüsterte er.

»Oh Gott«, hauchte Tabitha.

Er konnte sie nicht ansehen, als er das nächste Mal sprach, sonst wäre er zerbrochen. Stattdessen zog er sie auf seinen Schoß, damit er etwas hatte, an dem er sich festhalten konnte, jemanden, von dem er wusste, dass er ihn nicht im Stich lassen würde. Er wusste nicht, warum er das wusste, aber er wusste es. Sie kuschelte sich an ihn und vergrub sich in ihm.

Und so konnte er sagen, was er als Nächstes sagen musste.

»Jess war so niedergeschlagen darüber und ich tat alles, was ich tun konnte, um dafür zu sorgen, dass sie sich so wohl wie möglich fühlte, ohne zu viel von dem zu zeigen, was ich empfand. Ich meine, ich war innerlich am Sterben, denn verdammt, das war unser Baby. In der einen Minute planten wir noch ein Kinderzimmer, in der nächsten hatte sich alles geändert. Aber ich gab nicht die leeren Sprüche von mir, die andere geäußert hätten, wie zum Beispiel, dass wir es weiter versuchen könnten oder dass es immer andere Babys geben würde. Das war mir so gefühllos vorgekommen. Ich fing an, ein bisschen hier, ein bisschen da zu trinken, um den Schmerz etwas zu betäuben, aber so schlimm war es nicht. Noch nicht.«

Er küsste Tabithas Kopf, als er Tränen auf seinem Hemd spürte, aber sie sprach nicht. Und er war dankbar dafür, denn er war sich nicht sicher, ob er weitermachen könnte, wenn sie etwas sagte.

»Ein Jahr später kam sie zu mir und wollte es noch einmal versuchen. Zu diesem Zeitpunkt fühlte ich mich wieder bereit und ich hörte ganz auf zu trinken, weil ich ein guter Vater sein wollte, weißt du. Mein Vater trinkt nicht wirklich, außer mal ein Bier hier und da, aber während wir es versuchten, wollte ich nichts in meinem Körper haben, was das Baby beeinträchtigen könnte. Es klingt jetzt dumm, aber ich wollte wirklich meinen Teil dazu beitragen.« Eine

Pause. »Sie wurde sofort wieder schwanger und wir haben uns beide so gefreut. Ich habe sie verwöhnt und dafür gesorgt, dass sie alles hatte, was sie brauchte.« Er schluckte schwer. »Einen Monat später verlor sie das Baby.«

Tabitha umarmte ihn fest.

»Ich fing an, ein bisschen mehr zu trinken, aber nicht zu viel. Niemand bemerkte es und ich weiß immer noch nicht, ob mein Problem damit wirklich angefangen hatte oder ob es erst später war … nachdem …« Er brach ab, um wieder zu Kräften zu kommen. »Das passierte noch vier weitere Male, bis zum letzten Mal, als sie im Wohnzimmer ohnmächtig wurde. Ich brachte sie in die Notaufnahme und da brach alles um mich herum zusammen. Weißt du, ich war nie zu Hause, wenn sie die Babys verlor. Ich arbeitete, und auch das war mir vorzuwerfen. Ich arbeitete und kam immer zu spät. Aber dieses Mal war ich da. Ich war da, als der Arzt sagte, dass die letzte Abtreibung wohl zu viel für sie gewesen sei und sie eine Notoperation brauche, um die Blutung zu stoppen.«

Tränen glitten nun über seine Wangen und Tabitha erstarrte in seinem Griff.

»Die ganze Zeit, in der wir versucht hatten, Kinder zu bekommen, war sie nicht auf derselben Seite wie ich gewesen.« Er atmete aus. »Ich hätte sie nie gezwungen, ein Kind zu bekommen. Ich glaubte fest daran, dass es ihre Entscheidung war, was sie mit ihrem Körper tat. Und wenn sie zu mir gekommen wäre und gesagt hätte, sie sei nicht bereit, hätte ich es verstanden. Zur Hölle, ich hätte eine Vasektomie machen lassen und gelernt, mich mit einer Zukunft ohne Kinder abzufinden. Aber wir waren zehn Jahre zusammen und sie hatte kein Wort gesagt. Sie war diejenige, die immer wieder zu mir zurückkam, immer wieder sagte, lass es uns noch einmal versuchen. Ich hatte so viel Angst, sie zu verletzen, so viel Angst, einen weiteren Teil von uns zu verlieren, aber ich war nicht in der Lage gewesen, Nein zu ihr zu sagen.«

Er rieb sich die Augen und hielt Tabitha dicht bei sich. »Dann fing ich an, mehr zu trinken. Ich habe so viel getrunken, dass ich nicht mehr aufhören konnte. Als Jess aus dem OP kam, war sie wütend auf mich. Sie schob alles auf mich und darauf, dass sie immer wieder versuchte, Kinder zu bekommen, weil es meine Idee gewesen sei, obwohl es nicht so war. Ich ließ zu, dass sie mich anschrie, ließ zu, dass sie mir die Schuld gab, weil ich mir auch die Schuld gab. Und ich habe weiter getrunken.«

»Oh, Alexander«, flüsterte Tabitha. »Es tut mir so leid.«

»Mir auch.« Er hustete, seine Kehle war wie zugeschnürt. »Mir auch. Ich weiß nicht, ob Jess nur die Aufmerksamkeit mochte, als sie schwanger war, oder ob sie wirklich ständig ihre Meinung änderte, aber es brachte mich jedes Mal um, wenn sie eine Fehlgeburt hatte, und sobald ich die Wahrheit erfuhr, konnte ich es nicht mehr ertragen. Ich habe sie rausgeschmissen, als sie wieder genesen war, weil ich es nicht ertragen konnte, belogen zu werden. Aber dann war ich zu betrunken und zu schwach, um Haltung zu bewahren, und ich ließ sie wieder rein. Dann hat sie mich für einen anderen Kerl verlassen.«

Er rieb seine Wange wieder an ihrem Kopf. Die Frau in seinen Armen erdete ihn und obwohl er wieder einmal an den Worten zerbrach, die er sagte, wollte er nicht trinken. Er wollte stark sein.

Für Tabitha. Für sich selbst.

Für das, was er verloren hatte und nie wieder haben würde.

»Ich bin für Abtreibung«, flüsterte er. »Ich glaube fest daran, dass es das Recht einer Frau ist zu wählen. Meine Mutter und meine Schwestern haben mir gezeigt, wie man ein besserer Mann ist und wie man solche Dinge versteht. Aber das … das fühlte sich anders an. Wir *versuchten*, Kinder zu bekommen, und sie nahm sie uns immer wieder weg. Ich wusste nie, was ich davon halten sollte. Ich weiß es immer noch nicht.«

Tabitha bewegte sich wieder in seinen Armen, sodass sie rittlings auf ihm saß. Als sie sein Gesicht umfasste, traf ihr Blick auf seinen. »Das liegt an ihr, nicht an dir. Ihr beide habt jedes Mal gesagt, dass ihr euch Kinder wünscht. Sie hat dich angelogen. Ich weiß nicht, was in ihrem Kopf vorging, als sie das tat, und ich hasse sie dafür. Ich hasse es, dass sie dir das angetan hat. Ich hasse es, dass du deswegen angefangen hast zu trinken. Aber du bist jetzt ein stärkerer Mann, als du es vorher warst. Und ich vertraue darauf, dass du mit aller Kraft gegen das Verlangen ankämpfen wirst, egal was als Nächstes kommt. Ich vertraue dir, Alexander.« Ein sanfter Kuss. »Ich vertraue dir.«

Er hielt sie fest, während sie zusammen schaukelten und seine Welt wieder einmal aus den Angeln gehoben wurde.

Doch mit Tabitha in seinen Armen fühlte er sich, als könnte er Halt finden, sein Gleichgewicht finden. Und das hätte ihn erschrecken müssen, aber das tat es nicht. Nicht in diesem Moment, und vielleicht auch nie wieder.

Kapitel Zehn

MANCHMAL, wenn alles andere um einen herum zusammenzubrechen schien, klang eine einfache Verabredung, die alles andere als einfach war, wie die perfekte Antwort.

»Abendessen und ein Film?«, fragte Tabby, nachdem sie einen Schluck von ihrem Kaffee genommen hatte. Es mochte zwar Abend sein, aber sie hatte in der Nacht zuvor nicht viel geschlafen und sie brauchte den Koffeinschub wirklich.

Sie waren in ihrer Küche und versuchten, über ihre Pläne für den Abend nachzudenken. Sie hatten Eintrittskarten für eine Comedy-Show in der Innenstadt gekauft, aber keiner von ihnen hatte Lust hinzugehen nach allem, was am Abend zuvor passiert war.

Alexander spielte mit seinem Wasserglas, während er auf sein Telefon schaute. »Wir waren letzte Woche im Kino, und das war der einzige Film, den wir sehen wollten. Ich glaube nicht, dass inzwischen etwas anderes herausgekommen ist, das interessant wäre, oder?« Er suchte weiter und sie stellte ihren Kaffee ab, um sich an ihn zu kuscheln. Sie landete mit dem Rücken an seiner Brust und er legte seine Arme um sie, während sie auf seinem Telefon die Filmzeiten studierten.

»Das hier sieht aus wie ein Buddy-Cop-Film, aber es ist der dritte in einer Serie, glaube ich«, sagte sie, als sie auf eines der bunten Filmplakate auf seinem Handy zeigte.

Er legte sein Kinn auf ihren Kopf und sie unterdrückte ein Seufzen. Die Dinge waren emotional schwierig, aber Momente wie diese erinnerten sie daran, dass sie tatsächlich ein Paar waren, das versuchte, seinen Weg zu finden. Sie wusste immer noch nicht, wie es passiert war, aber irgendwie war sie in einer ernsthaften Beziehung mit Alexander Montgomery gelandet, und hier war sie nun, in seinen Armen, in ihrer Küche, während sie die Anfangszeiten von Kinofilmen durchgingen.

»Ja«, stimmte er zu. »Und obwohl ich glaube, dass ich den ersten gesehen habe, war er nicht interessant genug, um den zweiten, geschweige denn den dritten zu sehen.« Er senkte den Kopf, um ihre Schulter zu küssen, und sie unterdrückte einen Schauer. »Außerdem muss man solche Filme der Reihe nach sehen, sonst versteht man nichts mehr.«

Sie runzelte die Stirn, bevor sie ihm auf den Fuß trat. Als er stöhnte, lächelte sie, obwohl er es nicht sehen konnte. Sein Selbstverteidigungstraining half anscheinend. »Du magst es auch, Filme in der richtigen Reihenfolge zu sehen und Bücher der Reihe nach zu lesen.«

»Aber ich habe keine Liste mit den Büchern, die ich besitze«, konterte er. »Ich habe auch keine Planer-Aufkleber, die mir sagen, wann mein nächstes Lieblingsbuch herauskommt.«

Sie drehte sich in seinen Armen, sodass sein Telefon in seinen Händen hinter ihrem Kopf ruhte. Sie schlang ihre Arme um seine Taille und strahlte ihn an. »Es ist einfach gut zu wissen, welche Bücher ich gekauft habe und welchem Genre sie angehören. Farbcodierung rettet Leben, Alexander.«

Er biss sich auf die Lippe und sie wusste, dass er versuchte, nicht über sie zu lachen. Als sie mit den Augen rollte und ihm einen Kuss auf den Oberkörper gab, seufzte er. »Es ist sowieso schon spät. Vielleicht nur ein Abendessen? Ich weiß, dass das nicht die originellste Verabredung ist, aber ich würde lieber einfach nur Zeit mit dir verbringen.«

Und nichts anderes, was er hätte sagen können, hätte mehr Bedeutung gehabt.

Er wollte Zeit mit ihr verbringen.

Er wollte *sie*.

Kein einziges Mal seit ihrem Beinahe-Kuss im Fitnessstudio hatte sie wirklich damit gerechnet, dass so etwas passieren würde. Es war seltsam, wie sich die Dinge so schnell ändern konnten, und doch wiederum gar nicht so schnell. Sie liebte ihn, so viel wusste sie. Sie wusste auch, dass es zu früh war, es ihm zu sagen. Er war immer noch erschüttert über alles, was er ihr über Jessica erzählt hatte und was er durchgemacht hatte. Und sie wusste, dass er alles tat, was er konnte, um nüchtern und stark zu bleiben. Auf keinen Fall wollte sie ihm das vermasseln.

Also würde sie sich die Zeit nehmen und ihn einfach so lieben, wie sie war.

Es war alles, was sie tun konnte. Und mit seinen Armen, die so um sie geschlungen waren, schien es gar keine schlechte Idee zu sein.

»Ich denke, Abendessen klingt perfekt.« Sie küsste wieder seinen Oberkörper. »Natürlich müssen wir uns jetzt noch entscheiden, wohin wir gehen.« Als er leise lachte, duckte sie sich unter seinem Arm hindurch, um auf die Uhr am Herd zu schauen. »Und es ist schon nach sechs, also müssen wir jetzt gehen, sonst essen wir am Ende erst um acht, und dafür bin ich zu alt.«

Bei ihren Worten schlug er ihr auf den Po und sie unterdrückte ein Stöhnen. Der verdammte Mann konnte sie mit nur einer Berührung heiß machen, und das war nicht fair. Natürlich, da sie die Härte seines Schwanzes an ihrer Hüfte spüren konnte, dachte sie, dass sie nicht die Einzige war, die in dieser Stimmung war.

»Erst das Abendessen«, sagte sie mit vollem Ernst. »Ich habe Hunger, und sag mir ja nicht, dass du einen speziellen Shake für mich hast oder so etwas Idiotisches.«

Seine Augen weiteten sich und er warf lachend den Kopf zurück. »Hat das überhaupt schon mal jemand gesagt? Dass sein Schwanz gut genug wäre? Ich meine, den Bezug zu Hunger habe ich schon gemacht, bevor ich deine Muschi geleckt habe, aber nie den zu meinem Schwanz.«

Sie rollte mit den Augen und lehnte sich an ihn. »Als hättest du nicht schon zuvor daran gedacht.«

Er legte seinen Arm um sie, als sie zum Wagen gingen, als wären sie ein Paar ohne jegliche Sorgen. So würde es zwischen ihnen nie sein, das wusste sie. Egal was passierte, sie würden sich immer mit der Tatsache auseinandersetzen müssen, dass sie eine Vergangenheit hatten, die nicht allzu schön war. Aber das war etwas, womit sie sich abfinden würden, das wusste sie. Denn eine andere Möglichkeit gab es in ihrem Kopf nicht, nicht, wenn sie bei ihm bleiben wollte.

Und das tat sie. Sie wollte ihn; wollte mit ihm zusammen sein und wollte, dass er sie genauso liebte, wie sie ihn liebte. Sie würde einfach abwarten müssen und ihm zeigen, was sie zusammen haben konnten.

Sie verdrängte diese Gedanken jedoch, denn sie taten ihr im Moment nicht gut. Am Ende aßen sie in ihrem vertrauten Imbiss und nicht irgendwo, wo es schick oder elegant war. Sie hatten schon öfter Verabredungen gehabt und hatten die Sache mit den schönen Outfits und der Leinentischdecke durchgezogen. Aber heute Abend ging es nur um gemütliches Essen und Entspannung. Das hatten sie beide wirklich nötig nach den Bomben, die sie sich gegenseitig entgegengeworfen hatten.

Sie schlichen sich in eine der Nischen, obwohl das Lokal voller war als sonst. Sie setzte sich schließlich direkt neben Alexander und er legte einen Arm um die hohe Rückenlehne des Sitzes, damit sie sich an ihn lehnen konnte.

»Ich habe seltsamerweise Lust auf Bratensoße«, sagte Tabby mit einem Grinsen. Alexander hob eine Augenbraue, als er zu ihr hinunterschaute, und schüttelte den Kopf. »Was denn? Ich will Soße.«

»Nur Soße? Willst du eine ganze Schüssel davon bestellen und sonst nichts weiter?«

Sie schnaubte und studierte die Speisekarte. »Nein, du Trottel. Ich brauche auch eine Beilage zu besagter Soße. Wahrscheinlich Brathähnchen und Kartoffelpüree. Und vielleicht auch noch Brot zum Dippen. Das ist zwar nicht sonderlich gesund, aber das ist mir egal. Wohlfühlessen sollte … zum Wohlfühlen sein.«

Als er ihr einen Kuss auf den Kopf gab, schmiegte sie sich an seine Seite. Sie könnten das tun, dachte sie, einfach normal sein. Oder zumindest so tun.

»Was willst du essen?«, fragte sie.

Alexander blätterte in der Speisekarte zu den Salaten und runzelte die Stirn. »Wahrscheinlich ein gegrillter Hühnersalat oder so. Den habe ich hier schon mal gegessen, aber der steht so nicht auf der Speisekarte. Ich muss darum bitten, das Hähnchen nicht zu panieren, bevor es untergemischt wird.«

Sie nickte, obwohl diese allgegenwärtige Sorge zurückkehrte. Sie würde nicht behaupten, dass er eine Essstörung hatte, denn sie wusste, dass er sich gesund und vollwertig ernährte, aber er gönnte sich nie etwas. Es war, als hätte er wirklich Angst vor einer weiteren Sucht. Sie befanden sich in der Öffentlichkeit, also war das nicht der richtige Zeitpunkt, es anzusprechen, aber vielleicht würde sie es erwähnen, sobald sie zu Hause waren. Sie hoffte nur, dass er sie nicht dafür hasste.

Wieder einmal verdrängte sie diese Gedanken aus ihrem Kopf und lehnte sich an ihn, während sie ihre Verabredung genossen. Sie aßen, sprachen über nichts Wichtiges und existierten einfach nur ... Und das war das Wichtigste.

Als sie zurück in ihrer Wohnung waren, war sie angenehm gesättigt, hatte aber noch Platz für ein Dessert. Sie hatte keines im Imbiss bestellt, weil sie hier Kuchen im Kühlschrank und besondere Pläne mit besagtem Kuchen und dem Mann an ihrer Seite hatte.

»Würdest du mit mir in die Küche kommen?«,

fragte sie und versuchte, ihren Tonfall neutral zu halten. Er runzelte die Stirn und folgte ihr.

»Was ist los?«

Tabby atmete aus und hoffte, dass sie das Richtige tat. Sie holte den Schokoladenkuchen aus dem Kühlschrank – den sie aus einer Laune heraus gekauft hatte, weil sie einen schlechten Tag hatte, bisher aber noch nicht gegessen hatte – sowie zwei Gabeln aus der Schublade.

»Ich möchte, dass du ein Stück Kuchen mit mir isst.«

Er runzelte die Stirn, obwohl er den Blick auf die köstliche Glasur gerichtet hatte und nicht auf sie. »Ich habe bereits zu Abend gegessen.«

Sie atmete aus und stellte den Kuchen auf dem Tisch ab. »Also werde ich jetzt etwas sagen, und es steht mir wahrscheinlich nicht zu und das darfst du mir auch an den Kopf werfen, aber ich habe sehr viel darüber nachgedacht.«

Seine Schultern wurden starr, aber er nickte. »Okay.«

Sie presste die Lippen zusammen und starrte ihm direkt in die Augen. »Ich mache mir Sorgen um dich.«

Er sagte nichts, also fuhr sie fort.

»Ich glaube nicht, dass du eine Essstörung hast, genauso wenig wie ich glaube, dass dein Boxen ein Problem ist, aber ich mache mir Sorgen, dass beides zu einem Problem werden könnte. Und ich weiß, dass niemand über Männer und Essstörungen spricht, aber sie kommen vor und … ich drehe mich im Kreis.«

Er schüttelte den Kopf und verschränkte die Arme vor der Brust. »Ich ernähre mich gesund, Tabitha. Das heißt nicht, dass ich nichts esse. Oder dass ich faste. Ich esse die richtige Menge für meinen Körpertyp und mein Aktivitätsniveau. Und was das Kämpfen angeht …« Er atmete aus. »Abgesehen von dem Kampf, den du gesehen hast, gehe ich normalerweise nicht mit Gewalt gegen einen Typen vor, den ich nicht besiegen kann. Es ist gestattet und eine Möglichkeit, Energie zu verbrennen und Spaß zu haben. Normalerweise ist es sicher. Das eine Mal war ich ein Idiot, aber das bin ich sonst nicht.«

Sie bewegte sich auf ihn zu und legte ihre Hände auf seine Brust. Als er sich nicht zurückzog, wertete sie das als Fortschritt. »Ich weiß das alles und ich glaube dir vollkommen. Ich weiß, dass mich das alles nichts angeht. Aber ich … mache mir Sorgen um dich.« Fast hätte sie gesagt, dass sie ihn liebte, und sie war dankbar, dass sie in diesem Moment etwas anderes gesagt hatte. Das war absolut nicht der richtige Zeitpunkt dafür. »Ich schätze, es fühlt sich einfach so an, als wärst du in mancher Hinsicht so unnachgiebig, weil du Angst hast, wieder über die Stränge zu schlagen, wie du es mit dem Alkohol getan hast.«

Seine Augen flackerten. »Rede nur weiter.«

Sie presste die Lippen aufeinander, weil sie wusste, dass sie alles vermasselte. »Ich … ich mache das alles falsch. Du machst *nichts* falsch, aber ich wollte mich davon überzeugen, dass du stark bist, Alexander. Du bist so verdammt stark. Ich weiß, dass du dich nicht so fühlst, aber ich sehe dich jeden Tag und ich sehe, was du erreichen kannst. Ich will nicht, dass du keinen Kuchen isst, weil du Angst hast, dass du nie wieder wirst aufhören können, wenn du erst einmal einen Bissen genommen hast. Ich will nicht, dass du gegen Leute kämpfst, von denen du weißt, dass du sie nicht besiegen kannst, weil du denkst, dass du dich bestrafen musst. Ich will nur, dass du weißt, dass ich hier bin. Deine Familie ist hier. Und du bist hier. Du kennst die Grenze. Du wirst sie nicht überschreiten. Du wirst es nicht übertreiben. Du wirst es dir nicht erlauben. Aber ich will nicht, dass du dir wehtust, weil du denkst, du *könntest* es übertreiben.«

Er schwieg so lange, dass sie schon Angst hatte, sie hätte alles ruiniert. Vielleicht hatte sie das. Vielleicht hatte sie sich geirrt und lag schrecklich falsch. Vielleicht würde er jetzt zur Tür hinausgehen und nie mehr zurückkommen.

Und wenn sie mit dem, was sie gerade gesagt hatte, falschlag, hätte sie das vielleicht verdient.

Als er sich vorwärtsbewegte und ihr Gesicht umfasste, stiegen Tränen in ihr auf und sie hasste sich dafür. »Wie kommt es, dass du in mich hineinsehen kannst, wenn es sonst niemand kann?«

Weil ich dich liebe.

Natürlich sagte sie das nicht.

»Weil ich mich um dich sorge«, flüsterte sie und wusste, dass das alles war, was sie zu verraten wagte.

»Ich bin vorsichtig, was ich esse. Vorsichtig bei den Jobs, die ich annehme. Und normalerweise vorsichtig damit, was ich meinem Körper im Ring antue. Ich muss vorsichtig sein, Tabitha. Ich war vorher nicht vorsichtig mit mir selbst und habe alles vermasselt.«

»Du hast es nicht alleine versaut.«

Wärme gemischt mit etwas anderem, das sie nicht erkannte, das aber sehr nach Abscheu aussah, erfüllte seinen Blick. »Sie hat mich nicht zum Trinken gezwungen. Das geht auf mich. Sie mag die Umstände geschaffen haben, die mich dorthin führten, aber ich war derjenige, der die Flasche in die Hand nahm. Und die nächste Flasche. Und die danach, bis ich sie nicht mehr zählen konnte. Ich kann ihr nicht die ganze Schuld geben und mich noch im Spiegel betrachten. So bin ich von der Flasche weggekommen, so habe ich es durch die Reha und das letzte Jahr geschafft.«

Sie schob ihre Hände um seine Taille und ließ ihn sich das Wichtigste von der Seele reden.

»Ich weiß, dass ich Kuchen essen oder eine große Mahlzeit mit meiner Familie einnehmen kann und dass ich das wahrscheinlich auch tun sollte, aber ich habe das Gefühl, dass ich wirklich vorsichtig sein muss. Ich will nicht noch einer Sucht erliegen.« Mit dem Daumen glitt er über ihre Wange. »Deshalb hätte ich dich fast nicht geküsst«, flüsterte er.

Ihre Augen weiteten sich. »Was?«

»Ich wusste, dass ich nach dir süchtig werden könnte. Nicht auf dieselbe Art und Weise, und sicher nicht so gefährlich wie früher, aber ich wusste, dass ich *vorsichtig* sein musste. Ich werfe mit dem Wort ›Sucht‹ nicht leichtfertig um mich, und das macht mir Angst.«

Sie wusste nicht, was sie dazu sagen sollte oder was sie überhaupt denken sollte. »Ich will nicht, dass du Angst hast.«

»Ich möchte auch nicht verängstigt sein.« Er holte tief Luft und legte seine Hände auf ihr Gesicht. »Ich bin vorsichtig, Tabitha. Manchmal zu vorsichtig, das weiß ich. Ich habe gesehen, wie meine Familie mich angeschaut hat, oder besser gesagt, wie sie ihr Bestes getan hat, mich während des Familienessens *nicht* anzuschauen, als du dein Wasser fallen gelassen hast.« Er grinste. »Übrigens danke dafür.«

»Ich hasste es, dass alle um dich herum still wurden, also benahm ich mich wie ein normaler Trottel.«

Er nahm seine Hände von ihrem Gesicht und legte sie stattdessen an ihre Hüften. »Ich kann nicht versprechen, dass ich so viel essen werde wie früher, und ich glaube sowieso nicht, dass das gesund war, aber ich werde versuchen, mich nicht so sehr darauf zu konzentrieren. Ich weiß nicht, ich schätze, es erschien mir einfach einfacher, mich darauf und auf das Kämpfen zu konzentrieren, anstatt mir Gedanken darüber zu machen, ob ich stattdessen einen weiteren Drink in die Hand nehmen sollte.«

Ihr tat das Herz weh und sie machte sich immer noch Vorwürfe, dass sie das Thema überhaupt angesprochen hatte. »Ich will nicht, dass du übermäßig viel isst oder verrückt wirst. Aber ich will auch nicht, dass du dir deswegen Stress machst. Wie auch immer, wenn du das Gefühl hast, dass du es brauchst, weil es dir hilft, nüchtern zu bleiben … dann schätze ich, werde ich den Mund halten.« Sie zuckte zusammen. »Ich weiß nicht wirklich, was ich hier tue, ich habe nur etwas darüber gelesen.« Sie hielt inne. »Wie du weißt, konnte ich Michael nicht helfen. Aber ich will dich nicht auch noch im Stich lassen.«

Er fluchte und zog sie an sich heran. »Baby, du lässt mich nicht im Stich. Du zeigst mir, dass du dich um mich sorgst. Das ist um einiges besser, als sich zurückzulehnen und mir beim Fallen zuzusehen. Und du hast Michael nicht im Stich gelassen. Manchmal musst du auch auf dich selbst aufpassen. Das hast du doch bei ihm gemacht, oder? Als er sich nicht mehr selbst helfen konnte?«

Sie nickte. »Ich habe es versucht. Das habe ich wirklich. Aber ich war nicht genug. Und es wurde gefährlich, ihn bei mir zu haben, weil ich nie wusste, wann er wieder schreien würde oder ob das Schreien schlimmer werden würde. Ich versuchte, Angel zu helfen, aber da ich nicht ihr gesetzlicher Vormund war, konnte ich nichts tun. Und dann war es zu spät und er war weg. Ich weiß, dass die Situation mit ihm und das, was sich zwischen dir und mir abspielt, zwei völlig verschiedene Dinge sind, und selbst in meinem Kopf halte ich sie getrennt, aber manchmal vermischen sie sich ein bisschen.«

Er strich ihr die Haare hinters Ohr. »Ich verstehe den verworrenen Teil. Und du machst das toll, Babe.« Er küsste sie sanft und sie schmiegte sich an ihn. »So toll, dass ich irgendwie Kuchen essen möchte.« Sein Blick verfinsterte sich. »Aber nur, wenn ich ihn von deinen Brüsten essen kann.«

Und einfach so verschwanden alle Sorgen um ihn und was als Nächstes passieren würde. Der Mann hatte so eine Art an sich.

»Bist du sicher, dass du Kuchen willst?«, sagte sie leise. »Ich will dich nicht zu etwas zwingen, was du nicht willst.«

Er zwinkerte. »Ich glaube, ich habe die eine oder andere Idee, wie ich das abarbeiten könnte.«

Dann lächelte sie und wusste, dass zumindest dieser Teil dessen, was sie waren, in Ordnung sein würde. Wie sie gesagt hatte, war nichts falsch an dem, was er tat, außer der Tatsache, dass sie nicht wollte, dass es später falsch war. Vielleicht war sie zu weit gegangen, aber bis jetzt hatte er das nicht gesagt.

Und dem Blick in seinen Augen nach zu urteilen würden die beiden heute Abend tatsächlich Kuchen essen.

Und so viel mehr.

Am nächsten Abend, als sie mit ihren Freundinnen in Haileys Café saß, konnte sie nur an Kuchen denken. Natürlich half es nicht, dass die Frau all diese köstlichen Leckereien gebacken und vor ihnen allen für ihren Mädelsabend ausgebreitet hatte, aber es war nicht gerade der Kuchen, an den sie dachte.

Nein, es war nur dieser Montgomery und die Art, wie er seine Zunge benutzen konnte.

»Du denkst an etwas Schmutziges«, sagte Maya und riss Tabby aus ihren Gedanken. »Spuck's aus.«

Da diese schmutzigen Gedanken Mayas Bruder betrafen, wollte Tabby auf keinen Fall etwas ausplaudern.

»Ich habe keine Ahnung, wovon du redest«, sagte Tabby, bevor sie an ihrem heißen Kakao nippte. Natürlich glaubte ihr niemand an dem großen Tisch, aber egal. Sie würden alle damit klarkommen müssen.

»Sie lügt«, sagte Miranda und grinste. »Sie lügt und ist sexuell befriedigt. Ich erkenne den Blick.«

Tabby ließ die jüngste Montgomery nicht aus den Augen und nippte weiter.

»Natürlich, du kennst den Blick«, sagte Hailey, als sie sich auf einen leeren Platz setzte. »Du hast den gleichen verdammten Blick.«

Miranda strahlte. »Das habe ich wirklich. Decker

wollte sichergehen, dass ich vor unserem Mädels-abend ganz geschmeidig und warm bin.«

Everly, die Tabby zum ersten Mal zum Mädels-abend mitgebracht hatte, beugte sich vor und flüsterte laut: »Sind hier alle so offen, was ihr Sexleben angeht?«

Holly, sowohl Mayas Freundin als auch die Ex-Freundin von Mayas Mann, lachte. »Ja. Nun, ich nicht, da ich im Moment keinen Sex bekomme, aber ja.«

Maya lachte und legte ihren Arm um Holly. »Oh, sieh nur, wie du über Sex redest und nicht rot wirst. Ich habe wirklich einen schlechten Einfluss auf dich.«

Holly fuhr sich mit den Händen übers Gesicht. »Ich kann nicht glauben, dass ich das gerade gesagt habe.« Sie ließ die Hände sinken und starrte Maya an. »Du bist böse, Maya Montgomery-Gallagher.«

Maya prustete los. »Ja, ja, das bin ich. Und ich bin auch sexuell befriedigt, falls das jemand wissen will. Jake und Border wollten ebenfalls sichergehen, dass ich eingeschmiert bin, bevor der Abend beginnt.«

Tabby schnaubte und musste ihr Glas absetzen, wobei sie die Servietten benutzte, die Meghan ihr reichte, um die Sauerei aufzuwischen. Es gab einen Grund, warum sie die Montgomerys liebte, und dieser Abend war nur ein Teil davon.

»Eingeschmiert?«, fragte Meghan mit hochgezo-gener Augenbraue. Als älteste der Montgomery-Frauen war sie gut darin, die große Schwester zu spielen. »Das ist tatsächlich das Wort, das du benutzen wolltest?«

Maya zuckte mit den Schultern und hob eine Schulter. »Welches Wort hätte ich denn sonst benutzen sollen?«

»Nun, deine Schwester hat schon gesagt, dass sie sexuell befriedigt ist«, warf Autumn ein. »Ich würde sagen, ich bin ausgewrungen.« Die Braut von Griffin Montgomery zwinkerte. »Ich musste wieder Sekretärin spielen, da Griffin mir etwas ... diktieren wollte.«

Tabby lachte, als die Montgomery-Schwestern stöhnten. »Glauben die Jungs eigentlich, wir reden übers Stricken oder so?«

Maya hob eine Augenbraue und der Ring darin glitzerte im Licht. »Wahrscheinlich. Ich kann nicht stricken, weil ich meine Hände fürs Tätowieren aufsparen muss, aber ich weiß, dass Holly strickt. Sie hat die beste Decke der Welt für Noah gemacht.«

Holly stöhnte. »Ja, ich stricke. Ich sammle auch Aufkleber für meinen Planer. Ich bin einer von diesen Menschen.«

Tabby lehnte sich vor und Aufregung durchfuhr sie. »Welchen Planer benutzt du denn? Ich überlege, für das nächste Jahr einen dieser Designer-Planer zu nehmen, aber ich liebe meinen jetzigen, solange ich zusätzliche Dinge digital hinzufüge.«

Holly lächelte breit. »Du bist also eine Planer-Schwester?«

Everly stöhnte. »Oh Gott, es gibt zwei von ihnen.«

Tabby starrte ihre Freundin an. »Du hast auch einen, weißt du. Nur weil du ihn nicht mit Aufklebern und Stempeln versiehst, ist er nicht weniger ein Planer.«

»Ich besitze aber keinen Behälter mit verschiedenfarbigen Stiften«, warf Everly ein. »Daher übertreibe ich es nicht.«

»Echt, ein Behälter mit verschiedenfarbigen Stiften? Wie kann ich den verwenden, um organisiert zu bleiben?«, fragte Meghan. »Mit dem neuen Baby habe ich das Gefühl, dass ich mich zerteilen muss, um alles schaffen zu können.«

»Amen«, fügte Miranda hinzu.

Tabby presste die Hände zusammen und ihre Augen leuchteten. »Meine Damen, ich werde euch schon bald in die wunderbar leidenschaftliche Welt der Planer einweihen.«

»Eine von uns. Eine von uns.« Everlys Stimme war todernst und roboterhaft, und alle am Tisch brachen in Gelächter aus.

»Ich weiß nicht, wann wir die Mädchengruppe geworden sind, die über Planer und Babys redet, anstatt in einer Kneipe Kurze zu trinken, aber ich mag es irgendwie«, sagte Maya. »Ich bin nur traurig, dass Callie nicht hier ist, weil sie mit dem Baby zu Hause ist und sich um Morgan und seine Männergrippe kümmert.«

Tabby erschauderte. »Igitt. Männergrippe.«

Darauf stießen die Mädchen an.

Autumn lächelte und spielte mit ihrem Getränk. »Wir werden eben erwachsen. Obwohl ich sicher bin, dass der nächste Mädelsabend in einer Kneipe stattfinden wird, da wir nicht immer bei Hailey abhängen können.«

Hailey zuckte mit den Schultern. »Ihr habt gesagt, es sollte kein langer Abend werden, und ich dachte mir, dann können wir ebenso gut hier unsere Zuckerration zu uns nehmen. Die Jungs hängen heute Abend sowieso alle miteinander ab, da ich weiß, dass deine Eltern die Babys nehmen wollten, richtig?«

»Ja«, sagte Maya. »Ich weiß nicht, wie Mom und Dad das machen, aber mit Leif dabei sollte alles okay sein.«

»Was ist mit Leif?«, fragte Sierra, als sie von der Toilette kam. »Er hat gerade eine SMS geschrieben, dass die Babys schlafen und die anderen Kinder einen Film sehen.«

Tabby grinste; sie liebte die Tatsache, dass die Montgomerys sich so nahestanden. Natürlich stand sie ihrer Familie auch nahe, aber da sie weit entfernt wohnte, war es ein bisschen anders.

»Wir haben nur gesagt, dass es deinen Eltern mit Leif gut gehen wird«, warf Tabby ein und Sierra lächelte.

»Er ist wirklich zu einem wunderbaren jungen Mann herangewachsen«, sagte Sierra. »Ich kann nicht glauben, dass ich dabei bin, einen Teenager großzuziehen.«

»Die Hormone, Mann«, warf Maya ein. »Die Hormone.«

Darauf erhoben sie noch einmal ihre Gläser und lachten, als die Jungs hereinkamen. Die Montgomerys und ihre Freunde waren wirklich ein schöner Anblick. Alle ruppig und bärtig mit Tattoos und einem Lächeln im Gesicht. Obwohl sie alle auf ihre eigene Art sexy waren, wollte Tabby nur einen von ihnen vernaschen, und der war gerade nicht Teil der Gruppe. Sie runzelte die Stirn, sagte aber nichts, da sie die Aufmerksamkeit nicht auf sich und Alexander lenken wollte.

»Ihr konntet wohl nicht wegbleiben, was?«, fragte Maya, als sie aus ihrem Stuhl hochschoss. Ihre beiden Männer packten sie und küssten sie viel zu leidenschaftlich für die Öffentlichkeit, doch das schien niemanden zu interessieren.

»Nein«, antwortete Jake mit einem Grinsen.

»Eigentlich hatte er gehört, dass es Kekse geben würde, also war er der Erste, der vorschlug, dass wir nach dem Spiel vorbeikommen sollten«, fügte Border hinzu.

Die Jungs waren seltsamerweise zum Bowling gegangen, weil sie sich gelangweilt hatten und nicht in der Stimmung gewesen waren, in eine Kneipe zu gehen. Anscheinend wurden sie alle ein bisschen älter und weiser. Oder zumindest älter.

Jeder, der jemanden hatte, ging zu ihm, um Hallo zu sagen, und bald hatten alle Getränke und Kuchen und mischten sich unter die Leute, als wäre das die ganze Zeit so geplant gewesen.

Storm ging mit einem merkwürdigen Ausdruck im Gesicht auf Tabby zu. »Alex ist im Wagen«, erklärte er. »Er musste einem seiner Kunden etwas schicken, aber er sollte bald hier sein.«

»Okay«, entgegnete Tabby langsam. Sie war sich nicht sicher, wie lange sie und Alexander ihre Beziehung geheim halten könnten, und ehrlich gesagt war sie sich nicht sicher, warum sie es überhaupt noch taten. Am Anfang hatte es Sinn gemacht, als sie sich selbst über alles klar werden mussten, aber jetzt waren sie sich näher als zuvor.

»Everly«, sagte Storm leise. »Ich wusste nicht, dass du hier sein würdest.«

Jetzt war es an Tabby, Storm einen seltsamen Blick zuzuwerfen. »Ihr zwei kennt euch?«, fragte sie.

Everly zuckte mit den Schultern und lächelte Storm an. »Wir sind schon eine Weile befreundet.«

Storm öffnete seine Arme und Everly schmiegte sich an ihn, als hätten sie das schon tausendmal getan. »Ich war mit Jackson befreundet.«

Tabby schnippte mit den Fingern. »Du bist derjenige, der die Reparaturen in ihrer Wohnung erledigt?« Sie wandte sich an Everly. »Warum hast du mir das nicht gesagt?«

Ihre Freundin zuckte mit den Schultern, als sie

237

von Storm zurückwich. »Ehrlich gesagt, weil es bisher nie zur Sprache kam. Ich habe es nicht absichtlich vor dir verheimlicht, ehrlich. Aber mit den Kindern und dem Laden bin ich mit meinen Gedanken normalerweise woanders.«

Ein weiterer seltsamer Ausdruck glitt über Storms Gesicht, bevor er sich zu einem Lächeln zwang. »Ich helfe vielen Leuten, bei denen etwas erledigt werden muss. Obwohl Wes da drüben behauptet, ich würde nur zeichnen, benutze ich manchmal auch meine Hände.«

Wes zeigte ihm den Mittelfinger, auch wenn er sich weiter mit Griffin und Autumn unterhielt.

Interessant. So interessant.

Doch bevor sie zu viel darüber nachdenken konnte, betrat Alexander den Laden, den Blick auf sie gerichtet. Bevor sie überlegen konnte, was sie tun sollte, schritt er direkt auf sie zu und umfasste ihr Gesicht.

Er strich mit seinen Lippen sanft über die ihren und sie lächelte. »Hey«, flüsterte er.

»Hey.«

Im Raum wurde es still und sie errötete, weil ihr bewusst war, dass alle sie anstarrten.

Maya war die Erste, die die Stille durchbrach, indem sie anfing zu pfeifen. »Das wurde aber auch Zeit.«

Tabby begegnete Alexanders Blick und grinste, als jeder in dem Raum, der ihr etwas bedeutete, zu lachen begann, bevor er sich wieder seinen eigenen Angelegenheiten widmete. Sie war noch nie in ihrem Leben so glücklich gewesen und sie hatte das Gefühl, dass jeder, der sie sehen konnte, es wusste.

Sie hatte den Mann, den sie liebte, in ihren Armen, Freunde, die ihr wichtig waren, um sich herum und Kuchen direkt hinter ihr auf dem Tisch.

Es gab nichts, was sie sich sonst noch hätte wünschen können.

Zumindest hoffte sie das.

Everly

Natürlich beschloss ausgerechnet heute ihr Wasserhahn, undicht zu werden und nicht nur Wasser, sondern auch das, was im Müllschlucker stecken geblieben war, auf ihre Küchenfliesen zu spritzen. Ihr Zuhause roch dank der kaputten Spüle und ihres Inhalts ein wenig faulig und ihr dröhnte der Kopf. Sie wusste vielleicht, wie man kleinere Reparaturen im Haus durchführt, weil sie es nach Jacksons Tod hatte lernen müssen, aber sie wusste nicht, was sie mit dem hier anfangen sollte.

Zuerst drehte sie das Wasser für das Haus ab, weil sie nicht wusste, was sie sonst tun sollte.

Dann musste sie den einen Menschen anrufen, von dem sie wusste, dass er ihr helfen konnte.

Sie hätte natürlich einen Reparaturservice anrufen können, aber dann würde Storm sich wieder einmal über sie ärgern und sich darüber aufregen, dass sie Geld verschwendet hatte. Nicht dass er jemals wütend geworden wäre, da der Mann nie mehr wirklich mit ihr sprach. Aber es war dieses strenge Stirnrunzeln, das er machte, das ihr sagte, dass er von ihr enttäuscht war. Gott, wie sie das hasste.

Aber er war Jacksons Freund gewesen und war irgendwie auch zu ihrem Freund geworden.

Also würde sie sich durchringen und ihn um Hilfe bitten.

Oh, wie sie es hasste, um Hilfe zu bitten.

Nathan und James schrien im Wohnzimmer herum, wo sie mit Bauklötzen spielten, und sie seufzte. Keine Zeit zu verschwenden. Nicht, wenn die Zwillinge weinten und ihr Haus von Minute zu Minute unordentlicher wurde.

Sie wählte schnell und hoffte auf das Beste.

»Everly? Was ist denn los?« Storms Stimme war forsch und fürsorglich zugleich. Sie verstand den Mann wirklich nicht. Er war Jacksons Freund gewesen und nicht unbedingt ihrer, doch aus irgendeinem Grund hatte Storm das Gefühl, dass es seine Pflicht war, Everly zu helfen. Sie hätte sich schon längst von ihm abgewendet, aber die Zwillinge brauchten einen Mann in ihrem Leben, auch wenn er nur auftauchte, um Probleme zu lösen. Denn natürlich fragte Storm, was los war. Sie würde ihn nicht anrufen, wenn alles in Ordnung wäre.

»Meine Spüle ist verstopft und die Küche steht unter Wasser. Ich bin mir nicht sicher, was ich tun soll. Ich weiß, du bist kein Klempner, aber du kennst dich damit wahrscheinlich besser aus als ich, da es sich nicht nur um eine Verstopfung handelt.«

Er stieß einen Fluch aus. »Hast du das Wasser abgestellt?«

»Ja.« Denn zumindest das wusste sie. Und wann immer sie Zeit hatte, griff sie in ihrem Laden zu einem Buch, um zu lernen, wie man diese Dinge selbst machen konnte. Es gab immer einen Weg, Dinge in ihren Büchern zu finden.

»Okay, bin in ein paar Minuten da. Fass nur nichts an.« Er legte auf, bevor sie etwas Bissiges erwidern konnte, und sie seufzte.

James stieß einen Schrei aus und sie eilte ins Wohnzimmer, um sich zu vergewissern, dass es den Zwillingen gut ging. Ihre Küche stand vielleicht unter Wasser und ihre Rechnungen mussten bezahlt werden, aber die Jungs kamen zuerst. Immer.

Keine zwanzig Minuten später stand Storm auf ihrer Veranda, und er war nicht allein. Eine schlanke Frau mit einem Werkzeugkasten in den Händen stand neben ihm, ein Lächeln im Gesicht.

Everly blinzelte überrascht, tat aber ihr Bestes, es nicht zu zeigen. »Oh, hallo. Danke fürs Kommen.«

Sie trat einen Schritt zurück und Storm und die Frau an seiner Seite betraten ihr Haus.

»Das ist übrigens Jillian. Sie ist ausgebildete Klempnerin und weiß bei diesem Zeug besser Bescheid als ich. Ich hätte es wahrscheinlich auch reparieren können, aber sie schafft es in der Hälfte der Zeit.«

Jillian rollte mit den Augen, hielt Everly aber die Hand hin. »Storm und ich waren gerade essen, als du angerufen hast, also dachte ich mir, ich komme mit. Auf diese Weise wird deine Spüle auch tatsächlich repariert werden.«

Storm starrte Jillian an, aber da war eine Hitze in seinen Augen, die Everly noch nie gesehen hatte. Oh. Das musste seine Freundin sein. Sie wusste es. Wusste, dass er sich mit jemandem traf. Es war ja nicht so, dass sie und Storm mehr waren als zwei Menschen, die durch den Geist im Raum verbunden waren, aber es war seltsam, ihn so zu sehen.

»Also, darf ich in deine Küche gehen?«, fragte Jillian. In den Augen der anderen Frau war nicht ein Hauch von Neugierde oder Eifersucht zu erkennen, warum Storm Everly auf diese Weise zu Hilfe eilen würde. Entweder war Jillian ein wirklich selbstbewusster Mensch oder einfach nur selbstbewusst in Bezug auf ihre Beziehung zu Storm.

So oder so, es sollte Everly egal sein, und das war es auch.

»Sie ist gleich da drüben«, zeigte sie. »Ich begleite dich.«

»Onkel Storm!«, schrie Nathan, als er mit James auf den Fersen Storms Beine umfasste.

»Du bist hier!«, rief James.

Die beiden konnten sich eigentlich nicht anders verständlich machen als durch Schreien, egal wie sehr Everly sich bemühte, ihnen das abzugewöhnen.

»Meine Jungs«, erklärte Everly, während Jillian die beiden kleinen Jungs anlächelte, die um Storms Beine herumliefen.

»Sie sind niedlich«, sagte Jillian. »Wirklich süß.« Und nach dem zu urteilen, was Everly sehen konnte, meinte die andere Frau das auch. Sie winkte den Jungs zu, die sich nun schüchtern hinter Storms Beinen versteckten. »Okay, ich glaube, ich mache mich besser an die Arbeit.«

Everly begleitete die andere Frau sofort in die Küche, wohl wissend, dass ihr Haus nicht hundertprozentig in Ordnung war. Ihre Schwiegereltern hassten das, aber es gab nur so viel, was eine alleinerziehende Mutter, die zufällig auch noch Geschäftsinhaberin war, täglich tun konnte.

»Oh, was für ein Spaß«, sagte Jillian. Everly war sich nicht sicher, ob die andere Frau das sarkastisch meinte oder nicht. »Ich werde mich jetzt unter dein Waschbecken legen und mich an die Arbeit machen. Du kannst mit den Jungs abhängen, wenn du willst.

Oder eines der tausend Dinge tun, die du sicher zu tun hast.«

Everly warf der anderen Frau einen neugierigen Blick zu, den Jillian bemerkt haben musste.

»Ich bin bei einem alleinerziehenden Vater aufgewachsen«, erklärte Jillian. »Er hatte nicht viel Hilfe, also habe ich mich in gewisser Weise selbst erzogen. Ich weiß, dass du wahrscheinlich eine ganze Liste mit Dingen hast, die du erledigen musst, also will ich dich nicht aufhalten. Ich werde nur dafür sorgen, dass du an eine Sache weniger denken musst.«

»Nun, danke«, sagte Everly, bevor sie sich innerlich schüttelte. »Ich weiß das wirklich sehr zu schätzen. Und wenn Storm sich um die Jungs kümmert, dann habe ich tatsächlich eine Minute, um diese Rechnungen zu bezahlen.«

Jillian gab ein gespieltes Schaudern von sich. »Rechnungen. Böse.«

»Allerdings.«

Everly lächelte, als sie an ihren Jungs vorbeiging, die im Wohnzimmer auf Storm herumkletterten. Storm blinzelte, als er ihren Blick auffing, was sie überraschte, aber sie winkte ihnen zu, als sie sich auf den Weg zu ihrem kleinen Arbeitszimmer machte. War es so, wenn man jemanden hatte, der einem immer half? Einen Partner zu haben, wenn die Dinge ein wenig aus dem Ruder liefen?

Sie schüttelte den Kopf und seufzte, bevor sie ihren Papierkram durchging. Sie schickte auch eine schnelle SMS an Tabby, weil sie vergessen hatte, dass die andere Frau angerufen hatte, um eine Frage zu stellen. Jetzt, da Tabby und Alex offiziell ein Paar waren, sah sie ihre Freundin weniger als sonst, aber ehrlich gesagt konnte sie ihr das nicht verübeln.

Die Montgomerys hatten eine Art, das zu schaffen.

»Alles erledigt«, sagte Jillian und holte Everly aus ihren Gedanken.

Sie sah auf und blinzelte. »Wirklich? Wie lange habe ich hier gesessen?«

Jillian lächelte und lehnte sich mit einer Hüfte an den Türrahmen. »Nur zwanzig Minuten. Es war eine relativ einfache Reparatur, nachdem ich herausgefunden hatte, was los war. Ich hatte ein Ersatzteil in meinem Wagen.« Sie begegnete Everlys Blick und schien zu wissen, was ihr durch den Kopf ging. »Ohne das Teil hättest du den Schaden nicht selbst reparieren können. Also mach dir keine Sorgen, okay?«

Nicht sicher, was sie sagen sollte, nahm Everly ihr Scheckbuch in die Hand und nickte. »Nun, danke schön. Ich weiß es wirklich zu schätzen. Was schulde ich dir?«

Jillian winkte sie ab. »Nicht nötig. Es war leicht.«

»Aber du hast gearbeitet und solltest dafür bezahlt werden. Es spielt keine Rolle, ob es einfach war oder nicht.«

»Nun, wie wäre es, wenn wir es einen Freundschaftsrabatt für das erste Mal nennen?«, sagte Jillian nach einem Moment. »Das nächste Mal stelle ich dir eine Rechnung aus, aber das bedeutet, dass du Storm oder mich anrufen musst, um dir zu helfen.« Sie zwinkerte. »Auf diese Weise rühre ich die Werbetrommel.«

Everly lachte leicht verwirrt, als sie ihr Scheckbuch weglegte. »Das ist in Ordnung, denke ich. Das könnte funktionieren.« Sie ging nicht auf die Erklärung ein, warum sie Storm überhaupt angerufen hatte, aber sie war sich auch nicht sicher, warum sie es getan hatte.

Die Frauen machten sich auf den Weg in die Küche, nur um dort Storm und die Jungs beim Aufräumen vorzufinden. Everly stand regungslos in der Tür, als Jillian Storm mit einem Hüftschwung den Wischmopp wegnahm und ihn weglegte. Everly tat ihr Bestes, um die Tränen zu unterdrücken, die in ihr aufzusteigen drohten. Sie war so daran gewöhnt, Dinge allein zu erledigen, verdammt noch mal. An das hier durfte sie sich nicht gewöhnen.

Und deshalb war ihre Stimme wahrscheinlich etwas rauer als beabsichtigt, als sie sagte: »Danke fürs Kommen und Helfen. Jungs, sagt Storm und Jillian Auf Wiedersehen.«

Storm warf ihr noch einmal einen seltsamen Blick zu, umarmte die Jungs aber zum Abschied. Jillian winkte ihnen kurz zu und schon bald war Everly wieder alleine mit den Zwillingen.

Alleine.

Fast hätte sie Tabby eine SMS geschrieben, damit sie darüber reden konnte, was in ihrem Kopf vorging, nur tat sie es nicht. Es hatte keinen Sinn. Egal was, es würde keinen Sinn ergeben, und am Ende würde Everly alleine bleiben. Denn das war es, worin sie gut war.

Kapitel Elf

JEMAND HÄMMERTE an ihre Haustür und Tabby holte tief Luft. Sie hatte an diesem Morgen eine Telefonkonferenz gehabt und würde zu spät zur Arbeit kommen, und sie hatte keine Ahnung, wer das jetzt sein könnte. Alexander hatte sie an diesem Morgen früh verlassen, um ins Fitnessstudio zu fahren und mit Brody zu trainieren, und sie nahm an, dass er nicht derjenige war, der gerade an ihre Tür klopfte.

Ein Hauch von Angst durchfuhr sie, als sie sich daran erinnerte, wie Charles, ihr ehemaliger Kunde, mit dieser Wut im Bauch in ihr Büro gestürmt war. Aber das konnte nicht er sein. Er wusste nicht, wo sie wohnte, und er war immer noch im Gefängnis und wartete auf seine Gerichtsverhandlung.

Sie rollte die Schultern zurück und schaute durch

den Spion. Sobald sie sah, wer es war, kreischte sie und öffnete die Tür.

»Was macht ihr denn hier?« Sie wartete nicht auf eine Antwort, sondern warf sich dem ersten Bruder, den sie erreichen konnte, an den Hals.

Dare trat zurück, während er sie festhielt und lachte. »Wir waren gerade in der Gegend.«

Sie zog sich zurück und schlug ihm auf die Schulter, bevor sie sich wegdrehte, um Fox und dann Lochlan zu umarmen. »In der Gegend? Weil Denver ja so nahe an Pennsylvania liegt.«

Dare grinste. »Es ist wahr.«

»Ja, wir mussten in ein Flugzeug steigen, um in die Nähe zu gelangen, aber siehst du? Wir haben es geschafft«, stichelte Fox.

Lochlan warf ihr nur einen Blick zu, der ihr sagte, dass es die Idee der anderen gewesen war, und sie schüttelte den Kopf. Sie liebte ihre Brüder so sehr, auch wenn sie ihr manchmal gehörig auf die Nerven gingen.

»Gut, kommt rein, aber Vorsicht, ich bin mit der Hausarbeit im Rückstand, also verpetzt mich nicht bei Mom.«

Sie zog an Fox' Hand, als sie ihn ins Haus zerrte, und die anderen beiden folgten ihm. Verdammt, sie hatte sie so sehr vermisst. Und ihre Eltern auch. So nahe die Montgomerys ihr auch standen, sie waren nicht ihre Familie. Sie musste unbedingt dafür sorgen, dass sie sie mehr als einmal im Jahr sah, denn wenn sie jetzt so rührselig wurde, dann hatte sie ernsthaftes Heimweh.

»Wir werden es ihr nicht sagen, solange du ihr nicht verrätst, wie *unsere* Häuser aussehen«, warf Dare ein.

»Das gilt vielleicht für dein Zuhause«, sagte Lochlan. »Ich bin stubenrein.«

Tabby rollte mit den Augen und umarmte jeden von ihnen erneut. Sie ließen sie gewähren, was ihr verriet, dass sie sie auch vermisst hatten.

»Was macht ihr hier?«, fragte sie erneut. »Und sagt jetzt nicht, dass ihr gerade in der Gegend wart. Ich will die Wahrheit wissen.« In dem Moment ging der Alarm an ihrem Telefon los und sie fluchte.

»Lass Mom diese Worte bloß nicht hören«, stichelte Fox.

Sie zeigte ihm den Mittelfinger, als sie den Alarm ausschaltete, sehr zur Freude der anderen. »Das ist mein Wecker, der mir sagt, dass ich mir Schuhe anziehen und ins Büro fahren muss. Ihr habt Glück, dass ich um diese Zeit überhaupt hier war, denn normalerweise bin ich bei der Arbeit.«

Lochlan zuckte mit den Schultern. »Wir wollten erst hier vorbeischauen, bevor wir zu Montgomery Inc. fahren. So oder so, wir hätten dich schon erwischt.«

Sie runzelte die Stirn, als sie eilig nach ihrer Tasche griff. »Wenn ihr angerufen hättet, wäre es einfacher gewesen.«

»Dann hätten wir dich aber nicht überrascht«, erklärte Fox. »Und nach der Art zu urteilen, wie du dich gerade fertig machst, fährst du jetzt tatsächlich zur Arbeit?«

Sie stieß einen Atemzug aus. »Ja, ich habe Verpflichtungen. Aber ihr könnt mir folgen, wenn ihr sehen wollt, wo ich arbeite. Dann könnt ihr Touristen spielen oder so. Vielleicht können wir zusammen etwas essen gehen.« Ihre Gedanken gingen in tausend verschiedene Richtungen. »Verdammt. Ihr wisst, dass ich meinen Tagesablauf plane, Leute. Ich bin einfach nicht spontan.«

Dare warf ihren anderen Brüdern einen Blick zu und sie presste die Lippen zusammen. Irgendetwas stimmte nicht und sie wollte unbedingt wissen, was es war. »Wir machen uns Sorgen um dich.«

Sie blinzelte. »Warum?«

Fox starrte sie an, während Lochlan seine Arme über der Brust verschränkte, aber es war Dare, der erneut sprach. »Lass uns mal sehen, ja? Du nimmst Unterricht in Selbstverteidigung, weil dich ein Typ im Büro angegriffen hat. Du triffst dich mit Alex Montgomery, dem Typen, in den du verknallt bist, und anscheinend bist du immer noch spät abends auf der Suche nach Michael und Angel. Habe ich soweit recht?«

Mit großen Augen setzte sie ihre Sachen ab. »Wie? Woher weißt du das alles?«

»Warum zum Teufel hast du uns das nicht

erzählt?«, warf Fox ein. »Warum mussten wir von anderen hören, dass in deinem Leben Scheiße abläuft? Deshalb hättest du in Pennsylvania bleiben sollen, verdammt noch mal. So hätten wir uns um dich kümmern können.«

Sie verengte die Augen. »Du meinst, mein Leben überrollen.«

»Nun, ich glaube, jetzt übertreibst du ein bisschen«, rief Dare.

»Hört auf«, sagte Lochlan langsam und mit leiser Stimme. »Schreien wird nichts lösen, und sie hat gesagt, sie darf nicht zu spät zur Arbeit kommen. Wir werden ihr nicht noch mehr Probleme bereiten.« Er begegnete Tabbys Blick. »Das tun wir wirklich nicht. Aber wir sind in der Tat besorgt. Zuerst hat Marie Montgomery Mom angerufen und gesagt, wie erschrocken sie war, dass du verletzt wurdest. Mom war sauer, dass sie es nicht von *dir* erfahren hat. Dad ist auch sauer, und zur Hölle, wir auch. Ich weiß, dass du unabhängig sein willst, und du bist erwachsen, aber wenn dich ein Verrückter verletzt, dann sag es uns, verdammt.«

Sie schluckte schwer. »Ich … ich wollte niemanden beunruhigen.« Und sie hatte befürchtet, dass ihre Brüder und sogar ihre Eltern bei ihr zu Hause auftauchen würden. Sie mochte Mitte zwanzig sein, aber bei solchen Dingen neigte ihre Familie zu Überreaktionen.

»Nun, wir machen uns Sorgen«, stieß Fox hervor.

»Sag es uns, verdammt noch mal«, fluchte Dare. »Verheimliche solche Dinge nicht vor uns. Ich weiß, du willst die Dinge selbst in die Hand nehmen, aber wir wollen so etwas wissen. Das haben wir verdient.«

»Was Michael und Angel angeht«, fuhr Lochlan fort, »der Typ, den ich kontaktiert habe, als du angefangen hast, nach den beiden zu suchen, hat sich bei mir gemeldet.«

Sie schloss die Augen. Egal, wie weit entfernt sie von ihrer Familie lebte, ihre Brüder fanden immer alles heraus. Sie wusste nicht, warum sie ihnen überhaupt etwas verheimlichte.

»Und was Alex betrifft …« Dare seufzte. »Wir wollen den Mann, mit dem du zusammen bist, kennenlernen und uns davon überzeugen, dass er gut genug für dich ist.«

»Und das ist er nicht«, warf Fox ein.

»Wie bitte?«, schrie Tabby. »Welches Recht habt ihr, so etwas über ihn zu sagen? Ihr kennt ihn doch gar nicht.«

»Niemand ist gut genug für dich«, erklärte Fox. »Er ist auf dem Weg der Besserung? Das ist gut. Denn das ist verdammt schwer, aber was ihn und dich betrifft? Das ist eine ganz andere Sache. Keiner ist gut genug für meine kleine Schwester.«

Sie rollte mit den Augen und schaute Lochlan erwartungsvoll an, ob er sich dazu äußern würde, aber er schwieg einfach. Wie immer. Sie atmete aus. »Ich muss zur Arbeit fahren.«

»Dann kommen wir eben mit«, sagte Dare schnell. »Aber wir werden uns nicht in dein Leben einmischen, während wir hier sind.«

Sie lachte. »Klar, Dare. Was immer du sagst. Und habt ihr drei nicht einen Job? Wie habt ihr euch freigenommen, um hierherzukommen?«

»Wir reißen uns normalerweise den Hintern auf und machen nie Urlaub«, erklärte Fox. »Es hat etwas Mühe gekostet, aber du bist es wert, Kleines.«

Erneut warf sie ihm einen finsteren Blick zur. »Nenne mich ja nicht so vor Alexander.«

»Ooooh«, sang Fox, »*Alexander* nennst du ihn also? Lass mich raten, bist du seine *Tabitha*?«

Sie wurde rot und boxte ihn in den Arm. »Halt doch die Klappe, du Kröte. Jetzt werde ich zu spät kommen, also lass uns losfahren.«

»Sie ist tatsächlich seine Tabitha«, trällerte Fox weiter, während er den anderen zu ihrem Fahrzeug und ihrem Mietwagen folgte. »Ist das nicht das Bezauberndste, was man je gehört hat?«

»Wie Cartoon-Hirsche und -Hasen«, fügte Lochlan todernst hinzu.

Sie zeigte ihm erneut den Mittelfinger und winkte mit der anderen Hand ihrer Nachbarin zu, als diese ihr zurief. Sie wurde offiziell zu der verrückten Person von nebenan, und es war ihr egal. Sie musste sich um ihre eigenen Probleme kümmern, ins Büro fahren und ihren Freund von ihren Brüdern fernhalten, bevor diese ihn verletzten oder so.

Einfach, nicht wahr?

Sie stöhnte.

Nein, überhaupt nicht so einfach.

Am Ende saß Lochlan bei ihr auf dem Beifahrersitz, da sie beschlossen hatten, dass sie nicht alleine fahren sollte. Zumindest war das ihre Interpretation, da ihre Brüder liebevoll und überfürsorglich waren. Sie hatten behauptet, sie wollten bei ihr mit im Wagen sitzen, damit sie Zeit mit ihr verbringen konnten, und obwohl das stimmte, war es wahrscheinlich nicht die ganze Wahrheit. Zum Glück jedoch war es Lochlan und nicht einer der anderen beiden. Dare hätte sie genervt und Fox hätte ihr weitere Fragen gestellt und sie unweigerlich selbst beantwortet, wenn sie nicht schnell genug war.

Sie liebte ihre Brüder dafür umso mehr.

Natürlich war es genauso schlimm, so lange neben einem tief im Innersten enttäuschten Lochlan zu sitzen, wie es mit einem der beiden anderen gewesen wäre. Ihre Brüder wussten, wie sie sie auf die Palme bringen konnten, selbst wenn sie nur dafür sorgen wollten, dass sie geliebt und beschützt wurde.

Sie betraten Montgomery Inc. als eine Einheit und fast wäre sie an der Tür stehen geblieben. Es war ihr nicht in den Sinn gekommen, dass dies nicht in Ordnung sein könnte. Das Büro fühlte sich an den meisten Tagen wie eine Zweigniederlassung des Zuhauses der Familie Montgomery an. Einer, in der sie immer willkommen gewesen war. Ihre Brüder waren aus verschiedenen Gründen bisher nie in ihrem Haus hier gewesen. Es hatte für sie nie Sinn gemacht hierherzukommen, zumal es für sie immer billiger und einfacher war, zu ihnen zu fliegen. Sie hatten schon früher versucht, sie einzeln zu besuchen, aber Arbeit und Familienangelegenheiten waren immer im Weg gewesen. Ihre Eltern hatten sie besucht und die Montgomerys kennengelernt. Die beiden älteren Paare hatten sich gut verstanden, und das hatte ihr sehr gefallen.

Aber jetzt brachte sie ihre Brüder ohne Vorwarnung an ihren Arbeitsplatz. Sicher, ihre Brüder hatten ihr nicht viel – oder eher gar keine – Vorwarnung gegeben, aber trotzdem. Sie hoffte nur, dass sie dafür keinen Ärger bekommen würde.

Wes und Storm waren im Büro, als sie und ihre Brüder hereinkamen, und sie sahen überrascht zu ihr auf. Erstens, weil sie *nie* zu spät kam, nicht einmal nach einer Telefonkonferenz, die sie zu Hause abgehalten hatte, weil sie furchtbar früh hatte beginnen müssen. Zweitens, weil sie zum ersten Mal drei große Kerle mitgebracht hatte.

Und das, nachdem sie Alexander in der Öffentlichkeit geküsst hatte.

Nun, zumindest blieben die Dinge interessant.

»Wes, Storm, das sind meine Brüder Dare, Fox und Lochlan«, erklärte sie, während sie auf alle zeigte. »Leute, das sind Wes und Storm, die Zwillinge, die Montgomery Inc. leiten.« Sie wusste nicht, warum sie darauf hinwies, dass sie Zwillinge waren, außer wegen der Tatsache, dass sie dazu neigte, dies zu tun. Bei einem so großen Montgomery-Clan konnte man leicht vergessen, dass Wes und Storm noch enger miteinander verbunden waren als die anderen.

Storms Augen weiteten sich, als Wes mit einem Lächeln im Gesicht nach vorn trat. »Hey, schön, euch drei endlich kennenzulernen.« Er sah zu Tabby hinüber. »Wussten wir, dass sie kommen würden? Ich habe es nicht auf unserem Planer gesehen.«

Sie rollte mit den Augen, als ihre Brüder entweder laut lachten oder leise vor sich hin murmelten. Sie kannten ihre Planer-Besessenheit, sie wussten allerdings nicht, dass Wes fast so schlimm war wie sie. Fast.

»Wir wollten sie überraschen«, erklärte Dare.

Storm warf ihr noch einmal einen Blick zu, bevor er ihre Brüder begrüßte. Sie wusste nicht, warum sich das so seltsam anfühlte, aber es war so. Es war, als würden sich endlich zwei Teile ihrer Familie treffen, und sie war sich nicht sicher, wie sie damit umgehen sollte.

»Du solltest dir den Tag freinehmen«, sagte Wes. »Eigentlich hättest du einfach anrufen und uns Bescheid sagen sollen.«

»Wir kommen wahrscheinlich einen Tag ohne dich aus«, fügte Storm trocken hinzu, bevor sie auf ihren Schreibtisch schaute, als das Telefon klingelte. »Vielleicht.«

Sie lachte und ging ans Telefon. Die Jungs würden

die Dinge vielleicht auch ohne sie regeln können, aber zuerst würde sie dafür sorgen, dass sie Listen hatten, damit sie den Tag auch wirklich überstehen konnten. Die Jungs unterhielten sich hinter ihr miteinander, während sie eine Nachricht aufschrieb. Sicher, Wes oder Storm hätten ans Telefon gehen können, aber sie *mochte* ihren Job und wollte ihm nachgehen, solange sie im Büro war.

Als sie auflegte und sich umdrehte, betrat Alexander das Büro und erstarrte, und seine Augen wurden genauso groß wie die von Storm. Ach, Mist. Sie hatte sich einen Moment Zeit nehmen wollen, um ihm wenigstens eine SMS zu schreiben und ihn vorzuwarnen. Sie hatte ihm Bilder von ihren Brüdern gezeigt, also musste er wissen, wer die Jungs waren, aber das war nicht dasselbe, wie zu wissen, dass sie dort waren, um ihn womöglich zu konfrontieren.

»Alex«, sagte Dare und seine Stimme war tief.

»Dare, oder?«, entgegnete Alexander und streckte seine Hand aus. »Ich wusste gar nicht, dass du hier bist.«

»Wir haben sie überrascht«, sagte Fox trocken und schüttelte als Nächstes Alexanders Hand.

Lochlan begrüßte ihren Freund mit Heben seines Kinns, was Alexander nachahmte. Das lief doch gut … oder?

Oder auch nicht.

»Wir sind auch hier, um uns davon zu überzeugen, dass ihr Arbeitsplatz und ihr Zuhause sicher sind«, sagte Lochlan schließlich und wandte sich an Wes und Storm.

Die Zwillinge verengten die Augen, aber sie hoffte, dass es nicht aus Wut auf ihre Brüder geschah, weil sie es gewagt hatten zu kommentieren, was mit ihr geschehen war.

Sie atmete aus und bewegte sich auf die beiden zu, in der Hoffnung, die Spannung zu lösen. Nur Alexander legte seinen Arm um ihre Schultern und steigerte die Spannung nur noch mehr – zumindest für die anderen Jungs im Raum. Allein dass Alexanders Arm um sie lag, beruhigte sie so sehr, dass sie nachdenken konnte.

»Wir haben zusätzliche Sicherheitsvorkehrungen getroffen«, sagte Storm nach einem Moment. »Kameras und Bewegungsmelder und ein paar andere Dinge.«

»Außerdem war Tabby seit jenem Abend nicht mehr allein im Büro«, fügte Wes hinzu.

»Gut«, sagte Dare. »Weil sie hier nicht mehr arbeiten würde, wenn das nicht der Fall wäre.«

Das riss sie aus ihren Gedanken. »Und Alexander lehrt mich übrigens, mich zu wehren. Denn ich bin, du weißt schon, eine verdammte Erwachsene. Und niemand, ich wiederhole, *niemand* wird sich an mir vergreifen. Das schließt meine unausstehlichen Brüder ein, die denken, sie können mir vorschreiben, was ich tun soll. Ja, *ein* Mann kam in mein Büro und hat sich irrational verhalten, aber das wird nicht wieder passieren. Wir haben die Sicherheitsvorkehrungen erhöht, wie Storm schon erklärt hat, aber ich will verdammt sein, wenn ich mich von euch einsperren lasse.« Sie begegnete dem Blick eines jeden Mannes im Raum. »Von jedem von euch.«

Ihre Brüder starrten sie an, während die Zwillinge ihr zunickten, doch es war Alexanders Blick, der ihr ein wenig mehr Kraft gab. Der Respekt, den sie dort sah, bewegte sie mehr, als Worte ausdrücken könnten. Nicht dass sie in diesem Moment vor den anderen etwas hätte sagen wollen.

»Sie ist in Sicherheit«, sagte Alexander nach einem Moment. »Alle Mitarbeiter hier sind es. Also, warum gehen wir nicht etwas essen oder so, es ist ja schon fast Mittag. Das gibt euch dreien reichlich Gelegenheit, mich so in die Mangel zu nehmen, wie ihr es gern tun würdet.«

Sie hustete und gab ihm einen kleinen Klaps auf seine steinharten Bauchmuskeln. So zu trainieren, wie er es tat, wirkte wirklich Wunder bei ihm. »Äh … wie wäre es, wenn du dich nicht von ihnen in die Mangel nehmen lässt?«

Dare grinste sie an. »Oh, ich denke, wir haben das Recht dazu.«

Fox steckte die Hände in die Hosentaschen und wippte auf seinen Fersen zurück. »Allerdings, kleine Schwester. Tut mir leid, dir das zu sagen, aber das ist so ziemlich das, was wir tun.«

Sie blickte Lochlan an, als er mit den Schultern

zuckte. »Tut mir leid, Tab, das steht auf unserer Liste.«

Die Jungs lachten darüber, sogar die verdammten Montgomerys, und sie wollte am liebsten mit dem Fuß aufstampfen wie ein Kleinkind. Nicht nur, dass sie den Mann, mit dem sie ausging, bedrängten, sie machten sich auch noch lustig über sie und ihre Listen.

Familie. Also wirklich.

Nachdem sie sich vergewissert hatte, dass Montgomery Inc. den Nachmittag ohne sie auskommen würde, machten sie sich auf den Weg zu einem Café in der Nähe, das sie mochte. Sie wäre mit ihnen lieber ins Taboo gegangen, Haileys Café, aber sie hatte Angst, noch mehr Montgomerys zu treffen und diese … *Sache* ein bisschen zu sehr aufzubauschen. Da das Taboo und Montgomery Ink, das Tattoostudio der Familie, nebeneinanderlagen, war die Chance, dass das passierte, sehr groß. Es wäre fast unausweichlich gewesen.

Sie setzten sich an einen großen Tisch im hinteren Teil und zum Glück hatte sie einen Platz neben Alexander ergattern können. Fox hatte versucht, ihren Platz einzunehmen, aber sie konnte zurückbeißen, wenn sie wollte.

»Also«, begann Alexander, nachdem sie ihr Essen bestellt hatten, »was wollt ihr wissen?«

Lochlan begegnete seinem Blick und Tabby legte

ihre Hand auf Alexanders Knie. »Was sollten wir deiner Meinung nach wissen?«

»Leute, hört auf«, sagte sie verzweifelt. »Wir sind hier nicht in der Highschool und er ist nicht meine Verabredung zum Abschlussball. Ich bin erwachsen, verdammt noch mal.« Sie befanden sich im hinteren Teil des Cafés und zum Glück waren keine Kinder in der Nähe, sonst hätte sie sich schlecht gefühlt, weil sie gerade geflucht hatte. Und wenn sie an ihre Familie dachte, hatte sie das Gefühl, dass sie nicht die Einzige war, die ein paar Schimpfwörter von sich geben würde.

»Sie sind deine Brüder«, sagte Alexander ruhig. »Wenn ich nicht sturzbetrunken gewesen wäre, als Meghan oder Miranda sich verabredet haben, hätte ich das Gleiche mit Luc und Decker gemacht. Und ich war in der Reha, als Maya anfing, sich mit Border und Jake zu treffen, also war ich da auch nicht dabei.« Er begegnete den Blicken ihrer Brüder genauso ruhig, wie er es den ganzen Vormittag über gewesen war. »Ist es das, was du wissen wolltest? Dass ich ein Alkoholiker bin? Denn das ist kein Geheimnis. Ich werde immer ein Alkoholiker sein, aber ich bin nicht mehr der Säufer, der ich früher war. Ich werde nicht zulassen, dass mich das definiert, aber es ist immer noch ein Teil von mir. Das kann ich nicht verstecken.«

Fox stieß einen Fluch aus, als Lochlan nickte, aber es war Dare, der sprach. »Die Tatsache, dass du Hilfe angenommen hast, sagt mehr über deinen Charakter aus als alles andere.«

»Es war meine Familie, die mich in die Rehaklinik gebracht hat«, stellte Alexander klar. »Ich war nicht stark genug, um mich selbst dorthin zu begeben.«

»Aber du warst stark genug, um zu bleiben«, sagte Fox leise.

»Nicht jeder bittet um Hilfe«, fügte Lochlan hinzu. »Und diese Leute neigen dazu, andere um sich herum niederzumachen.«

Tabby spürte ihre Blicke auf sich und sie wusste, dass sie über Michael sprachen. »Ich habe ihm alles erzählt«, sagte sie nach einem Moment. »Es gibt keine Geheimnisse zwischen uns.« Abgesehen von der Tatsache, dass sie ihn liebte, aber sie war nicht bereit, das zu verraten. Noch nicht.

Alexander drückte ihre Hand und sie entspannte sich leicht. »Was müsst ihr noch wissen? Ich bin Fotograf, aber das wusstet ihr wahrscheinlich schon. Ich arbeite hauptsächlich freiberuflich und tendiere mehr in Richtung Journalismus als Kataloge. Ich arbeite für meine Familie, wenn sie mich braucht, aber meistens mache ich Dinge auf eigene Faust, weil das zu meinem Beruf passt. Ich habe eine kleine Wohnung, aber auch einige Ersparnisse. Ich weiß nicht, wann ich mir ein Haus kaufen werde, weil ich das schon einmal getan habe, und ich möchte warten, bis ich bereit bin, bevor ich wieder eine solche Verpflichtung eingehe.«

Das war neu für sie, aber sie hörte nur zu, und er erzählte noch ein paar Dinge über sich, die sie bereits wusste. Er nahm das viel besser auf als sie, so viel war sicher.

»Ich kämpfe auch, falls euch das beunruhigt«, sagte er schließlich, und Tabby unterdrückte ein Stöhnen. Sie war sich nicht sicher, wie ihre Brüder reagieren würden.

»Du kämpfst?«, fragte Lochlan. Sie war sich nicht sicher, ob ihr Bruder nur neugierig oder wütend war. Sie hasste es, dass sie den Mann nicht so gut durchschauen konnte wie die anderen.

»Ich fing an, mit ein paar Freunden in ein Fitnessstudio zu gehen, damit ich etwas anderes zu tun hatte, als mich nach der Scheidung und der Reha in Selbstmitleid zu suhlen. Dort gibt es einen Boxring, also habe ich gelernt, wie man kämpft. Ich meine, ich wusste noch ein bisschen was von der Highschool und so, aber nicht so viel, wie ich jetzt weiß. Ich nehme also an organisierten Kämpfen in meiner Gewichtsklasse teil. Nichts Zwielichtiges oder Unerlaubtes, wie ihr vielleicht glaubt, aber heftig genug, um in einem kontrollierten Rahmen Dampf abzulassen. Wenn ihr noch hier seid, wenn mein nächster Kampf stattfindet, solltet ihr zuschauen. Ich habe sogar Tabitha dazu gebracht, mit mir zu kommen.«

Ihre Brüder stellten weitere Fragen dazu und sie hätte am liebsten mit dem Kopf auf den Tisch geschlagen. Natürlich lösten Männer, die mit den

Fäusten aufeinander einschlugen, bei ihren Brüdern Neugierde aus. Sie waren alle so testosterongeschwängert, dass es ein Wunder war, dass sie durch die verdammte Türöffnung passten, wenn sie einen Raum betraten.

»Ich muss schon sagen«, begann Dare, als die Kellnerin ihre Teller abräumte, »ich bin überrascht, dass du so offen bist.«

Stirnrunzelnd schaute sie ihren Bruder an, aber der zwinkerte ihr nur zu. Verdammt sei der Mann.

»Ich musste in der Reha und bei meinen Gruppentreffen lernen, offen zu sein«, sagte Alexander schlicht. »Ich lerne auch, meiner Familie gegenüber so zu sein, aber mit Fremden ist es einfacher als mit den Leuten, die man im Stich gelassen hat.« Tabby drückte wieder seinen Oberschenkel. Sie hasste es, dass er so empfand, aber sie würde ihm beistehen, solange es half.

»Das verstehe ich«, sagte Lochlan leise. »Ich denke, wir sind zufrieden«, fügte er hinzu und sah Fox und Dare an. »Es ist schön, dich kennenzulernen, Alex.«

Er sah Tabby an, und sie hob ihr Kinn. »Tab-«

»Untersteh dich, Lochlan Collins. Ihr drei habt euch nicht nur gegen mich verschworen, sondern auch gegen meinen Freund. Du hast Glück, dass wir uns in der Öffentlichkeit befinden.«

»Babe«, flüsterte Alexander, »es ist okay.«

Sie starrte ihn ebenfalls an. »Das ist es ganz sicher

nicht.« Sie stand auf, das Kinn immer noch erhoben. »Und jetzt geht und bezahlt die Rechnung, denn ihr schuldet uns etwas. Und dann werde ich euch meine Stadt zeigen, bevor ihr ins Hotel zurückkehrt oder wo auch immer ihr untergebracht seid. Denn bei mir werdet ihr ganz sicher nicht bleiben. Aber ich möchte trotzdem, dass ihr Denver genauso lieb gewinnt wie ich. Also, beeilt euch, Jungs. Lasst mich nicht warten. Oh, und ich fahre in Alexanders Wagen mit und ihr könnt in meinem und dem Mietwagen folgen. Keine Widerrede.«

Sie stapfte davon und ignorierte dabei, wie die vier sie anlächelten. Verdammte Männer und ihre verdammte Selbstherrlichkeit. Es war ein Wunder, dass sie sie alle lieben konnte.

Als sie und Alexander es zurück zu ihrem Haus geschafft und die Jungs ihren Wagen abgestellt hatten, war sie erschöpft und vollgestopft. Ihre Brüder konnten echt was verdrücken, wenn sie wollten, und sie hatten das Bedürfnis gehabt, ein paar verschiedene Lokale in der Innenstadt auszuprobieren. Sie hatte sich ihnen angeschlossen und sogar Alexander war dabei gewesen. Aber jetzt hatte sie viel zu viel gegessen und war kurz vorm Platzen.

»Also …«, begann sie, während sie sich die Schuhe auszog.

Alexander lächelte sie sanft an, während er seinen Mantel abstreifte. »Also.«

»Das war unerwartet.«

»Ich mag deine Brüder. Falls das hilft.«

Sie rollte mit den Augen. »Ich werde Kerle nie verstehen, aber egal. Ich bin froh, dass du sie magst und dass ihr euch nicht geprügelt habt. Das muss doch für etwas zählen.«

Er rückte näher, legte eine Hand um ihre Taille und die andere in ihr Haar. »Es zählt.« Er senkte seinen Mund auf ihren und sie stöhnte in ihn hinein. »Willst du ins Bett gehen?«, fragte er und jagte ihr einen Schauer über den Rücken.

Sie lächelte sanft. »Ich kann diese Woche nichts machen.« Das war an diesem Morgen eine unwillkommene Überraschung gewesen, zusätzlich zu ihren Brüdern und allem anderen.

Er zuckte mit den Schultern und küsste ihre Schläfe. »Dann werde ich dich halten, während du schläfst. Brauchst du ein Heizkissen oder so?«

Zur Hölle, es war kein Wunder, dass sie diesen Mann liebte.

»Es reicht mir, wenn du mich nur hältst.« Das würde mehr als genügen, aber sie hatte Angst, es auszusprechen.

Er küsste sie wieder. »Lass uns etwas schlafen, Babe.« Er zog sie in den hinteren Teil des Hauses, wo ihr Schlafzimmer war, und sie seufzte in ihn hinein. Nach dem Tag, den sie gehabt hatte, klang das

Kuscheln mit ihm wie die perfekte Art, den Tag zu beenden.

Sie hoffte nur, dass es so weiterging, denn sie war sich nicht sicher, ob sie ihn gehen lassen könnte, wenn sie es müsste.

Kapitel Zwölf

»DU WIRST IMMER BESSER.«

»Sag mir noch mal, warum wir das in meinem Wohnzimmer machen und nicht im Fitnessstudio?«

Alex grinste. »Weil dort alles für den Kampf heute Abend vorbereitet wird und ich wollte keine Übungsstunde mit dir ausfallen lassen. Nimm die Ellbogen hoch.« Sie schmollte ihn an, tat aber, was er verlangte. Er hatte das Gefühl, dass sie nur schmollte, weil sie wusste, dass es ihn hart machte. Er stellte sich diese Lippen um seinen Schwanz vor und sein Verstand spielte ein wenig verrückt.

»So?«, fragte sie und runzelte die Brauen.

Es war eine Woche her, dass ihre Brüder für zwei Tage in die Stadt gekommen waren, bevor sie wieder in ihr geschäftiges Leben zurückkehrten. Die Dinge waren jetzt ... anders, aber definitiv besser.

Sie trug einen sehr sexy blauen Sport-BH mit Kreuzen auf der Vorderseite, die ihn nur dazu brachten, sein Gesicht zwischen ihnen und ihren Brüsten vergraben zu wollen. Im Ernst, er liebte ihre Titten und konnte nicht genug von ihnen bekommen, aber er hielt sich zurück, da er ihr gerade beibrachte, wie man sich selbst schützt. Sie hatte auch diese schwarzen Leggings an, die sich an ihren Körper anschmiegten wie eine zweite Haut. Sie gingen ihr bis über die Hüften und bedeckten ihren Bauchnabel, ließen den Bereich darüber aber nackt. Sie hatten auch einen blauen Streifen an der Seite und um die Taille, der zum BH passte. Er liebte es, dass ihre Klamotten immer zueinander passten, auch wenn sie sich nicht mal bemühte. Das war einfach seine Tabitha.

Seine Tabitha.

Es schockierte ihn, wie schnell er begonnen hatte, sie als *seine* zu betrachten … und wie gefährlich das war. Er war sich nicht sicher, was als Nächstes passieren würde, und das machte ihm Angst, aber er würde mit beiden Beinen fest auf dem Boden bleiben und in die Zukunft gehen. Er hatte keine andere Möglichkeit.

»Das machst du wirklich gut, Baby«, sagte er ehrlich.

»Wirklich?«, strahlte sie. »Wahrscheinlich nicht gut genug, um neben dir im Ring zu kämpfen«, sagte sie mit einem Augenzwinkern.

Er zuckte zusammen. »Ich weiß nicht, ob ich sehen möchte, wie du dich mit einer anderen Frau prügelst und am Ende ein blaues Auge davonträgst. Vielleicht muss ich dann jemanden schlagen.«

Sie rollte mit den Augen. »Aber es ist in Ordnung, wenn du es machst?«

Er seufzte. »Es gibt keine Möglichkeit für mich, diese Diskussion zu gewinnen, oder?«

»Nein«, entgegnete sie mit einem breiten Lächeln. »Du bist ein sexistisches Schwein, und ich weiß nicht, was ich mit dir machen soll.«

Er überlegte, was er in diesem Moment mit ihr machen könnte, und sie schlug ihm sanft in den Bauch. »Hey«, brummte er. Ihre Schläge wurden mit der Zeit immer härter.

»Du denkst an Sex, und das habe ich nicht gemeint.«

Er leckte sich über die Lippen. »Baby, ich denke immer in irgendeiner Form an Sex. Ich bin ein Kerl.«

»Nun, ich bin eine Frau und ich denke auch an Sex. Es ist erstaunlich, wie sehr Männer dazu neigen, das zu vergessen.«

Er bewegte sich vorwärts, um sie in seine Arme zu nehmen, und sie hielt ihre Hände hoch, um ihn abzuwehren. »Was? Ich werde einfach diese Leggings ein wenig an deinen Beinen herunterziehen, sodass sie unter deinem Hintern sitzen, und dann werde ich dich von hinten ficken, während deine Beine zusammengedrückt sind, sodass du extra eng bist. Was ist daran falsch?«

Sein Schwanz erhärtete sich bei seinen Worten, und sie atmete langsam aus und ihre Wangen waren rot. »Meine Güte, das müssen wir mal versuchen, aber nicht jetzt. Ich bin noch ganz wund von heute Morgen.«

Er zuckte zusammen. »Scheiße, es tut mir leid. Ich war zu hart zu dir.« Sie hatten Sex in der Dusche gehabt und dann auf der Bettkante. Er war härter und schneller geworden als je zuvor, und jetzt hatte er ihr verdammt wehgetan.

Sie ging sofort zu ihm und schlang ihre Arme um ihn. »Hey, ich beschwere mich nicht. Aber wir hatten heute Morgen *dreimal* Sex und gestern Abend auch *dreimal*. Das ist sogar für uns ein Rekord. Ich brauche nur etwas Zeit, um mich zu erholen, bevor ich dich heute Abend wie ein Cowgirl reite.«

Er lächelte und küsste sie auf die Nase. »Du willst mich reiten?«

Sie nickte. »Ja. Vielleicht setze ich sogar einen kleinen Hut auf.«

Er lachte und küsste sie erneut. »Das klingt nach einem Plan.« Er atmete aus und rieb ihr über den Rücken. »Was hältst du davon, einen Kurs mit mir zu machen?« Er wusste nicht, woher das kam, aber er nahm es nicht zurück.

Sie lehnte sich ein wenig nach hinten und musterte sein Gesicht. »Was für eine Art von Kurs?«

»Einen Selbstverteidigungskurs. Ich habe schon mal einen gemacht, dort habe ich gelernt, was ich dir bereits beigebracht habe. Aber ich denke, es wäre besser, wenn du einen richtigen Kurs machen würdest. Und mir würde es auch nichts ausmachen, mehr zu lernen. Ich bin zwar ein großer Kerl, aber ich trage keine Waffe bei mir, wenn ich draußen auf der Straße arbeite.« Er zuckte mit den Schultern. Hier ging es mehr um sie, und er hatte das Gefühl, dass sie es beide wussten, aber er würde alles tun, um sie in Sicherheit zu wahren.

Sie biss sich auf die Lippe. »Ich … ich denke, das wäre schön. Ich habe noch nie einen gemacht, weil … na ja … ich das Gefühl hatte, nicht bereit zu sein. Ich meine, ich hätte es wahrscheinlich sein sollen, wenn man bedenkt, was passiert ist, aber aus irgendeinem Grund wollte ich nur mit dir arbeiten. Sogar bevor du und ich anfingen, miteinander auszugehen. Aber nachdem ich mit dir gearbeitet habe und weiß, dass du an meiner Seite sein wirst, ich weiß nicht … ich fühle mich einfach stärker. Ich fühle mich stärker mit dir.«

Er atmete aus und seine Gedanken wirbelten umher. »Das bin ich nicht gewohnt, weißt du.« Sie runzelte die Stirn und er fuhr fort: »Es gefällt mir, versteh mich nicht falsch. Aber Jess, nun ja, sie hat mir nie erlaubt, ich selbst zu sein, weißt du? Ich durfte ihr nie helfen, es sei denn, sie hat mich in die Enge getrieben. Ich vergleiche euch nicht miteinander, wirklich nicht, aber es ist mehr die Tatsache, dass ich mich wie *ich* fühle, wenn ich mit dir zusammen bin.« Er hatte nicht vorgehabt, das alles zu sagen, aber er war froh, dass er es getan hatte. Er wollte nicht, dass es unausgesprochene Themen zwischen ihnen gab, auch wenn er nicht wusste, wohin das führen würde. Er wusste nur, wenn er weiterhin *nicht* über seine Nüchternheit oder seine Vergangenheit mit Jess sprach, würde er am Ende alles vermasseln.

Ihre Augen weiteten sich. Sie war wahrscheinlich verdammt überrascht, dass er Jess erwähnt hatte, aber die beiden waren inzwischen besser darin, sich auf das Jetzt zu konzentrieren, ohne die Vergangenheit komplett zu vergessen und damit die gleichen Fehler zu machen. Zumindest hoffte er, dass sie das waren.

»Ich glaube, ich weiß es«, sagte sie nach einem Moment.

»Und da ich gerade so offen bin, sollte ich wohl erwähnen, dass sie gestern angerufen hat.«

»Ernsthaft?«, fragte sie etwas gereizt.

»Ich habe den Anruf nicht angenommen und sie hat keine Nachricht hinterlassen. Ich habe nicht vor abzunehmen, sollte sie wieder anrufen. Sie braucht mich wirklich nicht und will auch nicht mit mir reden. Sie mag es einfach, im Mittelpunkt zu stehen, und sobald sie merkt, dass sie das von mir nicht bekommt, wird sie verschwinden. Sie braucht mich nicht«, wiederholte er. »Und ich brauche sie nicht. Ich weiß nicht, ob ich das jemals getan habe.«

Sie begegnete seinem Blick und atmete langsam aus. »Ich brauche dich«, flüsterte sie und strich mit ihren Lippen über seine, während sie sich auf die Zehenspitzen stellte.

Sein Körper entspannte sich sofort. »Ich brauche dich auch.«

Sie hatten noch nicht darüber gesprochen, was sie darüber hinaus waren, und vielleicht, nur vielleicht, konnte er stark genug sein, damit sie mehr sein konnten, als sie jetzt waren. Irgendwann.

Vielleicht könnte er einen Weg finden, wieder zu lieben und so verletzlich zu sein.

Denn bei Tabitha konnte er sich das vorstellen.

Und das machte ihm mehr Angst als alles andere in seinem Leben.

———

Später traten sie ins Fitnessstudio ein und bei dem Gedanken an den bevorstehenden Kampf durchströmte ihn unbändige Energie. Tabitha stand neben ihm und lehnte sich an ihn, während er von einem Fuß auf den anderen wippte.

»Du bist ganz schön aufgedreht«, sagte sie mit einem Lächeln.

Er blinzelte zu ihr hinunter. »Du weißt es.« Er beugte sich herunter und flüsterte ihr ins Ohr: »Ich werde heute Abend wahrscheinlich *ziemlich* aufgedreht sein.«

Sie stieß ihn mit dem Ellbogen in die Rippen, als Wes und Storm auf sie zustürmten. »Benimm dich.«

»Es ist, als würdet ihr mich nicht kennen«, sagte er lachend, als die Zwillinge vor ihnen anhielten. Verdammt, er hatte nicht realisiert, dass er so etwas in seinem Leben haben könnte. Mit Tabitha an seiner Seite und dem verdammten Lachen in der Öffentlichkeit war es, als wäre er ein anderer Mensch, als er es vor allem gewesen war. Dem Blick in Wes und Storms Augen nach zu urteilen war er nicht allein.

»Hey«, sagte Wes, sein Gesichtsausdruck aufmerksam. »Du hast gesagt, es sei okay, wenn wir auftauchen, und Harper hat uns mehr über den Kampf verraten.«

Harper und Brody kamen auf sie zu, während Wes sprach, und Harper zuckte zusammen. »Ich hoffe, das war okay.«

Alex nickte, sein Arm um Tabitha beruhigte ihn. »Ich bin froh, dass ihr alle hier seid«, sagte er schnell. »Im Ernst.«

Storm musterte sein Gesicht. »Wirst du dem Kerl in den Arsch treten? Ich habe nämlich keine Lust, meinen freien Abend hier zu verbringen und zuzusehen, wie du niedergeschlagen wirst.«

»Hey, seid nett«, sagte Jillian, als sie sich zwischen Storm und Wes schob und die Zwillinge dabei mit den Hüften anstieß. »Hey, Leute. Tut mir leid, ich musste noch einen Anruf entgegennehmen, also sind die Jungs schon mal ohne mich reingegangen.«

Wes blickte finster drein. »Ich glaube immer noch nicht, dass es eine gute Idee war, dich da draußen allein zu lassen.«

Sie winkte ab und Alex warf den Jungs einen bösen Blick zu. »Ich war nicht allein. Du hast mich die ganze Zeit über beobachtet.« Sie winkte mit dem Finger in Wes' Richtung. »Sogar noch mehr als Storm, denn anscheinend traut ihr mir nicht zu, auf mich selbst aufzupassen.«

Alex versteifte sich, als Tabitha das Gleiche tat. »Das ist wahrscheinlich meine Schuld«, sagte sie leise. »Ich wurde vor ein paar Wochen im Büro angegriffen und die Jungs sind alle nervös.«

Jillians Augen weiteten sich und sie drehte sich um, um Storm anzustarren. »Warum hast du mir das nicht gesagt? Verdammt.« Sie ging auf Tabitha zu und streckte die Hände aus. »Es tut mir so leid. Ich bin gerade voll ins Fettnäpfchen getreten. Geht es dir gut? Hast du mit jemandem gesprochen?«

Tabitha entspannte sich sofort an seiner Seite und Alex wurde in diesem Moment klar, warum Storm und Jillian zusammen waren. Sie war einfach so ein verdammt guter Mensch. Alex wusste vielleicht nicht genau, was zwischen ihnen lief, aber wenn sie sich so um Tabitha kümmerte, wie sie es im Moment zeigte, konnte er sie als Freundin betrachten.

»Mir geht's gut«, erklärte Tabitha. »Wirklich. Alexander bringt mir bei, wie ich auf mich selbst aufpassen kann, und wir beide werden auch einen Kurs zusammen machen.«

Jillian lächelte ihn an, bevor sie sich wieder an Tabitha wandte. »Gut! Das ist schön zu hören. Welcher Kurs ist es? Ich könnte auch mal wieder eine Auffrischung gebrauchen, wenn du noch eine Freundin dabeihaben willst.«

»Wir könnten alle gehen, wenn Männer und Frauen erlaubt sind«, warf Storm ein. »Auf diese Weise wissen wir alle, was wir tun.«

»Klingt für mich wie ein Plan«, warf Wes ein.

»Ich habe nichts dagegen, mich anzuschließen, wenn noch Platz für mich ist«, fügte Brody hinzu.

»Ich ebenfalls«, sagte Harper.

Alex sah auf Tabitha hinunter, während sie die Tränen zurückblinzelte. Er wusste, einer der Hauptgründe, warum sie in der Vergangenheit gezögert hatte, so etwas zu tun, war, dass sie sich nicht sicher genug gefühlt hatte. Jetzt würde sie von einer ganzen Gruppe von Leuten umgeben sein, die sie kannte, während ihr Selbstbewusstsein gestärkt wurde. Er hätte sich keine besseren Freunde oder Familie wünschen können.

»Ich glaube, es ist noch Platz«, sagte sie nach einem Moment leise. »Und ja, ich würde mich freuen, wenn ihr euch anschließen würdet.«

»Das ist perfekt«, sagte Jillian, die die Spannung entweder nicht bemerkte oder einfach nur ignorierte. Er hatte das Gefühl, dass es Letzteres war, und er war

froh darüber. »Ich weiß, dass die meisten Selbstvertei-
digungskurse für Frauen sind, aber ich bevorzuge die
Kurse, die sich an alle richten. Nur weil man einen
Penis hat, heißt das nicht, dass man sicher ist.«

Die Jungs zuckten zusammen, als Tabitha mit
Jillian lachte. Wenigstens konnte sie das lustig finden.

»Ich muss mich fertig machen«, sagte er, nachdem
sie noch ein bisschen geredet hatten. »Es finden noch
zwei Kämpfe vor meinem statt und dann bin ich
dran. Ich will vorbereitet sein.«

Tabitha stellte sich auf Zehenspitzen und küsste
ihn vor allen Anwesenden voll auf den Mund.
»Gewinne für mich, okay? Und denk an den Hut.«

Er stöhnte bei diesem Bild und winkte alle ab, als
sie lachten. Sie wussten vielleicht nicht genau, worauf
sie sich bezog, aber er hatte das Gefühl, dass sie alle
eine gute Vorstellung hatten.

Brody und Harper gingen mit ihm in die Umkleidekabine, da sie Mitglieder des Fitnessstudios waren,
und halfen ihm bei der Vorbereitung. Sie würden sich
während des Kampfes am Ring und in seiner Ecke
aufhalten, und Brody war gleich nach Alex dran.
Harper hatte an diesem Abend nicht vor zu kämpfen,
da er am frühen Morgen einen Termin hatte, aber er
wollte seine beiden Freunde im Ring nicht im Stich
lassen.

Während Alex seine Hände bandagierte, konzentrierte er sich auf das, was er an diesem Abend zu tun
hatte. So sehr er auch an die warme Frau denken

wollte, mit der er das Bett teilen würde, musste er sie für den Moment aus seinem Kopf verbannen. Er würde Fehler machen, wenn er an sie dachte und nicht daran, was der andere Kerl tat. Sein Adrenalinspiegel stieg an, aber nicht so stark wie früher beim Warten auf den nächsten Drink.

Und verdammt, wenn es ihm nicht gefiel.

Er brauchte an diesem Abend keinen Drink, und er wollte auch keinen. Ein kleiner Teil von ihm sehnte sich immer noch nach einem, aber das war nicht der Hauptteil. Steve, sein Sponsor, hatte immer wieder gesagt, dass allein der Gedanke daran ein Fortschritt sei, und Alex war ihm dankbar dafür.

»Bist du bereit?«, fragte Brody und rollte den Kopf hin und her. »Dieser Kerl benutzt gern seine Rechte mehr als seine Linke, obwohl ich seinen Trainer immer wieder habe sagen hören, er solle sich konzentrieren. Er hört einfach nicht zu.«

Alex nickte und bewegte sich von einem Fuß auf den anderen, während er seinen Körper und seinen Geist auf den bevorstehenden Kampf vorbereitete. »Ja, das ist mir auch schon aufgefallen. Das wird ein Spaß«, sagte er mit einem Grinsen.

Harper rollte mit den Augen, aber er sah den Humor in ihnen. Der Mann stimmte völlig zu, auch wenn er versuchte, ganz stoisch zu wirken.

»Dann mal los«, sagte Alex. Mit einem Faustschlag in Richtung seiner Crew machte er sich auf den Weg aus der Umkleidekabine, als sein Name erklang. Dies war kein spätabendlicher Boxkampf im Fernsehen, aber es machte trotzdem Spaß. Er wollte sich nicht so verletzen, dass er nicht mehr arbeiten konnte, oder gar im Krankenhaus landen. Er wollte einfach etwas tun, das ihm Spaß machte, ohne alles zu riskieren, wofür er gearbeitet hatte. Er war sich nicht sicher, ob er hiernach noch einmal kämpfen würde oder was als Nächstes kam, aber zuerst musste er diesen Kampf gewinnen.

Er brauchte die Kontrolle nicht mehr wie früher, und er war sich nicht sicher, ob es an der verstrichenen Zeit lag oder an der Frau, die ihn von der Seite des Fitnessstudios aus beobachtete.

Er hatte sie an seiner Seite, und verdammt noch mal, er wusste, dass er das hier gewinnen konnte.

Und als die Glocke läutete, konzentrierte er sich auf den anderen Mann im Ring vor ihm und tat dort das, was er am besten konnte. Der andere Kerl war nicht so gut in Form wie Alex, und das wussten sie beide. Er verließ sich auch stark darauf, seine ganze Energie nach vorn gerichtet einzusetzen, um zu versuchen, seinen Gegner k. o. zu schlagen, und das war nicht Alex' Art zu kämpfen.

Alex wich dem rechten Haken des Mannes aus und nutzte den Moment der Unachtsamkeit und der Entblößung der linken Seite des Mannes, um ihn direkt in die Rippen zu treffen. Alex bewegte sich erneut, dieses Mal schneller, und traf den Mann am Kinn.

Sein Gegner taumelte zurück, schlug aber weiter zu. Alex wich allen Schlägen aus, bis auf einen. Er war zu langsam, um aus der Reichweite der Schläge zu gelangen, wenn er zurückschlagen wollte. Er zuckte zusammen, als der Schlag ihn am Kinn traf, blockte aber die nächsten beiden Hiebe ab.

Sein Energielevel stieg an, sein Körper bewegte sich schnell und tat genau das, was er brauchte. Als er noch getrunken hatte, war das nicht der Fall gewesen. Er hatte immer einen Schritt hinterhergehinkt, und er weigerte sich, wieder dieser Mann zu sein.

Mit einem letzten Haken traf er seinen Gegner am Kinn und der Mann ging zu Boden. Er war zwar nicht vollkommen bewusstlos, aber er wurde ausgezählt. Der Schiedsrichter hielt Alex' Hand hoch, und dieser jubelte, als die Tafel seinen Namen als Sieger anzeigte.

Nur eine Runde, und er hatte den Kerl k. o. geschlagen.

Gar nicht mal so schlecht.

Er ging in seine Ecke und schluckte das Wasser hinunter, das Harper ihm gab, während die anderen feierten. Er glitt durch die Seile und machte sich auf den Weg zu Tabitha. Sie sprang ihm in die Arme und er umarmte sie fest, obwohl er immer noch seine verdammten Handschuhe anhatte.

»Du hast gewonnen! Aber oh mein Gott, ich glaube, ich kann nicht zusehen, wie du wieder geschlagen wirst.«

Er lachte und küsste sie hart. »Ich glaube, ich gehe als Sieger vom Platz, Baby. Was sagst du dazu?«

Sie rutschte an seinem verschwitzten Körper herunter, als er sie auf den Boden setzte. »Ich denke, wir sollten Brody zusehen, wie er ein paar Ärsche versohlt, und dann können wir nach Hause fahren und ich werde Doktor spielen, bevor ich zum Cowgirl werde.«

Sie hatte die Worte in einem normalen Tonfall gesagt, damit die Zwillinge und auch der Rest der Crew sie hörten, aber er wusste, dass es keinen von ihnen interessierte. Er konnte es ehrlich gesagt nicht erwarten, bei ihr zu Hause anzukommen und sich auf sie zu stürzen.

Sie war besser als alle Kämpfe der Welt.

Nachdem Brody seinem Gegner in noch kürzerer Zeit als Alex in den Arsch getreten hatte, verabschiedeten sie sich und fuhren zurück zu Tabithas Haus. Sein Schwanz schmerzte und er wollte sie am liebsten gleich dort im Wagen ficken, aber er hielt sich zurück.

Hauptsächlich weil er verhindern wollte, von der Polizei angehalten zu werden, aber auch, weil er wusste, dass er am Ende entweder an sich selbst oder an seinem verdammten Fahrzeug etwas kaputt machen würde, wenn er das versuchte. Er war nicht mehr siebzehn, und es in dem kleinen Innenraum zu treiben war einfach nicht mehr das, was es einmal war.

Sobald sie die Tür hinter sich geschlossen hatten, fiel Tabitha über ihn her, sie wanderte mit den Händen über seinen Körper und presste ihre Lippen auf seine. Wie zum Teufel hatte er nur so viel Glück gehabt?

Sie zog sich zurück und zwinkerte. »Du küsst gut und fickst noch besser, ich schätze, deshalb behalte ich dich einfach.« Sie lachte, als sie das sagte, und in dem Moment wurde Alex klar, dass er den letzten Teil laut ausgesprochen hatte. Verdammt, das hatte er nicht vorgehabt, er hatte nicht vorgehabt, zu viel zu verraten.

»Gut zu wissen, dass ich besser ficke als küsse«, knurrte er und zerrte ihr die Kleider vom Leib, während er jedes Stück nackter Haut küsste, das zum Vorschein kam.

»Und du küsst verdammt gut«, stöhnte sie.

Er rieb seinen harten Schwanz an ihr und sie zitterten beide. »Ich muss in dich eindringen, aber zuerst möchte ich dich lecken. Es ist schon Stunden her, dass ich mein Gesicht zwischen deinen Schenkeln hatte.«

Sie leckte sich über die Lippen. »Und es ist schon Stunden her, dass ich deinen Schwanz im Mund hatte.«

Heilige Scheiße. Er war in diesem Moment wirklich der glücklichste Mann auf Erden. »Wie wäre es, wenn wir beides gleichzeitig machen?«

Ihre Augen verdunkelten sich. »Wieso haben wir das noch nicht gemacht?«

Er zog sich ebenfalls aus, sodass sie beide nackt waren, ihre Körper schmiegten sich in ihrem Wohnzimmer aneinander, während sie sich küssten und berührten und liebkosten. »Ich weiß es nicht, aber wir müssen diese Situation sofort berichtigen.«

Er hob sie hoch, sodass ihre Muschi an seinem Schwanz lag, als er sie ins Schlafzimmer trug. Sie war so nass, dass sie bei jedem Schritt über ihn glitt, und er wäre in diesem Moment fast gekommen.

»Du bist so verdammt sexy«, hauchte er, als er sie auf dem Bett absetzte. »Ich könnte kommen, wenn ich dich nur ansehe.«

Sie fasste sich an die Brüste und leckte sich über die Lippen. Mit ihrem roten Haar, das über die Bettdecke um sie herum ausgebreitet war, sah sie aus wie eine verlockende Verführerin, von der er nicht genug bekommen konnte. »Ich glaube, ich bin schon gekommen, als ich dich dabei beobachtet habe, wie du dich selbst befriedigt hast.«

Er lachte und umfasste mit der Hand seinen Schwanz. »Du hattest deine Hände an deiner Muschi, als ich das hier gemacht habe, Frau. Du hast deine Klitoris mit deinen Fingern massiert und all diese gehauchten Stöhngeräusche von dir gegeben, von denen du weißt, dass ich sie mag; es ist kein Wunder, dass wir beide innerhalb von Minuten gekommen sind.«

Er senkte den Kopf, nahm eine Brustwarze in den Mund und ließ seine Zunge über ihre Finger gleiten. »Ich liebe deine Titten, verdammt. Ich liebe es, dass sie hüpfen, wenn ich dich ficke, und wackeln, wenn du in deinen hohen Absätzen schnell gehst. Ich möchte am liebsten jeden Kerl schlagen, der sie anstarrt, aber dann kann ich es ihnen nicht verübeln, denn sie sind wirklich wunderschön.«

Sie wölbte den Rücken und kniff in eine Brustwarze, während er in die andere biss. »Du hast sie schon mal gefickt, und als du das getan hast, habe ich es geliebt, die Spitze deines Schwanzes zu schmecken. Es macht mir nichts aus, dass sie so groß sind, wenn mir nach einem langen Tag der Rücken wehtut, weil ich weiß, dass du sie für mich massieren wirst, wenn ich nach Hause komme.«

Er stöhnte und kniete auf dem Bett und berührte mit einer Hand ihre Hüfte. »Roll dich auf die Seite. Ich könnte auf deinem Gesicht reiten oder dich dasselbe bei mir machen lassen, aber auf diese Weise werde ich dich nicht mit meinem Schwanz erwürgen, wenn ich die Hüften zu schnell bewege.«

Sie rollte mit den Augen. »Du hast zu viele Pornos geguckt.«

Er klatschte ihr auf den Hintern, als er sich auf die Seite legte und eines ihrer Beine über seinen Hals schob. Ihre nasse und rosafarbene Muschi rief praktisch nach ihm. »Du bist diejenige, die mir die Webseite gezeigt hat, die dir so gefällt. Du weißt schon, die, wo die ersten zwanzig Minuten Aufnahmen von ihm zu sehen sind, wie er sie genüsslich leckt?«

»Es war nur ein Hinweis«, sagte sie lachend, bevor sie seinen Schwanz zwischen ihre Lippen nahm. Gütiger Gott, er liebte die Art, wie sie ihm einen blies. Sie war wirklich perfekt für ihn.

Er verdrängte diesen Gedanken schnell aus seinem Kopf und befolgte ihren Hinweis. Als er an ihrer Muschi leckte und saugte, rollte sie ihre Hüften über seinem Gesicht, also benutzte er seine Hände und seinen Mund an ihr, und er liebte die Art, wie sie sich bewegte, die Art, wie sie schmeckte, die Art, wie sie kleine brummende Geräusche an seinem Schwanz machte, wenn er sie genau richtig verwöhnte. Er leckte an seinem Finger, bevor er um ihre Hüfte griff und ihre Pobacken spreizte, um mit ihrem Anus zu spielen. Weiter waren sie noch nicht gegangen und er war sich nicht sicher, ob sie es tun würden, aber sie mochte es, wenn er ihren Anus mit seinem Finger fickte, während er ihre Muschi leckte. Ihm gefiel es zufällig genauso gut, wenn nicht noch mehr.

Er saugte an ihren Schamlippen, bevor er mit seiner Zunge immer wieder über ihre Klitoris fuhr. Es war schwer, an mehr als das zu denken, während ihre Hand auf seinen Hoden lag, sein Schwanz in ihrem

Hals steckte und sie mit einem ihrer Finger seine Prostata erkundete.

Er verdrehte die Augen, als sie ihn genau an der richtigen Stelle rieb, und er zog sich zurück, weil er Angst hatte, dass er gleich kommen würde.

»Ich war noch nicht fertig«, keuchte sie, als sie sich auf den Rücken rollte.

Er küsste sie schnell, bevor er nach einem Kondom griff und es sich überzog. Er drückte den Ansatz seines Schwanzes fest zusammen, damit er noch ein paar Minuten länger durchhalten konnte.

»Ich bin nicht mehr so jung und ich will, dass du mich reitest, wie du es versprochen hast, bevor ich noch einmal komme.«

Sie lächelte und stieß an seine Schultern. Er fiel zurück, und ehe er sichs versah, hatte sie ihre Hüften über ihm und glitt an seinem Schwanz hinunter, wobei sie sich mit den Zähnen auf die Lippe biss.

»Du bist heute Morgen dreimal gekommen«, neckte sie ihn und ließ die Hüften kreisen.

Er biss die Zähne zusammen und grub die Hände in ihre Hüften, als sie auf ihm ritt. »Nein, das warst du. Ich bin nur einmal gekommen. Ich erhole mich nicht mehr ganz so schnell wie als Jugendlicher.« Das Trinken hatte ihm das angetan, aber er hielt länger und länger durch, je mehr er mit ihr zusammen war, und das wussten sie beide.

Sie runzelte die Stirn und senkte sich ab, sodass ihre Hände auf seinen Schultern lagen und ihr langes

Haar um sie herum fiel. »Das wusste ich«, flüsterte sie. »Ich neige nur dazu, Dinge durcheinanderzubringen, wenn ich fast den Verstand verliere.«

Er hielt ihre Hüften über ihm fest, bevor er langsam in sie hinein- und wieder aus ihr herausglitt. Als ihre Blicke sich dieses Mal begegneten, lächelte er.

»Dann wollen wir dich mal wieder zum Kommen bringen, was?«

Sie keuchte und grub die Fingernägel in seine Haut. »Ich dachte, ich würde dich reiten.«

Er steigerte sein Tempo, glitt mit Hingabe in sie hinein und aus ihr heraus. »Das nächste.« Harter Stoß. »Mal.« Härterer Stoß.

Sie verdrehte die Augen und tat etwas mit ihren inneren Muskeln, das ihn aufstöhnen ließ. Und da er so verdammt nahe dran war zu kommen, übernahm sie die Führung und ritt ihn, wie sie es geplant hatte.

Er konnte sich ehrlich gesagt nicht beschweren und hielt sich an ihr fest und massierte ihre Brüste, während sie ihn ritt wie das Cowgirl, das sie sein wollte.

Und als sie beide kamen, keuchten und schwitzten sie und waren voller Energie, und er hatte sich in seinem ganzen Leben noch nicht besser gefühlt. Er hielt sie fest, sein Schwanz immer noch tief in ihr, während sie über ihm nach Luft schnappte. Sie sagten kein Wort und er war froh darüber, denn er war sich nicht sicher, was er sagen würde.

Er hatte nicht vorgehabt, jemandem wieder so

nahe zu kommen, aber Tabitha ließ ihn sich entblößt und roh fühlen, offen für das, was sie ihm geben konnte, und für Dinge, von denen er nicht sicher war, ob er sie annehmen wollte. Sie war nicht Teil seiner Pläne gewesen, und er wusste, dass er auch nicht Teil der ihren gewesen war. Er betete nur, dass er sie nicht zerstören würde, was auch immer als Nächstes kam. Denn Tabitha war so viel mehr wert als das.

So viel mehr.

Kapitel Dreizehn

ALEX LEGTE seinen Arm über Tabithas Schulter, als sie die Auffahrt zum Haus seiner Eltern hinaufgingen. Aus irgendeinem Grund war er verdammt nervös, obwohl er schon oft an Familientreffen teilgenommen hatte. Natürlich war es das erste Mal, dass er Tabitha mitbrachte, und das erste Mal, seit seine Familie von seinen Boxkämpfen erfahren hatte. Obwohl er beschlossen hatte, höchstwahrscheinlich keine Kämpfe mehr zu führen, war er sich ziemlich sicher, dass sich seine Eltern und Geschwister immer noch Sorgen um ihn machen würden.

Sie machten sich immer Sorgen.

Aber Alex musste es in Kauf nehmen, denn wenigstens hatte er die Familie im Rücken, wenn es um seine Genesung ging. Er hatte im Rehazentrum eine Menge Jungs kennengelernt, die das nicht hatten.

»Warum bin ich nervös?«, fragte Tabitha und sprach somit seine Gedanken laut aus. »Ich meine, ich gehe jetzt seit Jahren fast monatlich zu diesen Veranstaltungen. Und trotzdem möchte ich am liebsten auf meinen Fingernägeln kauen und mich unter einem Busch verstecken. Ich meine, ich habe vier Anläufe gebraucht, um etwas zum Anziehen zu finden, und ich bin mir ziemlich sicher, dass dies das Outfit ist, das ich bei der gleichen Gelegenheit vor zwei Monaten auch getragen habe.«

Kurz bevor sie die Haustür erreichten, hielt er sie beide an und drehte sich zu ihr um, wobei er sie in seinen Armen hielt. »Ich bin auch nervös.«

Sie verengte die Augen, während sie ihre Hände auf seine Brust legte. »Dass du nervös bist, zeigt mir nur, dass ich nervös sein sollte.«

Er küsste sie auf die Nasenspitze und sie seufzte. »Wir werden zusammen nervös sein. Aber du weißt, dass meine Familie dich liebt, oder? Ich meine, meine Eltern werden wahrscheinlich vor Freude herumhüpfen, dass du überhaupt hier bist. Also lass dich davon nicht erschrecken.«

»Aber jetzt bin ich mit ihrem kostbaren kleinen Jungen zusammen.«

Er schnaubte. »Ich bin schon lange nicht mehr ihr *kleiner* Junge.« Er senkte den Kopf, um sie zu küssen, und erstarrte, als seine Mutter sich räusperte.

»Du wirst immer mein kleiner Junge sein, Alex.

Tut mir leid, das zu sagen, aber ich nenne Austin sogar so, wenn mir danach ist. Das ist das Vorrecht einer Mutter. Jetzt geh rein und hör auf, mit Tabby auf der Veranda rumzuknutschen. Es ist kalt draußen. Und Tabby, Schatz, ich liebe dieses Outfit. Du siehst umwerfend darin aus.«

Er lächelte die Frau in seinen Armen an, die sofort breit zurücklächelte, und er entspannte sich ein wenig. *Ich kann das schaffen*, dachte er. Nur ein Schritt nach dem anderen.

Sie waren offenbar die Letzten, die eintrafen, aber das machte ihm nichts aus. Sie waren nicht an der Reihe, bei der Essenszubereitung zu helfen, und er hatte nicht im Weg sein wollen. Außerdem hatte Tabitha eine Weile gebraucht, um sich fertig zu machen. Nicht dass es ihn gestört hätte, denn sie hatte den ganzen Morgen nichts anderes als einen Spitzen-BH und ein Höschen getragen, während sie von einem Outfit zum anderen wechselte. Am Ende lag er auf dem Bett und hatte die Hände hinter dem Kopf verschränkt, während er sie beobachtete.

Die beste Aussicht des Morgens, so viel war sicher.

Als sie das Wohnzimmer betraten, sahen sie ein Stück des normalen Chaos. Irgendwie hatten Leif und Cliff die jüngeren Kinder, die laufen konnten, in eine Art Spiel verwickelt, bei dem der fast zweijährige Colin auf dem Rücken seines fast dreizehnjährigen Bruders wie auf einem Pferd ritt. Dann wirbelte der neunjährige Cliff die siebenjährige Sasha durch den Raum, bevor die Älteren wechselten und die Aktionen mit den Jüngeren wiederholten.

Wie immer bekam er jedes Mal, wenn er seine Nichten und Neffen sah, dieses kleine Kribbeln im Bauch, aber er schüttelte es ab. Seine Kinder wären etwa in Cliffs oder Sashas Alter gewesen, das jüngste in Colins. Wenn die Dinge anders gelaufen wären, wäre er vielleicht derjenige gewesen, der ein Kind auf dem Rücken trug, während er so tat, als würde er wiehern wie ein Pferd.

Doch es beschämte ihn, dass er das nie getan hatte. Er hatte den Rest seiner Geschwister beobachtet, wie sie mit den Kindern spielten, und er erinnerte sich nicht wirklich daran, sie gehalten zu haben, außer als Sasha und Cliff noch Babys gewesen waren. Natürlich hatte er damals noch nicht alles gewusst, was er heute wusste, und Leif war erst vor ein paar Jahren dazugekommen.

Aber er war sich nicht sicher, ob er Colin jemals im Arm gehalten hatte oder die neuen Kinder, die vor ein paar Monaten in ihr Leben getreten waren, als alle drei seiner Schwestern innerhalb weniger Wochen ihre Babys zur Welt brachten.

»Was ist los?«, flüsterte Tabitha.

Er beugte sich herunter, sodass nur sie ihn hören konnte. »Ich war ein beschissener Onkel«, sagte er, seine Stimme leicht rau.

Sie sah mit Verständnis in ihren Augen zu ihm

auf. Sie war die Einzige, die die Fähigkeit haben würde, zu verstehen, und er war sich ziemlich sicher, dass sie für immer die Einzige sein würde. Er wusste nicht, ob er die Kraft hatte, seiner Familie alles zu erzählen, was geschehen war. Manche Dinge sollten nicht mit den Menschen geteilt werden, die ihm am nächsten standen. Wie Tabitha über seine Geschwister zu dieser Person geworden war, wusste er nicht, aber er konnte es sich im Moment nicht leisten, zu genau darüber nachzudenken.

»Du kannst jetzt ein besserer sein«, sagte sie sanft. Sie deutete hinüber in die andere Ecke, wo die anderen drei Babys auf ihren Spielmatten lagen, während die Erwachsenen sie mit wachsamen Augen beobachteten. »Geh und halte deine Nichte oder deinen Neffen, Alexander.«

Er holte tief Luft. »Nur wenn du mit mir kommst.«

Ihre Augen leuchteten auf. »Du bittest mich, ein entzückendes Baby zu halten? Ich glaube, das schaffe ich.« Sie nahm ihre Hand in seine und führte ihn dorthin, wo die drei Jüngsten spielten. Dabei gingen sie an den anderen Erwachsenen im Raum vorbei und er nickte zum Gruß, aber Tabitha war auf einer Mission und sie hatte nicht vor, sich aufhalten zu lassen.

Er war sich nicht sicher, ob er die Kraft hatte, noch einmal anzufangen, wenn sie es doch taten.

Luc schaute vom Boden neben den Lernmatten

auf und grinste. »Bist du gekommen, um mit den Sabberern abzuhängen?«

Meghan stupste ihren Mann von ihrem Platz auf dem Boden neben ihm an. »Sie sabbern nur ein bisschen. Und sie rollen sich auf den Rücken und können sogar noch andere Tricks.« Sie beugte sich hinunter und kitzelte ihre Tochter neben sich. »Ja, das tust du, Emma-Schatz. Du bist so klug.«

»Das sind doch keine Welpen, Baby«, murmelte Luc.

»Aber sie sind bezaubernd«, sagte Alex grob. »Das muss ich euch allen lassen, ihr wisst wirklich, wie man sie niedlich macht.«

Meghan lächelte ihn strahlend an, bevor ein zögerlicher Blick ihre Augen erfüllte. Er hasste es, dass er die Ursache dafür war, aber wie konnte er es ihr verdenken? Er hatte ihre Tochter noch kein einziges Mal in den Arm genommen. Es war zu schmerzhaft gewesen, und am Ende hatte sein Handeln allen geschadet.

»Danke, Alex.«

Er atmete aus und zerrte an Tabithas Hand, als sie sich neben die Lernmatten setzten. »Meinst du …« Er räusperte sich. »Denkst du, ich kann sie mal halten?«

»Natürlich«, sagte Luc, da es schien, dass Meghan die Worte fehlten. Stattdessen sah es so aus, als würde seine Schwester die Tränen zurückhalten.

Alex war sich bewusst, dass der Rest der Menge

im Raum sie beobachtete, aber er ignorierte es. Er hatte nur Augen für das Baby, das Luc in seinen Armen hielt. Seit Emma fünf Monate oder so alt war, war sie nicht mehr das winzige Baby, das sie gewesen war, als er sie zum ersten Mal gesehen hatte, aber sie war immer noch so zerbrechlich.

Alex schluckte hart, als seine Nichte sich mit ihrem überraschend schweren Gewicht an ihm festkrallte, ihre braunen Augen weit geöffnet und neugierig. Mit ihren winzigen Händen wanderte sie über sein Gesicht, während er beruhigend eine Hand auf ihren Rücken legte. Sie hatte schwarze Löckchen auf dem Kopf, von denen er annahm, dass sie genau wie die von Lucs Schwestern später einmal wunderschön sein würden. Ihre Haut war nicht ganz so dunkel wie die von Luc, aber sie war von einem glatten Braun und weich an seinen Fingerspitzen. Sie war wirklich bezaubernd.

»Hey, Emma«, sagte er leise und mit heiserer Stimme.

Sie blinzelte zu ihm hoch, ein kleines Lächeln auf ihrem Gesicht.

Er lachte und sah zu Meghan und Luc hinüber. »Ihr werdet in Zukunft Probleme bekommen, würde ich sagen.«

Sasha lief auf Alex zu und küsste ihre kleine Schwester auf den Scheitel. »Das sagt Daddy auch über mich.«

Die Erwachsenen im Raum brachen in Lachen

aus und Alex umarmte auch Sasha ganz eng. Meghan weinte dabei ganz offen und Tabitha hatte Mayas Sohn Noah im Arm und schnitt dem Jungen lustige Grimassen, während Noah lachte.

Das war Familie, dachte er. Und er hatte fast alles verloren, weil er verängstigt und verletzt gewesen war und sich vor allen versteckt hatte. Er war sich nicht sicher, ob er jemals in der Lage sein würde, den anderen zu erzählen, was mit Jess passiert war und warum er so tief gefallen war, aber er konnte versuchen, zu ihnen zurückzukommen, versuchen, diese neue Version von Alex zu sein, die nicht ganz sicher war, wer er war, die aber zumindest existierte.

Er hielt Emma noch ein bisschen länger, bevor er abwechselnd Noah und Micah im Arm hielt. Dann wälzte er sich mit Colin und Sasha, während Leif und Cliff lachten. Ihm tat das Herz weh und seine Brust war wie zugeschnürt, als er spielte, aber er tat es trotzdem. Vielleicht würde es das nächste Mal, wenn er das tat, das nächste Mal, wenn er tief durchatmete und seine Nichten und Neffen aufwachsen sah, nicht mehr so wehtun.

Die ganze Zeit über war Tabitha an seiner Seite, lachte mit ihm und hatte dennoch ein wachsames Auge auf ihn. Zur Hölle, die ganze Familie hatte ein wachsames Auge auf ihn, aber er wusste, dass Tabitha den einzig wahren Grund dafür hatte.

Er war sich nicht sicher, wie sie ihm die Kraft

gegeben hatte, dies zu tun, herumzuspielen und wieder zu lernen, ein Onkel zu sein, aber er würde es nicht hinterfragen. Er wusste nur nicht, was er mit den anderen Gefühlen machen würde, die aus der Beziehung mit ihr entstanden.

Er war sich ehrlich gesagt nicht sicher, ob er es riskieren konnte, sich wieder zu verlieben.

Und er würde verdammt sein, wenn er Tabitha Schmerzen zufügen würde.

Irgendetwas musste sich in seinem Gesicht gezeigt haben, denn sie sah ihn seltsam an, bevor sie aufstand und auf ihrer Lippe kaute. »Ich werde mal deine Mutter fragen, ob ich bei den Vorbereitungen helfen kann.«

»Es ist eigentlich alles bereit«, sagte seine Mutter, als sie auf sie zuging. »Ich scheine heute alle eure Gespräche zu belauschen«, erklärte sie lachend. »Okay, Leute, Essenszeit«, rief sie dem Rest der Mannschaft zu. »Nehmt alle eure Plätze ein und dankt Autumn und Griffin für ihre Hilfe.«

Tabby streckte eine Hand aus und Alex nahm sie, wobei er darauf achtete, sie nicht mit nach unten zu ziehen, als sie ihm aufhalf. »Geht es dir gut?«

Er beugte sich hinunter und strich kurz mit seinen Lippen über ihre Wange. »Ja. Ja, es ist alles in Ordnung.«

Sie musterte sein Gesicht, bevor sie wieder seine Hand in ihre nahm und mit ihm in Richtung

Esszimmer ging, wo die anderen sich gerade einen Platz suchten. Wenn er ehrlich war, war es seltsam, Tabitha bei sich zu haben. Das letzte Mal, als sie an so etwas teilgenommen hatten, hatte er sein Bestes gegeben, sich nicht auf sie zu konzentrieren, und jetzt waren sie als Paar in der Öffentlichkeit.

Er hatte nur einen anderen Menschen in seinem Leben zu so etwas mitgebracht, und Jess hatte nie zu den Montgomerys gepasst. Er war sich nicht sicher, ob sie es jemals wirklich versucht hatte, selbst als sie noch in der Highschool gewesen waren, und er war ein unbeholfener Teenager gewesen, der zu froh darüber war, flachgelegt zu werden, als dass er die Frau, die er zu lieben behauptete, näher kennengelernt hätte.

Alex verdrängte diese Gedanken aus seinem Kopf, als er sich neben Tabitha setzte. Es hatte keinen Sinn, weiter darüber nachzudenken, nicht, wenn es nichts gab, was er gegen die Vergangenheit tun konnte. Aber vielleicht konnte er herausfinden, wie er die Gegenwart und sogar die Zukunft zu etwas machen konnte, das er ertragen konnte.

Sie aßen zusammen mit Lachen und Scherzen, und Alex machte sogar bei einigen mit. Er aß genauso viel wie in letzter Zeit, aber er machte keine große Sache daraus, und die anderen ebenso wenig. Er aß einfach, bis er satt war, und hörte dann auf. Tabitha hatte recht gehabt, er war zu vorsichtig, zu aufmerksam gewesen. Er hatte so viel Angst gehabt, es zu übertreiben, dass er sich deswegen gestresst hatte. Und wie bei allem anderen auch musste er einfach ein Gleichgewicht finden.

Nach dem Essen gingen die Kinder in eines der anderen Zimmer, um zu spielen und einen Film zu sehen, während die Babys schliefen. So blieben die Erwachsenen in dem großen Wohnzimmer, das kaum mehr alle Montgomerys und ihre besseren Hälften fassen konnte. Es war verrückt zu denken, wie sehr sie in den letzten Jahren gewachsen waren, und doch wusste er, dass es nur noch mehr Menschen werden würden, sobald Storm und Wes jemanden gefunden hatten, den sie zu diesen Veranstaltungen mitbringen wollten. Ganz zu schweigen von der Tatsache, dass wahrscheinlich auch irgendwann weitere Babys unterwegs sein würden.

Er hielt inne.

Wann hatte er angefangen, sich und Tabitha mit einer Zukunft vorzustellen, in der sie immer bei ihm sein würde? Er schluckte schwer, bevor er einen Schluck von seinem Wasser nahm. Verdammt, er musste an etwas anderes denken, sonst würde er sich selbst stressen.

Er könnte genauso gut das tun, woran er schon eine Weile gedacht hatte.

Etwas richtig machen.

Er räusperte sich und sah sich im Raum um.

»Dürfte ich bitte etwas sagen?«, fragte er, seine Stimme zögerlich. Tabitha drückte seine Hand, bevor sie sich leicht entfernte, um ihm Raum zu geben. Er wusste nicht, woher sie wusste, dass er das brauchte, aber er war verdammt dankbar, dass sie ihn so gut verstand.

»Was ist denn, Schatz?«, fragte seine Mutter, als sie sich auf den extragroßen Liegesessel neben seinem Vater setzte.

»Du kannst uns alles erzählen«, sagte sein Vater.

Alex sah auf sein Glas hinunter und nickte. »Ich habe schon mit jedem von euch einzeln gesprochen, aber es genügt noch nicht. Es war nicht genug, um von Bedeutung zu sein und euch im Gedächtnis zu bleiben. Ich weiß nicht, wo ich anfangen soll oder was ich wirklich sagen soll, aber ich denke, ich sollte mit dem anfangen, was ich vor dem hier gesagt habe. Oder zumindest, was ich zu anderen gesagt habe. Hallo, ich bin Alex, und ich bin Alkoholiker.«

Er holte tief Luft und sah nacheinander jedes seiner Geschwister und deren Ehepartner an.

»Ich bin nicht der Mann, der ich vor dem Trinken war, und ich bin ganz sicher nicht der Mann, der ich war, als ich getrunken habe. Ich weiß nicht, wie ich mich für die Dinge entschuldigen soll, die ich getan habe, für die Dinge, die ich gesagt habe. Ich weiß nicht, ob ihr mir verzeihen solltet, dass ich aus eurem Leben verschwunden bin. Ich meine, ich habe schreckliche Dinge gesagt, schreckliche Dinge getan.

Ich war kein guter Mensch und ich weiß immer noch nicht, ob ich jetzt einer bin. Ich versuche nur herauszufinden, ob ich es sein *kann*. Selbst im letzten Jahr habe ich mich auf mich selbst konzentriert und war nicht wirklich Teil des Ganzen, obwohl ich versucht habe, wenigstens körperlich hier zu sein.«

Zitternd atmete er aus und zum Glück schwiegen alle.

»Ich wusste nicht, wie ich mich einfügen konnte, und an den meisten Tagen weiß ich es immer noch nicht. Ich trank, weil …« Er seufzte. »Ich trank, weil ich Dinge vergessen musste. Ich musste nicht alles auf einmal fühlen, denn es war, als ob es mich innerlich zerstörte und nur darauf wartete herauszukommen, und ich konnte nicht die Kraft finden, damit umzugehen. In gewisser Hinsicht trank ich, weil es der einfachste Ausweg war, und anfangs wusste ich nicht einmal, dass ich es tat. Ein Drink hier, ein Bier da. Wir alle tun es, also wo ist das Problem? Nur wusste ich nicht, wie ich aufhören sollte. Ich habe beobachtet, wie jeder von euch langsam anfängt, ein Bier oder ein Glas Wein um mich herum zu trinken, und jeder von euch weiß, wann er aufhören muss oder wann er genug hat. Bei mir funktioniert das nicht. Ich kann nicht nach einem oder zwei Drinks aufhören. Also kann ich überhaupt keinen haben.«

»Du bist so viel stärker, als du denkst«, warf Austin ein. »Das warst du vielleicht vorher nicht und ich weiß nicht, was passiert ist, dass du dich so fühlst, aber der Mann, der vor mir steht? Dieser Mann ist verdammt stark. Dieser Mann weiß, wie man um Hilfe bittet, und für mich ist das das Mutigste und Stärkste, was man tun kann.«

»Verdammt, ja«, fügte Decker hinzu.

»Verdammt, ja«, flüsterte Maya.

Alex wischte sich die Tränen aus dem Gesicht, es war ihm egal, dass seine Familie ihn so sah. Die anderen hatten ihn in seiner schlimmsten Phase gesehen und ein paar Tränen würden das nicht trüben.

»Ich habe jeden einzelnen von euch verletzt, das weiß ich. Aber Miranda und Decker? Es tut mir so verdammt leid, dass ich mich auf eurer Hochzeit so aufgeführt habe. Ich habe einen Fehler gemacht, und ich kann es nie wieder gutmachen, nie auslöschen, was ich getan habe.«

Seine kleine Schwester, das einzige seiner Geschwister, das jünger war als er, stand vom Schoß ihres Mannes auf und ging zu ihm hinüber. Sie schlang ihre Arme um seine Taille und küsste sein Kinn.

»Ich liebe dich, Alex. Und wenn ich auf diesen Tag zurückblicke, erinnere ich mich an den Tag, an dem ich den Mann meiner Träume geheiratet habe, und an den Tag, an dem mein großer Bruder anfing, wieder gesund zu werden. Das ist alles, was für mich zählt.«

Sein Körper erschauderte, und er hielt sie fest und

küsste sie auf den Scheitel. Er sah über sie hinweg zu Luc und Meghan und presste die Lippen aufeinander.

»Ich habe euch beiden an dem Tag wehgetan, und das tut mir leid.«

Meghan schüttelte den Kopf. »Du bist jetzt ein anderer Mensch, Schatz. Das weiß ich.«

»Und ich würde das noch hundertmal durchmachen, wenn es bedeutet, dass du zu uns zurückkommst«, warf Luc ein.

»Wir verzeihen dir«, sagte Storm leise. »Aber du musst dir selbst verzeihen, okay?«

»Weil du einer von uns bist, verdammt noch mal«, fügte Wes hinzu. »So leicht geben wir dich nicht auf.«

Alex drückte Miranda fest an sich, bevor er sie zurück zu Decker gehen ließ. Er begegnete Tabithas Blick und nickte ihr zu, um ihr zu sagen, dass es ihm gut gehen würde. Es musste ihm gut gehen.

Alex atmete aus. »Ich hoffe, ihr tut es nicht. Denn ich bin ein Alkoholiker. Ich werde heute ein Alkoholiker sein und ich werde auch morgen einer sein. Genauso wie ich es am Tag danach sein werde. Aber ich kann euch versprechen, dass ich heute keinen Drink nehmen werde. Und ich werde auch morgen keinen nehmen. Das ist alles, was ich zu bieten habe.« Er hatte diese Worte schon einmal gesagt, aber sie waren die ehrliche Wahrheit. Er hatte nichts anderes zu geben als das, und er hoffte, dass es genug sein würde.

Dann standen die anderen auf und gaben ihm

abwechselnd Umarmungen und Küsse auf die Wange. Sogar Griffin gab ihm grinsend einen Kuss auf die Lippen. »Wir bauen alle mal Scheiße, weißt du, aber das formt den Charakter. Versau es nur nicht wieder.«

Alex schlug Griffin gegen die Schulter, während Tabitha Alex eng umarmte. »Du bist ein Arschloch.«

»Wir sind eine Familie, Mann«, erklärte Griffin. »Wir sind alle Arschlöcher, die sich gegenseitig lieben.«

Tabitha lachte in Alex' Armen. »Ich denke, das sollte das Motto der Familie Montgomery sein.«

Seine Mutter lachte in den Armen seines Vaters, selbst als sie sich die Tränen wegwischte. »Meine Babys sind so wortgewandt.«

Sein Vater küsste seine Frau auf die Schläfe und zwinkerte ihnen zu. »Ich fange morgen an, das Schild für das Familienzimmer anzufertigen. Ich denke, Kirsche wäre ein gutes Holz dafür.«

»Ich werde helfen«, warf Griffin ein.

»Nein!«

Alex war sich nicht sicher, wer es gesagt hatte, aber es klang wie sechs oder sieben von ihnen auf einmal. Er warf den Kopf zurück und lachte, als Griffin ihnen allen den Mittelfinger zeigte.

»Das war dieses *eine* Mal mit der Säge«, knurrte Griffin. »Ein einziges Mal.«

Autumn rieb die Brust ihres Mannes. »Jedes Mal,

wenn du nur dieses einzige Mal mit der Säge erwähnen musst, Baby, ist es zu viel.«

Alex schüttelte den Kopf und lachte mit seiner Familie, wobei eine schwere Last von seinen Schultern fiel.

Er könnte das tun, dachte er. Er könnte wieder ein Montgomery sein.

Er sah auf Tabitha hinunter. Jetzt musste er sich nur noch daran erinnern, wie er mehr sein konnte.

Als sie zu ihrem Haus zurückkehrten, war er erschöpft. Er war nicht nur emotional erschöpft, sondern er war sich auch ziemlich sicher, dass er an einigen Stellen blaue Flecke hatte. Austin und Luc hatten eine Partie Touch-Football spielen wollen, und natürlich hatten alle mitgemacht. Irgendwie war Alex mit Mayas Ellbogen unter seinen Rippen gelandet, und er fühlte sich deswegen wie ein alter Mann.

»Sie hat dich ganz schön in die Mangel genommen, was?«, stichelte Tabitha.

Alex hob knurrend die Lippen. »Halt die Klappe, Frau.«

»Was denn? Ich kann nichts dafür, dass mein Team gewonnen hat und dein Team in den Hintern getreten wurde.«

»Dafür wirst du bezahlen«, knurrte er und hob sie mit seiner letzten verbliebenen Kraft über seinen Kopf, bevor er sie vor ihm auf die Füße stellte. »Ich würde noch mehr machen, aber ich bin jetzt schon außer Atem.«

Sie lächelte zu ihm hoch, bevor sie ihre Arme um seinen Hals schlang. »Du siehst wirklich gut aus, so verschwitzt.«

Er biss ihr leicht auf den Kiefer. »Du auch.«

Mit einem Seufzer legte sie ihren Kopf auf seine Brust und er atmete ihren Duft ein. »Ich bin so stolz auf dich, weißt du. Ist es da ein Wunder, dass ich dich liebe?«

Sie erstarrten beide und sie zog sich langsam von ihm zurück. Sein Herz raste und er blinzelte. Ihre Augen waren weit aufgerissen, als ein Blick des blanken Entsetzens über ihr Gesicht ging.

Er sagte nichts. Er wusste nicht wie. Wusste nicht was. Der einzige andere Mensch, den er je geliebt hatte und der ihn angeblich auch geliebt hatte, hatte ihn verarscht, und er war sich nicht sicher, was er jetzt tun sollte. Er war nicht mehr der Mensch, der er vorher war, der, der so offen liebte. Und jetzt hatte er Angst, dass dieses nicht enden wollende Schweigen sie beide umbringen würde.

Er wusste nicht, was er sagen sollte. Wusste nicht, was er tun sollte.

Tabitha war diejenige, die zuerst sprach, und er hasste sich dafür. »Ich muss vor dem Schlafengehen duschen und den Dreck abwaschen. Ich werde mich beeilen.«

Sie eilte davon und aus seinen Armen, und er wusste, dass er einen Fehler gemacht hatte. Schon wieder.

Er sorgte sich um sie, das tat er wirklich. Aber er war sich nicht sicher, ob er jemals wieder lieben könnte. Sie verdiente so viel mehr als ihn, und er wusste es. Er hatte es gewusst, bevor er sie das erste Mal geküsst hatte, und doch hatte er die Warnungen ignoriert.

Und jetzt könnte es zu spät sein.

Scheiße. Jedes Mal wenn er dachte, er wäre fast normal, versaute er es wieder.

Obwohl er wahrscheinlich auch eine Dusche brauchte, gesellte er sich nicht zu ihr, wie er es nur zehn Minuten zuvor hätte tun können. Stattdessen zog er sich eine Jogginghose und ein T-Shirt an, die er bei ihr zu Hause gelagert hatte, und schlüpfte unter die Decke. Sie kam zehn Minuten später in einem langen T-Shirt heraus und schenkte ihm ein Lächeln, das ihre Augen nicht ganz erreichte. Als sie sich neben ihn legte, verweilten sie fünf lange Sekunden so, bevor er seinen Arm hob und sie sich näher an ihn schmiegte.

Er drückte sie an seine Brust, aber sie sprachen nicht, atmeten nicht einmal tief ein. Sie bewegte sich nicht, hielt ihn nicht zurück, sondern legte sich so hin, dass ihr Kopf über seinem Herzen lag. Es dauerte Stunden, aber schließlich schlief sie ein. Sie hielten sich vielleicht gegenseitig im Arm, aber dies war anders.

Er betete nur, dass es nicht zu anders war.

Denn wenn es so wäre, hätte er sie verloren, bevor er jemals wirklich verstanden hätte, ob er sie je gehabt hatte.

Kapitel Vierzehn

TABBY WAR eine Närrin und es gab nichts, was sie sagen konnte, um das zu widerlegen. Sie hatte die eine Sache gesagt, auf die keiner von ihnen vorbereitet gewesen war, und hatte alles durcheinandergebracht.

Ja, sie liebte Alexander Montgomery, aber manchmal war die Liebe nicht genug.

Und so, wie er auf ihre Worte reagiert hatte, fürchtete sie, dass dies einer dieser Momente war.

Am Abend zuvor hatte er kein Wort zu ihr gesagt, und heute Morgen hatte er sie sanft auf die Wange geküsst und ihr zugeflüstert, dass er zurück in seine Wohnung gehen müsse, um sich umzuziehen.

Sie hatte nicht die Kraft gehabt, ihm zu sagen, dass sie das, was er zuvor bei ihr zurückgelassen hatte, gewaschen und in eine Schublade gelegt hatte. Seine Schublade.

Er hatte eine verdammte Schublade in ihrem Haus und er konnte die Tatsache nicht ertragen, dass sie ihn liebte.

Wie sie gleichzeitig gebrochen und wütend sein konnte, wusste sie nicht, aber so fühlte sie sich auf jeden Fall.

Natürlich war gestern Abend wahrscheinlich einer der schlechtesten Zeitpunkte gewesen, um ihm zu gestehen, dass sie ihn liebte. Es war noch zu früh in ihrer Beziehung und er war noch zu sehr mitgenommen von allem, was in seinem Elternhaus passiert war. Seit sie miteinander ausgingen, hatten sie beide einen Schlag nach dem anderen aus ihrer Vergangenheit einstecken müssen, und obwohl sie sich bis über beide Ohren in ihn verliebt hatte, bedeutete das nicht, dass er dasselbe für sie empfand. Logischerweise verstand sie das, aber das machte es nicht leichter für sie, es zu ertragen.

Sie blätterte blind durch ihren Planer, während sie versuchte, vollständig aufzuwachen. Sie musste sich fertig machen und ihre Schuhe anziehen, damit sie zur Arbeit fahren konnte. Sie war sich nicht einmal sicher, ob Alexander heute da sein würde, da sie nicht darüber gesprochen hatten. Sie hatten über gar nichts geredet.

Sie wollte am liebsten mit dem Kopf auf den Schreibtisch schlagen, überlegte es sich aber anders.

Stattdessen trank sie ihren Kaffee aus und suchte ihre Schuhe. Sie würde einfach den Tag verbringen, als wäre nichts passiert. Sobald sie und Alexander wieder alleine waren, würden sie Zeit haben, nachzudenken und tatsächlich miteinander zu reden.

Also ehrlich, was hatte sie sich dabei gedacht?

Ich habe an ihn gedacht.

Immer nur an ihn.

Aber wann hatte sie angefangen, an sich selbst zu denken?

Das ließ sie innehalten, aber sie verdrängte diese Gedanken. Erst die Arbeit. Ihr Leben, das aus den Fugen geriet, kam an zweiter Stelle.

Sie schlüpfte in ihren Mantel und nahm ihre Tasche, ihre Gedanken waren bei dem, was sie an diesem Tag zu tun hatte, und nicht bei dem, was am Abend zuvor passiert war. Sicher, es war da, saß in ihrem Hinterkopf, wartete, schlich sich an, war einfach ein Ärgernis, aber sie würde sich später damit beschäftigen.

Tabby summte vor sich hin, als sie die Haustür hinter sich schloss und zu ihrem Wagen ging. Sie würde einfach nach vorn schauen und weiterschwimmen, wie dieser Cartoonfisch immer sagte. Das war alles, was sie tun konnte, um bei Verstand zu bleiben.

Die Haare in ihrem Nacken stellten sich auf und sie wirbelte herum, die Fäuste erhoben, aber wieder einmal war sie zu spät. Große Hände packten ihre Oberarme und zogen sie zurück zu ihrer Veranda.

Charles, der Mann, der ihr schon einmal wehgetan hatte und von dem sie geglaubt hatte, er würde im Gefängnis sitzen, stieß sie gegen die Tür. Sie ließ ein Stöhnen vernehmen.

»Du Schlampe! Deinetwegen schicken sie mich weg. Meine verdammte Frau wollte nicht mal die verfluchte Kaution bezahlen, aber ich habe sie gezwungen. Das hätte sie gar nicht tun müssen, wenn du nicht gewesen wärst. Warum konntest du nicht einfach tun, was du von vornherein hättest tun sollen, du Hure? Dieser große Mann ist jetzt nicht hier, oder? Er hat dich ganz allein gelassen, und das ist wohl auch deine verdammte Schuld.«

Er hatte sie beobachtet? Wie lange schon?

Ihr Verstand holte nur langsam auf, aber die Wut, die sich in ihr aufgestaut hatte, brach schließlich frei. Als Charles einen Arm losließ, um seine Faust zu erheben, nutzte sie das, was Alexander ihr beigebracht hatte, und tat das Einzige, wozu sie vorher nicht wirklich in der Lage gewesen war.

Sie wehrte sich.

Sie trat dem Mann mit all ihrer Kraft in die Eier und stieß mit ihrer nun freien Hand nach ihm. Charles fiel zurück, griff nach seinem Schritt, als er aufschrie, und sie versuchte, sich aus seinem Griff zu befreien. Aber sie war nicht schnell genug und er packte ihren Arm. Der Schwung zog sie nach unten auf die eisige Steinstufe und sie schrie auf, als ihr Arm im falschen Winkel aufschlug. Charles riss ihn bei seinem Sturz ebenfalls mit und sie spürte, wie der Knochen in ihrem Unterarm brach.

Der Schmerz bereitete ihr ein Schwindelgefühl und sie rollte sich weg, wobei sie sich den Arm an die Brust presste. Auf dem Weg nach unten war sie auch mit dem Gesicht auf dem Bürgersteig aufgeschlagen, aber ihr Arm schmerzte schlimmer. Ihre Beine taten jedoch immer noch ihren Dienst und sie machte, was sie versprochen hatte.

Sie rannte.

Sie ließ ihre Tasche und ihr Telefon zurück, weil sie Angst hatte, dass sie zu viel Zeit verlieren und der Mann ihr noch mehr wehtun würde.

Bevor sie es jedoch zum Nachbarhaus geschafft hatte, um verzweifelt um Hilfe zu flehen, riss der ältere Mann, der dort wohnte, die Tür auf und zog sie hinein.

»Kommen Sie rein«, bellte er und hielt sich das Telefon ans Ohr. »Ja, Sie müssen sofort kommen«, brüllte er ins Telefon. »Der Kerl liegt auf dem Boden, aber ich weiß nicht, wie lange er unten bleiben wird. Ich habe Tabby im Haus, aber schicken Sie einen Krankenwagen.«

Joe, ihr Nachbar, schaute auf sie herab und fluchte. »Setzen Sie sich hier auf die Bank, Liebes. Der Notarzt wird bald eintreffen und sich um Sie kümmern. Ich werde nicht zulassen, dass dieser Wichser Ihnen wehtut.«

Noch nie in ihrem Leben hatte sie ihren älteren

Nachbarn fluchen hören, und das versetzte ihr einen Schock, der schließlich zu Tränen und Schmerz führte. Sie sank auf die Bank und versuchte zu atmen, aber sie konnte nicht.

Punkte tanzten vor ihren Augen und ihr kam die Galle hoch. Sie war sich ziemlich sicher, dass sie eine Gehirnerschütterung hatte, und sie sollte wahrscheinlich wachsam bleiben. Doch ihr wurden die Augen schwer.

Das Letzte, was sie hörte, war Joe, der ihr sagte, sie solle wach bleiben.

Aber es war zu schwierig.

Alles war einfach zu schwer.

Wenigstens habe ich mich gewehrt.

Das war der letzte Gedanke, den sie hatte, bevor sie umfiel, der Schmerz war zu groß, als dass sie bei Bewusstsein bleiben konnte.

Alex riss die Tür auf und lief mit Storm auf den Fersen in den Warteraum. Er konnte nicht fassen, dass er sein verdammtes Telefon bei Tabitha vergessen hatte. Er hatte auch keinen Festnetzanschluss in seiner Wohnung, sodass er von der Welt abgeschnitten war, bis Storm praktisch seine Tür aufgebrochen hatte, um hineinzugelangen.

Seine Brust fühlte sich an, als würde sie von einem Schraubstock zusammengedrückt, bis er nicht mehr atmen konnte, aber darauf konnte er sich nicht konzentrieren. Nicht, wenn Tabitha verletzt und allein war.

Verdammt noch mal.

Warum zum Teufel war er nicht da gewesen?

Oh, richtig, weil er zu feige gewesen war, sich seinen Gefühlen zu stellen, also hatte er sie dort gelassen, damit irgendein Arschloch sie findet. Das Arschloch war offenbar schon einen ganzen Tag auf Kaution raus und hatte irgendwie herausgefunden, wo Tabitha wohnte. Er hatte sie angegriffen, als sie ganz allein war, und jetzt würde Alex sich das nie verzeihen.

»Langsam«, murmelte Storm neben Alex. Sein Bruder bewegte sich genauso schnell wie er, also sollte er lieber den Mund halten. »Der Sicherheitsdienst wird dich rausschmeißen, wenn du eine Szene machst.« Er fluchte. »Unsere Familie war schon viel zu oft in dieser verdammten Notaufnahme, ich kann es schon gar nicht mehr zählen.«

Alex knurrte. »Tabitha sollte überhaupt nicht hier sein. Ich hätte für sie da sein müssen, um sie zu beschützen.«

Storm zerrte an seinem Arm und zog ihn in eine Ecke. Alex wütete, wehrte sich aber nicht. Storm hatte recht, was den Sicherheitsdienst anging, und er konnte es sich nicht leisten, rausgeschmissen zu werden. Nicht, wenn Tabitha ihm so nahe war.

»Sie hat sich gewehrt. Du hast mich doch gehört,

oder? Die Polizei sagte, sie wurde nur verletzt, weil der Wichser sie in letzter Sekunde gepackt hat und sie auf dem Eis ausgerutscht ist. Sie wäre in Ordnung gewesen, wenn sie nicht gefallen wäre. Aber sie hat sich gewehrt und dem Kerl so fest in die Eier getreten, dass ihm ein Hoden gerissen ist.«

Alex wäre fast zusammengezuckt, empfand aber kein Mitleid. »Sie hätte ihm den Schwanz abreißen sollen.«

»Wenn sie mehr Zeit gehabt hätte, hätte sie es wahrscheinlich getan. Aber sie hat das getan, was du ihr beigebracht hast, und sie ist entkommen. Sie lief weg. Das hat doch oberste Priorität, oder? Sie lief und holte Hilfe. Wenn sie nicht ausgerutscht wäre, und wenn diese Stufe nicht da gewesen wäre, wäre alles gut gewesen. Sie hat sich gewehrt, Alex. Du hast ihr geholfen. Vergiss das nicht, okay?«

Alex atmete aus und ihm drehte sich der Magen um. Das war alles zu viel und er konnte sich nicht konzentrieren. Früher hätte er sich sofort einen Drink eingeschenkt, um die Emotionen zu überdecken, aber er konnte nicht. Er durfte es nicht. Die Tatsache, dass er überhaupt darüber nachgedacht hatte, zeigte ihm, wie nahe er dem Abgrund war.

Storm begegnete seinem Blick und fluchte. »Verdammt. Was kann ich tun? Soll ich deinen Sponsor anrufen? Kannst du mit der Situation umgehen, Alex? Denn du kannst da nicht mit deinen Fäusten reingehen, bereit, etwas zu schlagen und vor ihr zusammenzubrechen. Sie braucht dich, um stark zu sein. Kannst du das tun?«

Er war sich nicht sicher, was er tun konnte, und das musste sich in seinem Gesicht gezeigt haben.

»Verdammt noch mal. Tabby braucht dich, Bruder. Aber sie braucht dich gesund. Was kann ich tun?« Storms Stimme brach und Alex wusste, das war der letzte Strohhalm.

Seine Familie hatte immer alles für ihn getan, was sie konnte, und trotzdem hatte er immer wieder Mist gebaut. Er war nie genug.

»Ich muss … ich muss sie sehen.« Er hielt inne. »Dann muss ich Steve anrufen.«

Storm nickte. »Also gut. Dann machen wir das so.«

Die anderen Montgomerys waren bereits einge-troffen, aber Alex ging an ihnen vorbei und ignorierte ihre Fragen und besorgten Blicke. Er konnte in diesem Moment nicht mit ihnen umgehen, und das wusste er.

»Immer nur eine Person auf einmal«, sagte die Schwester. »Sind Sie Alexander? Sie hat nach Ihnen gefragt.«

Ein weiterer Schlag in die Magengrube.

Er nickte. »Das bin ich.« Seine Stimme war wie rauer Kies, aber die Schwester sagte nichts. Sie führte ihn einfach zurück in ein kleines Zimmer, in dem die einzige Frau, von der er glaubte, sie lieben zu können, auf einem Bett lag, das Gesicht blass und den Arm eng an sich gelegt.

»Tabitha.«

Ein schweres Atmen.

»Hi.«

Eine kleine Leere.

Die Schwester ließ sie allein und er ging an ihre Seite, seine Hände zitterten. Er konnte sie nicht berühren. Sie war so verdammt zerbrechlich und er war so nervös. Was, wenn er sie wieder verletzte, weil er sich nicht beherrschen konnte?

Eine Schnittwunde zierte ihre Stirn und blaue Flecke hatten sich an ihrer Wange gebildet. Sie hatte eine Schiene um ihr Handgelenk und grub ihre Zähne in ihre Unterlippe.

»Es tut mir so verdammt leid.«

Sie begegnete seinem Blick. Da waren keine Tränen und er war sich nicht sicher, ob das gut oder schlecht war.

»Das sollte es nicht. Ich bin nicht deinetwegen hier. Wenn überhaupt, hast du dafür gesorgt, dass es nicht noch schlimmer ist.«

Er unterdrückte ein Knurren. Er konnte sich nicht vorstellen, dass es noch schlimmer sein könnte.

»Du musst mit Steve reden«, sagte sie ruhig. »Du zitterst ja, Baby. Und ich mag es nicht, dich so zu sehen.«

Er stieß ein hohles Lachen aus. »Du bist diejenige, die im Krankenhaus liegt. Du bist diejenige mit einer Schiene am Arm und einem Bluterguss im Gesicht. Mir geht es gut.«

Sie schüttelte den Kopf und zuckte zusammen. »Das ist nicht wahr.«

Er blieb stumm.

»Ich bin diejenige, die eine Gehirnerschütterung hat und einen Gips tragen muss. Es war ein sauberer Bruch, daher brauche ich zum Glück keine Operation. Offenbar nehme ich genügend Kalzium zu mir, sodass der Knochen nicht so zersplittert ist, wie es hätte sein können. Ich muss vielleicht über Nacht zur Beobachtung hierbleiben, aber wenn ich wieder nach Hause darf, werden deine Eltern mich mit zu sich nehmen, um auf mich aufzupassen. Deine Mutter wollte sich nicht umstimmen lassen.« Sie schloss einen Moment die Augen, bevor sie sie wieder öffnete, um seinem Blick zu begegnen. »Du musst gehen, Baby. Du musst sicherstellen, dass du mit der Situation umgehen kannst. Du musst gehen, weil ich nicht der Grund dafür sein will, dass du zusammenbrichst.«

»Tabitha.«

»Ich kann nicht der Grund sein, Alexander. Das kann ich nicht.«

Er beugte sich runter und fuhr zärtlich mit seinen Lippen über ihre. »Es … es tut mir so verdammt leid. Ich werde zurückkommen, okay? Ich werde dich nicht im Stich lassen.«

Sie schenkte ihm ein kleines Lächeln. »Geh.«

Er fühlte sich, als wäre er derjenige, der innerlich zerbrach, aber er ging, wie sie es verlangt hatte. Er ging an seiner Familie vorbei, ignorierte ihre Fragen, ihre Blicke, und ging hinaus auf den Parkplatz. Storm folgte ihm schweigend und er war dankbar dafür. Immerhin hatte sein Bruder ihn hierhergefahren.

»Ich muss einen Anruf tätigen«, sagte Alex und seine Stimme brach.

»Wo soll ich dich hinbringen?«, fragte Storm.

»Ich weiß es noch nicht.«

Er wusste gar nichts.

Er rief sofort Steve an und der Mann sagte ihm, er solle sich mit ihm im Rehazentrum treffen. Storm fuhr ihn schweigend dorthin. Sein Bruder urteilte nicht, schaute ihn nicht finster an, er kümmerte sich einfach um ihn.

Eines Tages würde Alex das nicht mehr brauchen, aber er wusste nicht, wann dieser Tag sein würde. Er hasste diesen Teil von sich, aber er wusste, dass dies ein Teil war, der nie ganz verschwinden würde.

»Du kannst mit reinkommen, wenn du willst«, sagte er, nachdem Storm auf den Parkplatz gefahren war. »Es stört mich nicht, wenn du dabei bist.«

Storm umfasste mit aller Kraft das Lenkrad. »Diesmal nicht. Hol dir die Hilfe, die du brauchst. Finde, was du benötigst. Und dann komm wieder her, denn Tabby braucht dich auch.«

Er nickte, aber er war sich nicht sicher, ob das die Wahrheit war. Er glaubte nicht, dass Tabitha ihn überhaupt brauchte. Und warum sollte sie auch? Sie konnte sich nicht auf ihn verlassen, wenn es darauf ankam, also welche andere Möglichkeit hatte sie?

Steve hielt zwei Becher mit Kaffee in der Hand, als Alex wieder auftauchte. »Ich bin gerade erst angekommen, aber ich habe unterwegs Kaffee geholt. Also, zuerst meine Frage, hattest du einen Drink?«

»Nein.«

»Gut.«

»Ich wollte keinen«, warf Alex ein. »Nicht so wie früher. Es war nur ein kurzer Erinnerungsblitz, als ich im Krankenhaus war, bevor ich zu ihr kam, und ich hatte Angst, dass es zu viel sein würde. Ich habe es versaut, Steve. Ich habe es wirklich versaut.«

»Alex, du wirst es versauen. Wir alle bauen Scheiße. Sogar die Leute, die nicht versucht haben, sich zu Tode zu saufen, werden es versauen. Aber du kannst wieder stark sein. Zum Teufel, du bist jetzt stark. Du hast mich um Hilfe gebeten, weil du wusstest, dass ich für dich da sein würde. Aber ich habe gesehen, wie dein Bruder dich abgesetzt hat. Du kannst ihn auch an deiner Seite haben, wenn du ihn brauchst, vermute ich. Du hast eine große Familie, von der ich weiß, dass du sie liebst, und von der ich weiß, dass sie während all dem hinter dir stand. Du kannst dich auf sie stützen. Du kannst dich auch auf deine Frau stützen. Du kannst dich an mich anlehnen. Aber du musst dich nicht auf den Alkohol stützen. Das kann ich dir versprechen.«

Sie saßen dort und redeten über eine Stunde lang, bevor Storm hereinkam. Er nickte ihnen beiden zu, bevor er sich an die Wand setzte. Eine weitere Stunde verging und Alex wusste, dass es ihm gut gehen würde, zumindest für den Moment.

Die Sache war die, er hätte es an Tabithas Seite schaffen können. So viel wusste er. Nur hatte er sie nicht wieder verletzen wollen. Das war etwas, womit er fertigwerden musste, sobald er sie sah. Denn er konnte nicht immer weglaufen, wenn es schwierig wurde. Früher hatte er zur Flasche gegriffen, aber jetzt konnte er das Weglaufen nicht mehr rechtfertigen.

Als sie fertig waren, fuhr Storm ihn zu Tabithas Zuhause statt zu seinem eigenen. »Als du da drin warst, hat Mom angerufen, um mir zu sagen, dass sie sie mit nach Hause nehmen«, erklärte er. »Sie sagte, du hättest einen Schlüssel, um dein Telefon zu holen, richtig?«

Alex nickte. »Ich werde ihr eine SMS schreiben, um zu sehen, ob sie mich dabeihaben will.«

»Tab? Warum sollte sie dich nicht dabeihaben wollen?«

»Ich bin gegangen, Storm. Sie sagte, ich solle gehen, und das tat ich. Ich hätte es nicht tun sollen.«

————————————)

Storm schüttelte den Kopf, als er vor Tabithas Haus anhielt. Die Polizei war offenbar gekommen und gegangen, und er durfte hinein, aber ihr Wagen stand noch in der Einfahrt. War er erst an diesem

Morgen dort gewesen, hatte sie in den Armen gehalten und war unsicher gewesen, was er tun sollte?

Er musste sie sehen, verdammt noch mal. Er hoffte nur, dass sie ihn sehen wollte.

Sobald er sein Telefon hatte, schickte er ihr eine SMS, um sich zu vergewissern, dass es ihr gut ging.

Mir geht's gut. Ich lege mich bald schlafen, aber deine Mom wird mich in einer Stunde wecken, um nach mir zu sehen.

Er atmete aus und antwortete: *Möchtest du, dass ich komme?*

Ihre Antwort dauerte länger, als er es sich erhofft hatte. *Nicht heute. Ich brauche etwas Raum, um zu heilen. Und ich denke, den brauchst du auch.*

Er blinzelte das plötzliche Stechen in seinen Augen weg und nickte, obwohl sie es nicht sehen konnte. *Lass mich wissen, wenn du etwas brauchst. Ich denke an dich, Baby.*

Das gilt auch für mich.

Er steckte sein Telefon in die Tasche und setzte sich wieder in Storms Wagen. »Bring mich nach Hause.«

Storm sah ihn mit einem Stirnrunzeln an. »Ernsthaft? Du willst nicht zu ihr?«

»Sie sagte, sie braucht etwas Freiraum.«

»Scheiße, Mann. Es tut mir leid.«

»Nicht so sehr, wie es mir leidtut.«

Er hatte es vermasselt und war sich nicht sicher, was er dagegen tun sollte. Aber er würde ihr den Freiraum geben, den sie brauchte, denn das hatte sie verdient. Sie verdiente so viel mehr.

Könnte er sie lieben?

Liebte er sie etwa?

War Liebe diese nie endende Sehnsucht nach einem Menschen, von dem er nicht sicher war, ob er ohne ihn leben konnte? Denn wenn das Liebe war, dann empfand er es verdammt noch mal für sie. Er wusste nur nicht, ob er stark genug war, es zu überleben.

Denn Tabitha verdiente mehr als einen gebrochenen Mann, der nicht an ihrer Seite stehen konnte.

Also würde er warten, bis sie bereit war.

Und wenn dieser Zeitpunkt kam, würde er sie für immer verlieren, wenn er nicht der Mensch war, der er sein musste, das wusste er.

Und er würde jeden Schmerz verdienen, der damit einherging.

Kapitel Fünfzehn

TABBY WOLLTE ihr Telefon am liebsten quer durch den Raum schleudern, aber sie glaubte nicht, dass das etwas bringen würde. Es war drei Tage her, dass sie bei den Montgomerys als Gast eingetroffen war. Sie hätte schon nach dem ersten Tag wieder nach Hause gehen können, aber Marie konnte sehr überzeugend sein, wenn sie wollte.

Und es war der älteren Montgomery wahrscheinlich nicht entgangen, dass ihr Sohn kein einziges Mal vorbeigekommen war, um Tabby zu besuchen.

Oh, er hatte es versucht, aber Tabby hatte ihn abgewiesen. Sie war ehrlich gewesen, als sie gesagt hatte, dass sie Freiraum brauchte, auch wenn es ihr wehtat, es zu sagen. Sie würde *alles* für diesen Mann tun, sogar von ihm fernbleiben, weil sie ihn liebte.

Denn sie hatte gesehen, was mit jemandem

passierte, wenn sie zu viel Druck machte, wie sie es bei Michael getan hatte, und das wollte sie bei Alexander nicht noch einmal tun. Wenn er nicht der Mensch sein konnte, der er für sie sein musste, dann konnte sie nicht mit ihm zusammen sein.

Er brauchte mehr als das.

Sie brauchte mehr als das.

Während der letzten drei Tage hatten sie mehrere SMS ausgetauscht, hatten aber nicht miteinander telefoniert. Sie gaben sich wirklich gegenseitig Freiraum, aber zu welchem Zweck? Sie würde ihm niemals die Schuld für das geben, was passiert war, besonders wenn man bedachte, dass das, was er ihr beigebracht hatte, ihr geholfen hatte zu überleben. Genauso wie sie ihm nie vorwerfen würde, dass er Steve sehen musste.

Aber sie könnte es ihm ein wenig übel nehmen, wenn er sie nicht lieben könnte, weil er zu viel Angst hatte.

Sie war nicht stark genug, das zu leugnen.

Die beiden waren in ihre Beziehung hineingestolpert und hatten sich viel zu schnell weiterentwickelt, wenn man bedachte, wo sie beide herkamen. Sie hatten so viel Ballast zwischen sich, dass es nicht einmal lustig war, also sollte es sie nicht überraschen, dass sie jetzt Probleme hatten.

Aber da sie so schnell gehandelt hatten, musste jeder von ihnen die Konsequenzen tragen.

Ihr Telefon summte und sie runzelte die Stirn,

weil sie sich fragte, ob es Alexander war, der sie anrief. Stattdessen zeigte das Display jedoch Lochlans Namen an und sie nahm ab.

»Hey, du«, sagte sie und unterlegte ihre Stimme mit falscher Fröhlichkeit.

»Hallo zurück. Wie fühlst du dich? Ist dein Kopf okay?«

Sie hatte ihrer Familie erzählt, was passiert war, sobald sie bei den Montgomerys angekommen war und nachdem Alexander das erste Mal eine SMS geschrieben hatte. Sie wusste, dass es dumm von ihr gewesen war, es ihnen nicht zu sagen, als es das erste Mal passiert war, also wollte sie nicht denselben Fehler noch einmal machen. So wie es aussah, hatten sich die Montgomerys und ihre Brüder zusammengetan, um neue Sicherheitsvorkehrungen für ihr Haus zu treffen.

Sie ließ es zu, weil sie sich dadurch nicht nur besser fühlte, sondern sich auch ein wenig sicherer fühlte. Sie war zweimal von demselben Mann angegriffen worden und der Richter wollte dafür sorgen, dass es kein drittes Mal passierte. Aber mit den neuen Sicherheitsvorkehrungen, von denen sowohl ihre Eltern als auch Marie und Harry ihr versichert hatten, dass sie nicht übertrieben wären, hätte sie diese zusätzliche Schicht, die ihr helfen würde, nachts zu schlafen.

»Eigentlich geht es mir gut. Mein Arm schmerzt ein bisschen, aber nicht so schlimm wie noch vor ein paar Tagen. Der Arzt hat gesagt, dass ich nach dem Wochenende wieder zur Arbeit gehen kann.«

»Hm.«

Sie rollte mit den Augen, auch wenn er es nicht sehen konnte. »Mir geht es gut, du großer Rohling.«

»Wenn es dir so gut geht, warum hat Storm dann angerufen, um mir zu sagen, dass du Alex noch nicht gesehen hast?«

Sie schloss die Augen und stöhnte. »Wie viele große Brüder brauche ich?«

»Nun, anscheinend sind wir alle zusammen nicht genug, da du Schmerzen hast, kleine Schwester.«

»Wenn du angerufen hast, um über meine Beziehung zu Alexander zu sprechen, lege ich jetzt auf. Wir beide werden herausfinden, was wir tun, wenn wir dazu bereit sind. Und zwar alleine.«

»Hm.«

»Lochlan.«

»Ich habe eigentlich angerufen, um über etwas anderes zu reden. Aber es gefällt mir immer noch nicht zu sehen, dass du verletzt bist, Tab.«

Sie spielte mit einem Fussel auf der Bettdecke herum. »Mir geht es gut.«

Er seufzte ins Telefon und sie seufzte fast mit ihm. »Sie haben Michael gefunden, Tab.«

Sie setzte sich auf und ignorierte das Stechen in ihrem Arm. »Was?«

»Anscheinend ist er nüchtern. Er hat einen Job und Angel geht zur Schule. Sie zogen vor einem

Monat aus Denver weg und leben jetzt in Cheyenne. Meinem Kontakt zufolge geht es ihnen gut.« Er hielt inne. »Du brauchst nicht mehr nach ihnen zu suchen, kleine Schwester. Ihm geht es gut. Und dir muss es auch gut gehen.«

Sie blinzelte ein paarmal und versuchte, ihre Gedanken zu ordnen. Während der letzten vier Jahre hatte sie unzählige Stunden damit verbracht, sich um den Mann zu sorgen, der Teil ihres Lebens gewesen war, und um das Kind, das sie geliebt hatte. Nur war sie nicht genug für sie gewesen. Sie dachte, sie hätte sie auf die schlimmste Art und Weise für immer verloren, und sie machte sich Vorwürfe, weil sie Michael die Stirn geboten hatte, als er zu viel für sie geworden war.

Aber wenn er jetzt nüchtern war und Angel zur Schule ging … dann war alles vorbei.

Wenigstens für sie.

Es war alles in Ordnung, zumindest sah es so aus.

Vielleicht war es auch für sie an der Zeit, dass es ihr gut ging.

»Danke, dass du mir Bescheid gesagt hast.«

»Verdammt noch mal, Tab. Sag mir, was du denkst. Ich kann es übers Telefon nicht sagen.«

Sie schniefte und er fluchte. »Mir geht es wirklich gut. Ich weiß, dass ich das immer wieder sage, aber es ist das Einzige, was mir einfällt. Ich habe so lange nach ihnen gesucht, weil ich dachte, ich müsste ihnen helfen. Aber wenn sie nun auf sich selbst aufpassen können, dann brauche ich wohl nicht mehr zu suchen. Sie sind nicht mehr hier.«

»Nein, sind sie nicht, kleine Schwester. Aber du bist da. Und der Mann, den du liebst, ist es auch.«

Sie erstarrte. »Ich habe dir nie gesagt, dass ich ihn liebe.«

»Wir alle haben es in dem Moment in deinem Gesicht gesehen, als wir dich anblickten. Ich weiß nicht, wie er es übersehen konnte.«

»Er war nicht bereit, es zu sehen«, flüsterte sie.

»Nun, er wird besser verdammt noch mal bereit oder ich komme zurück und trete ihm in den Arsch. Hast du mich verstanden?«

Sie lächelte über die Worte ihres Bruders und lachte, weil sie wusste, dass sie technisch gesehen nie allein sein würde. »Ich verstehe dich, Lochlan.«

Die beiden unterhielten sich noch ein paar Minuten, bevor sie sich voneinander verabschiedeten. Sie ließ sich noch ein wenig Zeit, sich zu sammeln, bevor sie aufstand und die Treppe hinunterging. Heute würde sie nach Hause zurückkehren und obwohl sie sich vorstellte, dass die Montgomerys vielleicht wollten, dass sie blieb, war es Zeit.

Es war sogar höchste Zeit.

»Ich habe den Wagen schon gepackt, Liebes«, sagte Harry mit einem Augenzwinkern. »Ich wusste, du würdest irgendwann nach Hause zurückkehren wollen.«

Tabby lächelte. Gott, sie liebte diese Familie so

sehr. Sie umarmte ihn fest und seufzte, wie sehr er sie an seinen Sohn erinnerte. »Danke, dass ihr euch um mich gekümmert habt.«

»Immer, Tabby. Immer.«

Marie umarmte sie als Nächste und Tabby blinzelte die Tränen zurück. »Egal was passiert, kleines Mädchen, du bist eine von uns, okay?«

Verdammt, diese Familie würde sie noch umbringen, und sie konnte nicht anders, als sie in ihrer Nähe behalten zu wollen. Sie halfen ihr, ihre restlichen Sachen einzusammeln, und fuhren zu ihrer Wohnung. Sie saß auf dem Rücksitz, den Blick auf die vorbeiziehende Straße gerichtet, während sie versuchte, darüber nachzudenken, was sie als Nächstes tun würde. Sie musste Alexander anrufen, dachte sie sich. Sie musste ihn anrufen *und* ihn sehen. Sie war sich nicht sicher, was danach passieren würde, aber die Zeit, sich gegenseitig Freiraum zu geben, war vorbei.

Als sie vor ihrem Haus anhielten, schien es jedoch, dass sie nicht die Einzige war, die das gedacht hatte.

»Ich hoffe, es ist in Ordnung, dass ich ihn angerufen habe«, sagte Harry leise. »Ich dachte, er könnte mir helfen, alles aus dem Wagen zu holen. Ich bin ein alter Mann, weißt du?«

Sie rollte mit den Augen und beugte sich vor, um ihn auf die Wange zu küssen. »So alt bist du nun auch wieder nicht, mein Lieber.«

Er grinste und stieg als Erster aus dem Wagen, gefolgt von Marie, die aussah, als würde sie sich ebenfalls ein Lächeln verkneifen. Einer Montgomery entging wirklich nicht viel, so schien es. Und die Familie wusste, wie man sich einmischt – hoffentlich auf die beste Art und Weise.

»Tabitha.«

Sie sah zu ihm hinüber und hielt einen Seufzer zurück. Sie hatte ihn so sehr vermisst. »Hi.«

Sie wusste nicht, was sie noch sagen sollte. Drei Tage, in denen sie ihn nicht gesehen hatte, in denen sie seine Stimme nicht gehört hatte, waren zu viel gewesen, und doch wusste sie nicht, was sie jetzt sagen sollte.

»Wir werden nur ihre Sachen ins Haus bringen«, warf Harry ein. »Ich nehme an, du hast die Tür offen gelassen, mein Sohn?«

»Ja«, antwortete Alexander, den Blick nur auf sie gerichtet.

Sie runzelte die Stirn und sah zu dem älteren Paar hinüber. »Ich dachte, du wolltest, dass Alexander die Sachen aus dem Wagen holt, alter Mann?«

Marie lachte. »Halt den Mund und hör auf, zu sehr über unsere Lügen nachzudenken, junge Dame. Wir sehen dich bald bei der Arbeit oder bei einem Familienessen.« Sie luden ihre Sachen aus und gingen ohne ein weiteres Wort.

Alexander stopfte die Hände in die Taschen und sagte nichts, als seine Eltern losfuhren. »Dir ist kalt.«

Sie blinzelte zu ihm hoch. »Was?«

Er lächelte, aber es erreichte nicht seine Augen.

»Dir ist kalt, Babe. Wir frösteln beide hier draußen, weil wir nicht wissen, was wir sagen sollen. Lass uns reingehen und versuchen, da drinnen wirklich zu reden.«

Sie schnaubte, stimmte aber zu, und bald waren sie in ihrem Wohnzimmer, ohne Mäntel, immer noch genauso schweigsam wie zuvor.

»Es tut mir leid, dass ich dich weggestoßen habe«, platzte sie heraus.

Alexander schüttelte den Kopf, bevor er die Hand ergriff, die aus dem Gips hervorlugte. »Nein, ich bin der, dem es leidtut. Ich bin derjenige, der gegangen ist. Ja, du hast mich darum gebeten, aber ich bin trotzdem gegangen. Ich brauchte eine Minute, um sicher zu sein, dass ich stark genug war, bevor ich der Fels sein konnte, den du brauchtest. Als es dann so weit war, blieb ich länger weg, als ich sollte, weil ich nicht wusste, ob du willst, dass ich zurückkomme.«

Sie schüttelte den Kopf. »Ich wollte dich. Ich will dich immer noch.« Sie zerbrach schon wieder.

Er umfasste ihr Gesicht und wischte ihr mit den Daumen die Tränen von den Wangen. »Ich wollte dich auch. Und ja, ich will dich immer noch. Ich habe mich auch ferngehalten, weil ich verstehen musste, was ich fühle. Weißt du, ich hatte so eine verdammte Angst davor, wieder jemanden zu lieben, dass ich gar nicht realisiert habe, was ich fühle. Ich habe den Kopf in den Sand gesteckt und dich deswegen fast verloren.«

Ihr Herz raste und ihr Atem beschleunigte sich. »Du hast mich nicht verloren, Alexander. Noch nicht.«

Er atmete aus. »Ich hatte Angst, dich zu lieben, weil ich Angst hatte, dich zu sehr zu brauchen. Die Sache ist die, das ist nichts, was ich kontrollieren kann. Ich brauche dich, Tabitha. Ich brauche dich mit jeder Faser meines Seins. Nicht weil ich ohne dich nicht stark genug bin, sondern weil ich mit dir stärker bin. Ich bin ein besserer Mann mit dir in meinem Leben und ich will der Mann sein, der dich liebt. Ich *bin* der Mann, der dich liebt. Du hast einen Teil von mir aufgerissen, von dem ich nicht wusste, dass er so tief vernarbt war, dass ich ihn fast verloren hätte. Du hast mich roh zurückgelassen, entblößt, und *dein*. Das alles klingt vielleicht so, als würde ich es hassen, aber es ist genau das Gegenteil. Ich habe nicht mehr diese Last in mir, diesen Schmerz, der mir sagte, dass ich weglaufen und mich vor allem Wichtigen verstecken muss. Ich liebe dich verdammt noch mal, Tabitha. Ich liebe dich mit allem, was ich bin, und ich hätte dich schon viel länger lieben sollen als das. Ich wünschte verdammt noch mal, ich hätte vorher Jahre mit dir gehabt; dass ich meine Zeit nicht damit verschwendet hätte, mich in Schmerz und Selbstmitleid zu ertränken. Aber ich weiß, wir können nicht zurück, wir können nur vorwärtsgehen. Ich liebe dich, Tabitha. Ich liebe dich so sehr.«

Die Tränen flossen nun in Strömen und sie griff

nach oben, um ihn fest auf die Lippen zu küssen. »Du bist … du bist so viel mehr als deine Vergangenheit. So wie ich so viel mehr bin als meine. Ich liebe dich, Alexander. Ich liebe dich schon länger, als ich es hätte tun sollen, aber ich liebe dich mit jedem Tag mehr. Du hast auch in mir etwas aufgebrochen, aber du hast recht, es ist die gute Art von Bruch. Es ist ein Bruch, der es uns erlaubt, uns ineinander zu verstricken und die zu sein, die wir sein müssen, anstatt das Ergebnis vergangener Entscheidungen, die nicht mehr die sind, die wir sind.«

Er küsste sie wieder und sie seufzte in ihn hinein. »Ich bin so froh, dass du das verstanden hast. Griffin ist derjenige, der gut mit Worten umgehen kann. Ich fühle mich, als würde ich im Moment nur Dinge in den Raum werfen, aber egal was passiert, ich möchte, dass du weißt, dass ich dich liebe. Ich will mit dir zusammen sein, Tabitha. Ich will lernen, der zu sein, der ich jetzt bin, an deiner Seite. Und ich will dich jeden Morgen lächeln sehen. Ich will dich in unserem Bett haben, nicht in meinem, nicht in deinem, sondern in *unserem*. Ich will dich in meinem Leben und ich will, dass du existierst … einfach nur existierst. Genauso wie ich einfach nur existieren will.«

Sie küsste seine Brust, sein Kinn, seine Wangen, dann seine Lippen. »Das will ich auch. Und ich glaube an dich, Baby. Ich glaube so sehr an dich.«

»Ich habe etwas für dich«, flüsterte er und wich

von ihr zurück, um eine rechteckige Schachtel hervor-
zuholen.

Sie wischte sich das Gesicht ab und nahm sie ihm
ab. »Was hättest du getan, wenn ich dir gesagt hätte,
dass du gehen sollst?«

Er zuckte mit den Schultern und biss sich auf die
Lippe. »Ich hätte die Schachtel für dich zurückgelassen und versucht, dich zu überreden. Ich gebe dich
nicht so leicht auf.«

»Ich werde dich auch nicht aufgeben.« Sie hob
den Deckel von der Schachtel und kreischte leise auf.

Alexander schwieg. Im Inneren befand sich ein
filigraner, handgefertigter Holzrahmen, der ein
Schwarz-Weiß-Foto enthielt. Es war das Foto, das er
von ihr im Büro gemacht hatte, mit gesenktem Kopf
und den Lippen, die sich zu einem kleinen, schüch-
ternen Lächeln bogen. Sie erinnerte sich daran, wie
sehr sie sich vor ihm hatte verstecken wollen, als er
das Foto gemacht hatte, aus Angst, er würde zu viel
sehen.

Und sie wusste jetzt, dass sie einen Grund gehabt
hatte, sich Sorgen zu machen.

Ihre Liebe zu ihm schwang in perfekter Harmonie
durch das Foto. Doch sie konnte die Liebe des Fotografen, *ihres* Fotografen, genauso spüren.

Aber das war nicht der Grund, warum sie dieses
Geräusch gemacht hatte.

In einer kleinen Einkerbung, die in den Rahmen

eingefräst war, lag ein Ring aus Weißgold, auf dem ein einzelner Solitär glänzte.

Mit zitternden Händen setzte sie die Schachtel auf dem Tisch ab und hielt mit der einen Hand den Ring zwischen Daumen und Zeigefinger und mit der anderen den Rahmen.

»Alexander?«, hauchte sie.

Sie schaute auf ihn herab, wie er vor ihr kniete, und wäre in diesem Moment fast in Ohnmacht gefallen.

»Ich weiß, es ist früh, und ich weiß, wir sollten warten, und das werden wir auch, wenn wir wollen, aber ich wollte, dass du weißt, dass ich dich liebe und dass ich will, dass du meine Frau wirst. Ich will dich heiraten, will dein Ehemann sein. Ich möchte, dass du ein für alle Mal eine verdammte Montgomery bist, und ich möchte in unsere gemeinsame Zukunft blicken und wissen, dass wir alles sein können, alles tun und alles durchstehen können, solange wir einander haben.«

Sie schniefte, ging vor ihm auf die Knie und legte das Bild neben sich auf den Boden. »Ja«, flüsterte sie. »Ja zu all dem. Ja, ja, ja.«

Eine einzelne Träne fiel über seine Wange und sie beugte sich vor, um sie wegzuküssen. Er fing ihre Lippen in einem schmerzhaft süßen Kuss ein, bevor er sich zurückzog und ihr den Ring auf den Finger schob.

»Ich werde eine Montgomery«, sagte sie nach einem Moment und sie lachten beide.

»Ich wusste ehrlich gesagt nicht, ob das etwas Gutes oder etwas Schlechtes für dich sein würde«, sagte Alexander mit einem weiteren Lachen.

»Etwas Gutes«, antwortete sie. »Etwas absolut Gutes.«

Und dann beugte sie sich vor und küsste ihren Verlobten, Alexander Montgomery, bis zum Abwinken. Denn ja, sie würde eine Montgomery sein. Und dafür hatte sie sich nur in den einen Mann verlieben müssen, von dem die meisten dachten, dass er nicht gut genug für sie sein würde.

Und das klang für sie wie das Ende eines perfekten Plans.

Weiter in der Montgomery Ink Reihe:
Inked Expressions - (Buch 7)

Die Gallagher-Brüder:
Love Restored – Geheilte Liebe (Buch 1)

Bücher von Carrie Ann Ryan

Und auch die folgenden Bücher von Carrie Ann Ryan werden in Kürze auf Deutsch erhältlich sein:

Biografie

CARRIE ANN RYAN ist eine *New York Times* und USA Today Bestsellerautorin moderner und übersinnlicher Liebesromane. Außerdem schreibt sie Literatur für junge Erwachsene. Ihre Arbeit umfasst die »Montgomery Ink Reihe«, »Redwood Pack«, »Fractured Connections« und die »Elements of Five«-Reihe. Weltweit hat sie über vier Millionen Bücher verkauft.

Sie hat bereits während ihres Chemiestudiums mit dem Schreiben begonnen und hat seitdem nicht mehr aufgehört. Inzwischen hat Carrie Ann mehr als fünfundsiebzig Romane und Novellen fertiggestellt – und ein Ende ist nicht in Sicht. Carrie Ann wurde in Deutschland geboren und hat schon überall auf der Welt gelebt. Wenn sie sich nicht gerade in ihrer emotionalen und aktionsgeladenen Welt verliert, liest sie gern, während sie sich um ihr Katzenrudel kümmert, das mehr Anhänger hat als sie selbst.

Besuchen Sie Carrie Ann im Netz!
carrieannryan.com/country/germany/
www.facebook.com/CarrieAnnRyandeutsch/
twitter.com/CarrieAnnRyan
www.instagram.com/carrieannryanauthor/

www.ingramcontent.com/pod-product-compliance
Lightning Source LLC
Chambersburg PA
CBHW060620100726
47907CB00006B/1703